■幕間《まくあい》：黒鋼の襲撃者（『精霊大戦ダンジョンマギア』、共通ルートＣＰ36より抜粋）

■■■皇暦１１９２年・立夏：ダンジョン都市桜花・第五百番ダンジョン『無限城』・第二十層：
『聖剣之騎士』：剣・アーサー・カレドヴルフ

ダンジョンには幾つものルールがある。『異界不可侵の原則《バリアルール》』、二十四時間周期で行われる
次元の改変《マップチェンジ》、ダ　まう〝ヤルダさん〟達に危害を加えれば恐ろしい執行者が現れる
し、宝の眠る「　く事ができるのは最初に踏破《クリア》を果たしたチームだけだ。
秩序《ルール》。法則《ルール》。
未知の世界を　険者にとって、創造の神が定めたこれらのルールは暗い宵闇を照ら
す灯火のよう　なのだ。
――――例　。
――――例　た難易度の目安。
――――例　おける自パーティー以外の入場制限。
「ねえ、空樹《そらき》
僕は、パーティーメンバーの一人である空樹《そらき》花音《かのん》さんに声をかける。

四方が白色の大理石で囲われた大広間。幅二百メートル。奥行き四百メートル。高さはおよそ百五十メートル以上。真紅色の絨毯《じゅうたん》。氷塊を連想させる色彩の床面。

ここに守護者はもういない。

第二十階層の守護者である混成獣王《キマイラ》の討伐は、僕達六人の手によって成し遂げられた。

強敵だった。

三十メートルを越える体軀《たいく》。火を噴く獅子頭《ししがしら》。猛毒を振《ふ》り撒《ま》く蛇の尾。あらゆる獣の特徴を混ぜ合わせたその強靭《きょうじん》な肉体から繰り出される攻撃の数々に僕達は何度も苦しめられ、クリスは休む間もなく〈癒《いや》し〉の奇跡を唱え続けなければならなかった。

クリス、空樹《そらき》さん、蒼乃《あおの》さん、フェイト、圭祐《けいすけ》。誰か一人でも欠けていたらダメだった。混成獣王《キマイラ》が再現体で既に「攻略情報」が出回っていたからこそ、一度目のチャレンジでやり遂げる事ができたのだ。

「僕達は、混成獣王《キマイラ》を倒したんだよね？」

桜髪の少女が小さく頷《うなず》く。

「僕達は、守護者に勝った。あの百獣の混成物が光の粒子になって消えていく様を確かにこの目で確認したはずだ」

そう。僕達はキマイラに勝ったのだ。みんな相当疲れているし、霊力の消耗だって酷《ひど》いものだけど、ちゃんと勝って、後は奥の転移門を抜ければ中間点に辿《たど》り着けると思った矢先に――――、

「――――アレは一体、何なんだ？」

ソレは、突如として現れたのだ。

黒鋼の甲冑《かっちゅう》に覆われた巨躯《きょく》の騎士。

優に二メートルを超えるその大きな肉体から発せられる真紅の霊力《オーラ》は、この空間を染め上げる程に大きく、そして多量だった。

――――赤く、紅《あか》く、赫《あか》く。色彩を赤一色にねじ伏せられていく世界。

乱入者。そう形容せざるを得ない何かが僕達の前に現れた。

「あり得ない……」

フェイトが呟《つぶや》く。五大クランが一つ〝燃える氷剣《Rosso&Blu》〟に籍を置く彼女をしてあり得ないと断じる程の異常性。

そしてその異常性《あり得なさ》は、この春にデビューしたばかりの圭祐《けいすけ》や蒼乃《あおの》さんですら察する程の不条理であり、

「何だよ、アレ。今この部屋は、俺達しか入れない〝仕組み〟になってるはずだろ!?」

「……まさか、突然変異体《イリーガル》？」

蒼色《あおいろ》の光を放つ刀を正眼に構えながら、彼女はそんな言葉を口にした。

突然変異体《イリーガル》。ダンジョンの神の理《ことわり》に背きし〝世界のバグ〟。

出現階層の深度《レベル》に見合わない力を持ち、逸脱した理不尽として冒険者の前に立ち塞がる彼等《かれら》ならば、成る程、確かに乱入だってできるのかもしれない。

しかし、

「いいえ。アレは突然変異体《イリーガル》ではありません」

蒼乃《あおの》さんの推測を強い口調で否定したのは、空樹《そらき》さんだった。

「何故《なぜ》そう言い切れる？」

「彼は突然変異体《イリーガル》でもなければ、階層守護者でもありません」

楕円《だえん》状の裂け目から現れた黒鋼の騎士を指差して、桜髪の少女はこう言ったのだ。

「アレは、黒騎士。界隈《かいわい》では名の知れた〝傭兵《ようへい》〟です」

「Wh《は》at《ぁ》？　ちょっと空樹《そらき》さん、今黒騎士って言った？　なんでそんな大物が、こんなところに来てるのよ」

「そこまでは分かりません。分かりませんが……」

空樹《そらき》さんが、何かを僕達に教えようとした次の瞬間、

「――――第五天啓《レガリア》、展開」

僕らの発したものではない機械音色が真紅の世界に響き渡り、

「〈大火ヲ焦ガセ、我ハ裁ク加害者也《ヴェスペル・ティリオ》〉」

その機関銃のような形をした赤色の殺意の塊《レガリア》が顕現を果たしたのである。

「がっ……!?」

「圭祐《けいすけ》っ！」

バラララララ、バラ、バララララ。濁点の混じった破壊的な掃射音と共に、肉の焼ける匂いが鼻を掠《かす》めた。

崩れ落ちる悪友。僕達の中で一番堅い装甲を持つ圭祐《けいすけ》があっさりと倒れて、

「クリス、《癒し《ヒーリング》》をっ！　フェイトはあの機関銃を抑えつつ、本体にも《光槍《ブリューナク》》をっ！」

返事の代わりに、無数の閃光《せんこう》が主なき二十層を瞬《またた》いた。

百本を越える光の槍が、十メートル先の黒騎士を目がけて直進する。

何故黒騎士が現れたのか分からない。

どうして僕達に襲いかかって来たのかも分からない。

ただ彼は、敵だった。

突如として現れ、交わす言葉もないままに圭祐《けいすけ》を――撃った。

「聖剣、抜刀」

だから僕には、聖剣を抜く義務がある。

「――『エクスカリバー』」

彼の友として、そしてこのパーティーのリーダーとして、立ち塞がる脅威を収めなければならない。

「空樹《そらき》さん、蒼乃《あおの》さんっ！」

刀身より溢《あふ》れ出《で》る金色の聖光を推進力に変換。一度の縮地《ワンアクション》。爆発的な加速を得た僕の身体《からだ》が、黒騎士の喉元へと差し迫る。

視界には、蒼乃《あおの》さんの姿が。名門蒼乃《あおの》家の才媛が機関銃の銃口から放たれる炎弾を切り裂いていき、右側の注意を惹《ひ》きつけてくれている。

正面からは、フェイトの光槍《ブリューナク》。更に紅の鎧《よろい》を纏《まと》った空樹《そらき》さんが追撃の大砲火。

「(狙うなら、ガラ空きの左側面)」

炎熱《エネルギー》への絶対的破断能力を持つ蒼乃《あおの》さんが、機関銃のある右方を攻め、正面をフェイトと空樹《そらき》さんが攻略、そして目立った武装のない左方を僕が抑える事で三面攻勢の構えが出来上がる。

聖剣の「段階《ギア》」を、更に加速。右脚を軸にした回転を伴いながら、光り輝く聖剣の刃《やいば》が黒騎士の左腕を断ち切ろうとしたその刹那――――、

「第二、第三天啓展開《レガリア》」

巨大な剣が現れたのだ。

二メートル大の巨軀を持つ黒鋼の騎士が握りしめてなお持て余す程の大剣。目を見張るばかりの美しさである。黒、濃紺？　いや、違う。その剣を表す正しい色の名は銀河。暗黒と星の輝きに満ちた世界の外側の色。

「――――」

剣を象《かたど》った星空が斬撃の軌跡を描く。

彼は、黒騎士は己の軀《カラダ》程の長さを持つ星の巨剣を易々《やすやす》と扱ってみせた。それも、

「(片手だけで、この威力だと……!)」

一つ一つの斬撃が恐ろしく重い。一太刀で混成獣王《キマイラ》の肉体を吹き飛ばす程の威力を誇る「この段階」の聖剣《エクスカリバー》が圧倒されている。

出力の差は火を見るよりも明《あき》らかだった。まるで嵐の只中《ただなか》にいるかのような重苦しさ。刃を合わ

せる度に、こちらの体力と精神力が削られていく。

更に、おまけに、絶望的に――――、

「この男、尋常ではない領域《レベル》の使い手だっ！」

蒼乃《あおの》さんの評価は、正しい。

黒騎士は機関銃を撃ちこむ片手間の立ち回りで僕達を圧倒していた。

僕も蒼乃《あおの》さんも、物心がついた時からひたすら己の剣を磨き続けてきた武芸者だ。生意気に聞こえるかもしれないけど、刃の扱いにはそれなりの自負と誇りがある。

だけど、黒騎士の剣術はそんな僕らのちっぽけなプライドを粉々にへし折っていくほどに巧みで、洗練された、明らかに〝上〟の領域の――――

「ぐうっ……！」

「蒼乃《あおの》さんっ！」

星の巨剣の一撃が蒼乃《あおの》さんを吹き飛ばした。宙を舞い数メートル先の地面へ倒れ込む彼女の頭蓋に機関銃の照準を合わせる黒鋼の騎士。

「（どういう事だ？）」

仲間の窮地を救う為《ため》、捨て身の「四段階目」を解放。聖剣の光輝は、真紅に染まったこの世界を黄金に塗り替える程に眩《まばゆ》く、同時に持ち手である僕の身体を容赦なく灼《や》いた。

刺すような痛みが全身を駆け巡る。僕は蒼乃《あおの》さんに向けて放たれた機関銃の掃射を一心不乱に叩《たた》き落《お》としながら、ある違和感について考えた。

「（音が、聞こえない）」

光槍の音。砲火の音。いつからだろうか。空樹《そらき》さんとフェイトの後方支援がハタリと消えたのは。

「──後ろを振り向く必要はない」

声が響いた。

黒鋼のナイトヘルムに覆われたその奥底──バイザーと見紛《みまが》うばかりに輝く無機質な紅の光。

「彼女達は既に終了している・・・・・」

──いつの間に。

「戦士は撃たれ、剣士は伏し、射手と戦姫は眠りについた。いかな聖女といえど、戦火の渦中で四人の負傷者を癒すのは不可能だろう」

クリスの悲痛な叫び声が木霊する。

この絶望的な相手と戦えるのは最早《もはや》、僕一人になっていた。

「後はお前だけだ、聖剣の担い手よ」

「なぜ」

口が動いたのは、時間稼ぎのためか。──否、時間は有限だ。四段階目の解放が僕の全身を灼き尽くす前に、この状況を切り抜けなければならない。だというのに、

「僕達を襲う」

「クライアントの意向だ」

勝てない。この相手に勝てるビジョンがまるで浮かばない。

「クライアントとは……誰の事だ」

熱い。そして痛い。敵は無傷。こちらは全滅寸前の満身創痍《そうい》。

「『無限城』」

そんな僕らの惨状を見兼ねたが故の事なのだろうか、この世界を真紅に染め上げた黒鋼の襲撃者が、淡々とした口調で僕の問いに答えを返す。そして、

「私のクライアントは、このダンジョンそのものだ」

──そして僕の意識も、無明へ落ちた。

■第一話　宣戦布告

ウェブ小説における定番イベントの一つとして〝噛《か》ませ貴族の乱入〟というものがある。

家柄も能力も申し分のないお坊ちゃんが主人公に絡んできて、それを難なく撃退してしまう主人公。

すごい、あの○○を瞬殺なんて、あいつ何者だ？　流石《さすが》、主人公ね、わたしが見込んだだけのことはあるわ。あれ、ボク何かやっちゃ――――とまぁ、こんな感じで主人公の力を周囲に見せつけつつ、後の因縁フラグを立てながら、片手間でヒロインの好感度まで上げるという一石三鳥の激熱イベント、それが〝噛ませ貴族の乱入〟イベントなのだ。

このイベントにおいて最も重要なポイントはやはり噛ませ犬役が貴族の実力者である、というところだろうか。

権力もあって、実力もある。

そんな誰もが一目置く相手を簡単にブッ倒してこそ、後の流石です主人公ムーブに繋《つな》がるのである。

これが「ひゃっはー！」等と珍妙な叫び声を放つその辺のチンピラだった場合、せいぜい稼げるのはヒロインの好感度くらいのものだ。

それだってもちろん重要なのだが、当然、街のチンピラ《凶一郎》を倒して得られる好感度なんて雀《すずめ》の涙以下である。

どうせ絡ませるのならば、上質な噛ませ犬を――そうして数多《あまた》の思考錯誤の末に生み出された〝噛ませ貴族〟というキャラクター像は、我々噛ませ犬業界の花形スターとして、古今東西あらゆる娯楽作品を盛り上げてくれた。

貴族である事を鼻にかけ、嫌味ったらしく、異性を性のはけ口としか考えていないような下衆《ゲス》野郎。

さらにアクセントとして、わがまま属性や差別主義者《レイシスト》属性まで付け加えれば、どこに出しても恥ずかしい逆完璧人間の完成だ。

そう、噛ませ貴族とは、嫌われてナンボの役どころなのだ。

悪役令嬢がなぜ悪役令嬢なのか？　それは読んで字のごとく、悪役の令嬢だからに他ならない。

読者に嫌われる為に、あるいはプレイヤーに憎まれる為に作られた道化役――その悲哀と立ち位置を逆手にとって産み出されたジャンルこそが、かの有名な悪役令嬢転生モノなのだが、まぁこの話は長くなるので割愛だ（ちなみに最近では、その男性版ともいえる悪役貴族転生モノも、プチ流行の兆しを見せている）――そんな損な役回りを押しつけられたキャラクターが、実は我らが神ゲー『精霊大戦ダンジョンマギア（通称ダンマギ）』にもいたりする。

名家の出身で、そこそこの力を持っているのだけれど、何故か主人公を目の敵にしていて、事あるごとに主人公達への敵対行動を取ってくるお邪魔虫。

今回のお話は、そんな〝彼〟と俺が奇妙な友誼《ゆうぎ》を結ぶまでの軌跡である。

◆清水《しみず》家・居間

「果たし状　清水凶一郎《しみずきょういちろう》殿

単刀直入に言おう。最近の貴殿は、頗《すこぶ》る調子に乗っておられる。

冒険者試験での突然変異体《イリーガル》の討伐に始まり、最速天啓保持者《ファストレガリアユーザー》の称号獲得、更には初回の探索での未踏域の踏破など、貴殿の成し遂げた不愉快な記録の数々は、今年の冒険者新人賞を狙っている身として到底看過できるものではない。

聞けば、あのジェームズ・シラードともねんごろな仲だというではないか。

大方恥知らずなへつらい方をして築き上げた関係なのだろうが、警告しておく。

貴様のような庶民風情が、五大クランの一長に近づくな、分をわきまえたまえ。

いいか？　良く聞け清水凶一郎《しみずきょういちろう》、冒険者にとって最も必要とされる要素は張りぼての記録でも虚栄に満ちた人脈でもない。

純粋な強さだ。

強い者こそが勝ち、強い者こそが称《たた》えられる。

だから君より強いこのボクが、君より称えられるべきである事は最早必然であり、また摂理でもある。

故に、ボクは君と世間に格の違いを見せつけるべく、模擬戦での決闘を申し込むことにした。

明日の午後六時、ダンジョン常闇のシミュレーションバトルルームに来い。真に冒険者新人賞を取るべき人物が誰であるか、その身体に刻み込んでやる。

七月三日　真木柱《まきばしら》獅音《しおん》

……ふむ、これが俗にいうファンレターというやつですか。良かったですね、マスター。貴重なファンからの手紙ですよ」

「ちげぇよ」

こんな物騒なファンレターがあってたまるか。

「ですがこの真木柱《まきばしら》なる御仁は、私ですら認識していないマスターの経歴をつらつらと書き連ねておりますよ。やはりファンでは？」

「いや、これくらいの情報はちょっと検索かければすぐにでてくるから」

問題はそこではない――――なお、アルが俺の経歴をまったく覚えていない問題については、大人のスルーを決めさせてもらう――――今、論ずるべきは、やはりこの果たし状の送り主についてだろう。

夕焼けの光に照らされた墨字の羅列を眺めながら、俺は力なく溜息《ためいき》をついた。

学校帰りに郵便受けを覗《のぞ》いてみたら、コレがチラシに紛れて鎮座していたのである。

こんな物騒なもの、郵便局が受け取るわけがないだろうから、おそらく差出人は直接うちの郵便受けに投函《とうかん》したのだろう。

「厄介な奴《やつ》に目をつけられたなぁ」

「マスターはこの御仁に、心当たりがあるのですか？」

アイスもなかを片手に持ちながら、淡々とした口調で質問を投げかけてくる白髪の美少女。

流石、アルさん。相変わらず、食い意地が張ってらっしゃる。

「あるにはあるが、ここで明け透けに話せるような内容じゃないんだよ。とりあえず話す場所を変えよう。それと念《ねん》の為《ため》、姉さんとユピテルの所在を確認しておこう。姉さんはスーパーで買い物中だからいいとして、ユピテルはどうしてる？」

「我が妹は、現在自室で仮眠中です。なんでも今日は、夜更けにゲームを買いに行く予定があるらしく、その為に寝だめが必要なのだとか」

言われてようやく思い出す。

ちょっと前に、ユピテルと新作ギャルゲーの店舗限定版を買いに行く約束を交わしたのだが、そうか、ついにこの時が来たのか。

なんだか感慨深い気持ちになってきたな。

明日は夜通しプレイして……明日、明日……っ？

「はぁっ⁉　マジかよ、最悪のタイミングじゃん！　なんで新作ギャルゲーの発売日に決闘の申し込みなんて来てるんだよ、バカバカ、バッカッ！」

「無視すればいいじゃないですか。斯様《かよう》な独りよがりに、こちら側が応じなければならない義理も義務も存在しません」

分かってねーなぁ、分かってねーよ。

そういう事じゃないんだよなぁ。

「例えば、お前が贔屓《ひいき》にしているラーメン屋さんがあるとするだろ」

「いえ、実際に十店舗程あるのですが」

多いな、オイ。

「まぁとにかく、そのラーメン屋さんが兼ねてより予告していた新ラーメンを明日から発売するという告知を出したんだ」

「間違いなく最前列待機ですね」

「んで、そんな大事な日に突然変な男が現れて、難癖をつけてきた挙げ句、今から喧嘩《けんか》しようやってすごんできたんだよ。アル、お前ならどうする？　無視して嫌な気持ちを抱えたまま新作ラーメンを食べられるか？」

「…………殺します、我が異名にかけて」

背筋の凍るようなその美声には、かつてない規模の怒気が孕《はら》まれていた。

人間の愚かさに絶望し、種族単位の根絶やしを決めたような声音で発せられたその言葉の重みに、俺は本能的な戦慄を感じずにはいられなかった。

「あ、あぁ。今の俺を取り巻く状況も大体――――うん、多分大体こんな感じでさ」

「成る程、理解致しました。つまりマスターは、この下郎に極大の殺意を抱いていると」

「いや、そこまで大げさな話じゃない」

とりあえずこの先どんな事が起こったとしても、アルの食事だけは邪魔しないようにしようと、俺はこの時固く誓ったのであった。

触らぬ邪神《かみ》に祟《たた》りなし、というやつである。

◆清水《しみず》家・凶一郎《きょういちろう》の部屋

ところ変わって、俺の部屋。

たんぱく質をふんだんに取り入れたプロテインヌードルをするアルの横で、俺は件《くだん》の人物、真《ま》木柱《きばしら》獅音《しおん》氏にまつわる情報を、端的に話す。

「真木柱《まきばしら》獅音《しおん》、文官の名門真木柱《まきばしら》家の二男坊《じなん》であり、自身も優秀な精霊使いであらせられるスーパーおぼっちゃまだ」

「その割には、随分と幼稚な文をお書きになるようですが」

「実際、幼稚なんだよこいつは」

今一度、ドアの鍵が閉まっている事を確認し、それから俺はなるべく小声でダンマギ無印における真木柱《まきばしら》獅音《しおん》の所業をアルに伝えた。

「自分より目立つ奴が気に入らない、自分を敬わない奴が許せない。そんな身勝手な理由から、主人公を一方的に敵対視して、ことあるごとに邪魔立てするようなやつだったよ、あいつは」

「自意識過剰でプライドが高く、自己中心的かつ嫉妬深い……典型的な小者ですね」

そう。ダンマギに出てきた真木柱《まきばしら》獅音《しおん》は、本当にどうしようもない人間だった。

顔を合わせる度に庶民庶民と主人公達を馬鹿にして、いかなる時でも空気を読まずに決闘騒ぎ。他にもヒロインのトラウマを意図的に抉《えぐ》るような罵倒の言葉を吐いたり、敵側に寝返ったり、ルートによっては殺人にまで手を染めたりと、実にバラエティ豊かな方法で我々プレイヤーの機嫌を損ねてきたのだ。

そんな有り様だったから、界隈での真木柱《まきばしら》獅音《しおん》は、当然のようにボロクソだった。

通称『マキグソ』、あるいは『名前を呼ぶのも憚《はばか》られるマキグソ』、もしくは『人気投票で凶一郎《きょういちろう》さんにトリプルスコア差で負けたマケグソ』……………うん、最後の考えた奴はいつか絶対絞めるわ。

「基本的に登場人物からもプレイヤーからも疎まれるようなキャラクターだったって印象が強いな、真木柱《まきばしら》に関しては」

「マスターを下回る不人気っぷりとは、相当なポテンシャルですね」

まぁ、ヒャッハーって叫んで死ぬだけのネタキャラと、作中通して主人公達の足を引っ張り続けてきたお邪魔キャラとではさすがに前者に軍配が上がったという程度の話なのだろうが。

「それで、マスターはこの一方的なアポイントメントを、どのように処理なさるおつもりですか？」

「正直、悩んでる」

邪神の箸を持つ手が止まった。

「まさか受ける気で？」

「いや、受けるとは言ってないよ。ただ、即決で断る気もないだけで」

主人公達ですら手を焼いたお邪魔キャラとの決闘なんて、普通に考えれば百害あって、一利なしの糞《くそ》イベだ。

しかし軽率に無視を決め込めば、さらに粘着してくるのが真木柱《まきばしら》獅音《しおん》という男なのである。

「つきまとわれて、家族や仲間に迷惑をかけるよりは、適当に決闘ごっこやって満足させてあげた方が角が立たねーんじゃないかって思ってさ」

「成る程、一理あります」

真木柱《まきばしら》は主人公達と同年代のキャラクターだから、今は十四歳の中二のはずだ。

目立ちたがり屋で自己顕示欲の強い性格の中学二年生なんて、どう考えても無視耐性ゼロである。

実際それが原因で、ダンマギの主人公が酷い目にあっているんだよなぁ。

無理やり拉致られて、デスマッチじみた決闘を仕掛けられて………うん、無視はやめよう、無視は。

「後、個人的に興味があるんだよ、こいつに」

「それは性的な意味で、という解釈でよろしいですか？」

「よろしくありません」

思春期男子みたいなこと言いやがって、いやらしい！

「そうじゃなくて、なんていうかさ……憎めないキャラクターだったんだよ真木柱《まきばしら》は」

行ってきた所業の数々を鑑みれば、真木柱獅音《まきばしらしおん》は確かに極悪人の類である。

決闘、中傷、裏切り、殺人――――簡単に羅列するだけでもこの有り様だ。

同志たちが彼のことを蛇蝎《だかつ》の如《ごと》く憎む気持ちも、さもありなん。

実際、俺も初回プレイの時には、画面のむこうの真木柱《まきばしら》に向かって何度も、●ねと叫んだものだ。

うざくて、邪魔で、笑えないクズ。

物語上の役割という一言で片付けてしまうこともできるけれど、やっぱりムカつくし、好きになれない…………はっきり言って第一印象は最悪だったよ、マジで。

だけど、幾度となくダンマギを周回していく内に、俺は奴の持つ別の側面に気がついたのだ。

たとえば、約束通り主人公が決闘の場に現れた時の嬉《うれ》しそうな顔
たとえば、とあるルートで一時的に主人公達と共闘した時の張りのある声
たとえば、主人公に寝返りを咎《とが》められた時のうつむいた視線

……あれ、こいつ実は主人公と仲良くしたかっただけなんじゃね？

その推測に至った時、俺は急激に、そしてたまらなくこいつのことが愛《いと》おしく感じられたのだ。

本当は主人公の仲間になりたいのにプライドが邪魔をして素直に慣れないツンデレボーイ。はっきり言ってあざといぐらいの萌《も》え生物である。

「やはり性的な目で見てるじゃないですか」

「見てねぇよ！　萌えてるだけだよ！」

萌えと愛は別腹なんだよ！

「しかも作中における真木柱《まきばしら》獅音《しおん》の暴走の原因は、凶一郎《きょういちろう》の末路《ヒャッハー》と同様の理屈で説明ができる」

「つまり〝侵されし者〟であると」

アルの返事に首肯で応える。

ソレは運命なんて曖昧なものではない。

もっと具体的で、ルールがあり、実害と悪意を伴う現象。

〝無印の元凶とも呼ばれるソレ〟が蔓延《まんえん》した時、俺達のような意志薄弱者共《くそざこ》は必ず侵され、望まぬ凶行《し》へと走るのだ。

「残念ながら俺は、無印の舞台《あのダンジョン》が出現する前の真木柱《まきばしら》を知らない」

「つまり、今の真木柱《まきばしら》獅音《しおん》はマスターの知っている〝彼〟とは別人であると？」

「そこまで擁護するつもりはないさ。この果たし状を一読しただけでも、真木柱《まきばしら》獅音《しおん》らしさは十分に感じられたし」

〝無印の元凶ともいえるあの現象〟に侵されたからといって、人格が全くの別人になり変わるわけではない。

アレの効能は、理性のタガが外れ、元々内に秘めていた薄暗い欲望や衝動が表出しやすくなるといった程度のもの――いいかえれば、そいつの隠された本性が剝《む》き出《だ》しになるというだけの話なのである。

だから作中で真木柱獅音《まきばしらしおん》がやらかしてきた数々の凶行を、〝侵されし者〟であるからという理由だけで擁護することはできない。

一線を越えてしまうような悪の素養が、真木柱《まきばしら》の中には確かにあるのだ。

けれども、

「そういう汚い部分ってのは誰にだってあるもんだろ」

憎悪、執着、保身、利己心、差別感情…………どんなに取り繕ったところで俺達人間は、負の衝動ってやつに魅入られてしまう。

「真木柱《まきばしら》を無視すると、そういった人間の――いや、自分のだな――自分の嫌な部分から目を背けているような気がしてなんか嫌なんだよ」

「考えすぎでは？」

「自分でもそう思うよ」

まるで論理的じゃないし、倫理的ですらない。

俺の心を傾けている感情の正体は、自衛と興味と自己満足。つまるところ、全部自分のエゴである。

「つし、決めた。ちょっと明日、真木柱《まきばしら》に会ってくる」

「……やはり性的な目で見ていませんか、マスター？」

◆総合メディアショップ『ドリアンの洞窟』店舗前

まだ、販売開始三十分前だというのに店の前には長蛇の列ができあがっていた。

午後十一時半、真黒の空の下に集まったギャルゲー同志達の相貌は一様に精悍《せいかん》である。

ダウンロードではなく、ネット通販でもなく、わざわざ店に並んでパッケージ版を買いに来るような連中だ、面構えが違う。

分かる、分かるぜお前らの気持ち。

だって、あと三十分であの『ぐんかん』のファンディスクが発売されるんだぜ？

紆余曲折《うよきょくせつ》を経てようやく発売されることになったファン待望のファンディスク、店舗限定特典はランダム封入のASMR！

そりゃあ、眉毛の一つもつり上がるってもんだ。

「本気でいってるの、キョウイチロウ？」

そんな中、俺の隣で整理券を握りしめた銀髪の少女が、まるで得体の知れない化物に遭遇したかのような視線で、我が凶悪面を見上げていた。

「発売日に買ったギャルゲーを、明日の夜までやらないなんて、狂気のサタン」

「狂気の沙汰な」

狂気のサタンはちょっと強すぎると思うの。

チュートリアルの中ボスが担う称号じゃないよ、うん。

「そういう捉え方もある。とにかくキョウイチロウはクレイジー」

手厳しいお子様だ。

だが、ユピテルの言う通りである。

「あぁ、分かっている、分かっているさ、ユピテル。発売日に買ったギャルゲーを一日近くも放置するなんてそんなの紳士のやることじゃないっ」

「理解していながら、しゅらの道をいくというのか……」

「……そうだ。俺は愛する女性《ギャルゲー》を置いて、明日決闘の場へ行く」

「今回のファンディスクは、あの鷹音《たかね》がメインぞ？」

「ぐっ……」

一瞬、決意が揺らぎかける。

鷹音《たかね》は俺が『ぐんかん』で一番推しているキャラクターだ。

気分屋で、嘘《うそ》つきで、本当は負けず嫌いの頑張り屋。

そんな最高に可愛《かわい》い俺の嫁である鷹音《たかね》メインのファンディスクを……俺は、本当に一日近くも放置するつもりなのか？

心臓に動悸《どうき》が走る。

心は早く鷹音《たかね》に会いたいと泣き叫んでいた。

「いや、」

だが……。

「一度でもプレイしてしまえば、俺は鷹音《たかね》から離れられなくなってしまう」

あいつは脆《もろ》い女だ。

途中退席なんて冷酷な真似《まね》をすれば、きっと泣き崩れてしまうだろう。

「だから、少し時間を置く事になっても、ずっとあいつといられる選択肢を取ろうと思って、俺は……っ！」

「キョウイチロウ……」

ぽんぽん、とお子様の小さな手が俺の腰を叩く。

「安心して行ってくるといい。鷹音《たかね》の面倒は、ワタシが見ちゃる」

「ネタバレは……やめてねっ」

「とーぜん」

ぐっと親指を突き出し、「お留守番は任せろ」と力強く頷くギャルゲー同志。

「頼んだぜ、鷹音《たかね》のこと」

「任せんしゃい」

月下のアーケード街に誓いの握手が交わされる。

これで、後顧の憂いはなくなった。

後は明日、戦いの場に赴くのみ――――！

「今のワタシ達、最高にかっちょいい」

「ふっ、だな」

ふんすっと二人で鼻を鳴らしながら、眉毛をキリリと吊《つ》り上《あ》げる。

「…………」

「どうした、ユピテル？」

「……おしっこいきたくなってきた」

かっちょいいのは、すぐに終わった。

◆ダンジョン都市桜花・第三百三十六番ダンジョン『常闇』シミュレーションバトルルーム

そして明くる日の午後六時、約束の場所へとやってきた俺（とお供の遥《はるか》さん）を出迎えたのは、大勢のギャラリーによる好奇の瞳と、今回の騒動における唯一にして最大の元凶だった。

「よく来たな清水凶一郎《しみずきょういちろう》！　まずは逃げずにこの場に現れた事を褒めてやろう、そう、このボクがだっ！」

ファーのついた高そうなジャケットと金色の短パンを身に纏いながら、やたらうねうねとしたポ

ージングで動き回るその男の名は、真木柱 獅音、

そう、これが、このとてもダサ――――個性的な出で立ちをした益荒男こそが、そう、このボク――真木柱 獅音その人なのである。

「我が怨敵清水凶一郎よ、今日ここで貴様の成り上がり物語は終演をむかえる、そう、このボクの手によって！」

甲高い声、ちらつく美脚に、仕上がった台詞。怪しく光るアッシュゴールドのウェーブヘアーはいかにも金持ちといった処理がなされており、奴の嗜好が窺える。

リアル真木柱は、やはり濃いお人だった。

◆ダンジョン都市桜花・第三百三十六番ダンジョン『常闇』シミュレーションバトルルーム

真木柱 獅音は、ダンマギ界隈でもっぱら噛ませ貴族として扱われている。

けれども、ここでいう貴族という言葉の中には実のところ多少の語弊が存在するのだ。

真木柱家は、厳密に言うと貴族階級ではない。

彼らの家系が文官の名門である事は間違いないし、大富豪と呼ぶにふさわしい資産を保有しているというのも紛れもない事実なのだけれど、しかし裏を返せばそれだけなのだ。

皇国における本物の支配者階級――――つまり、絶対に敬語を使わなければならないような特権身分の持ち主ではないんだよ、こいつは。

加えて真木柱《まきばしら》は俺の一歳年下であり、さらにデビューの時期は同じである。

年下で、同期な上に、自分の身勝手な言い分で俺達を引っかきまわしてくれやがったパパが凄《すご》いだけの傍迷惑《はためいわく》野郎。

そんな相手に使えるような敬語など、残念ながら俺の辞書には載っていない。

だから、口から飛び出した第一声は、必然的にタメ口だった。

「始める前にいくつかアンタに尋ねたい事がある。少し時間をもらっても？」

「許可しよう、そう、このボクがなっ！」

尊大に鼻を鳴らしながら、偉そうに腕を組む年下の短パン嚙ませ貴族。

吹き抜けの上に並ぶギャラリーにまで届きそうな大声と、人を小馬鹿にしたような表情。

いいね、それでこそ真木柱《まきばしら》獅音《しおん》だ。

「お心遣い感謝するよ、お貴族様」

若干の苦笑を交えた謝辞を終え、早速俺は真木柱《まきばしら》に質問を投げかけた。

「最初の質問だ。何故、俺と決闘を？」

「果たし状に書いたとおりだ。貴様が調子に乗っていて、このボクの冒険者新人賞を邪魔しようとしているからだ」

「調子に乗った覚えも、邪魔した記憶もないんだが」

「嘘をつけ！　デビューから、いやその前の冒険者試験の時から今日に至るまで、貴様はずっとボクより目立ってきた！　これが調子に乗っているといわずになんというんだっ！」

人差し指を高らかにつきつけ、まるで「犯人はお前だ」とでも言わんばかりの剣幕で断言する短パン貴族。

なぜ、真木柱《まきばしら》より目立つと「調子に乗っている事」になるのかはイマイチ分からなかったが、まぁ要するに俺の存在が目障りだということだろう。

それにしても冒険者新人賞、ね。

「確か去年、アンタと同学年の奴が、新人賞を取ってたよな？」

「そうだっ！　忌々しい〝英傑戦姫《アイギス》〟、ボクより早くデビューしてボクより先に新人賞を取ってボクよりも、そうあろうことかボクよりも目立っちやがってあの女────！」

熱に浮かされたようにぺらぺらと呪詛《じゅそ》を吐き始める短パン貴族。

彼女へのコンプレックスは、この頃から健在だったのか。

「そのメインヒ────じゃなかった、〝英傑戦姫《アイギス》〟さんにも同じような手紙を送ったのか？」

「無論、送るつもりだったさ。だが奴は、ボクがデビューした直後に醜聞を晒《さら》し、クランをクビになった」

「だからなんだ？　フリーになったとしても彼女の功績は変わらないだろ？」

「五大クランの一角と揉《も》めた女を好んでパーティーにいれるような冒険者などいない。アイツはもう、とっくにオワコンさ。いい気味だよ、ざまぁない」

「……そうかい」

この辺も原作通り……なのだが、やっぱり腹立つな。

お前が彼女の何を知ってるっていうんだ、真木柱獅音《まきばしらしおん》。

クソが、今ここでブチ殺してやろうか？

「何熱くなってるのさ、凶さん」

ていっと脇腹に突き刺さるチョップ。

痛くはなかったが、微妙に強い力加減。

振り返ると隣の恒星系が、つまらなそうに欠伸《あくび》を噛《か》み殺《ころ》していた。

「脱線してるよ、すっごく。そのナントカさんの話、今必要？」

「……いりません」

「じゃあ、話戻そ？　それともあたしが凶さんの代わりに戦おうか？」

「いや、俺がやる」

「よろしい」

言いたい事を言い終えた遥《はるか》は、締めとばかりに俺の背中を軽く叩いた。

少々の痛みと共に「しっかり！」というエール音のないエールが伝わって来る。

ありがとう遥《はるか》、おかげで大分楽になった。

ったく、何やってんだ俺。

唐突に〝英傑戦姫《アイギス》〟の話題を切り出しておいて、真木柱《まきばしら》が予想通りの暴言を吐いたらキレるとか、
まるで俺がこいつに怒りたいみたいじゃないか。

……いや、みたいじゃない。

俺は真木柱《まきばしら》を憎い敵に仕立て上げる理由が欲しかったのだ。

何だかんだと言って、俺はこいつの横暴に腹を立てていたのだと思う。

身勝手な理由で一方的に果たし状を送りつけられて、しかもそれがギャルゲーの発売日と被《かぶ》っていて、けれども実際に会ったこいつが微妙に憎みきれない奴だったから思うように煮えたぎれなくて、だけど■■になりたいという想《おも》いも少しあって、それで、そういうのがグチャグチャになって――


「――――ふぅ」

呼吸を整え、思考を切り替える。

落ち着け、凶一郎《きょういちろう》。目の前に立つ短パン貴族を、無理やり悪役に仕立て上げようとするなバカ野郎。

こいつは、真木柱獅音《まきばしらしおん》であり、それ以上でもそれ以下でもない。

それ以上にも、それ以下にもしてはいけない。

「どうした？　もう質問は終わりか清水凶一郎《しみずきょういちろう》？　ならば、いざ――――！」

「いや、質問はまだある。『最初の質問』って言っただろ。最初があるなら次もある。そしてこいつは最後でもない」

「長い！　ボクは貴様とおしゃべりがしたいわけじゃないっ！　早くボクと戦え清水凶一郎《しみずきょういちろう》！」

「それはアンタの都合だろ？　勝手に人の家にこんな物騒な紙を差し出しておいて、何も聞かずにボクと戦えなんて無理筋が本当に通ると思ってんのか」

「ぐっ……」

短パン貴族の整った顔が、一瞬歪《ゆが》む。

よし、怯《ひる》んだな。チャンスチャンス。

「どうしてもこちらの質問に答える気がないというのなら、悪いがこの決闘ごっこはなかったことにさせてもらう。ついでにこの危ない手紙をしかるべき所に出して――」

「分かったっ！　分かったよっ！　好きなだけ質問を受けつけるっ！　だから妙な考えを起こすのはやめろっ！」

随分と焦っちゃって、かわいらしい中坊だぜ。

「そうかそうか、庶民に対する寛大な措置痛み入るぜお貴族様」

全力の営業スマイルを浮かべながら、恭しく礼をする。

「んじゃあ、気を取り直して質問タイムの再開だ。上にいるギャラリー、あれはいったい――」

◆

「なるほど。つまりアンタは今、真木柱《まきばしら》家に仕える従者達とパーティーを組んでいるってわけか」

「……そうだっ！　……我が従僕達はよく働いてくれているっ！　これで、もう、いい加減に、満足しただろうっ！」

ダンジョン常闇のシミュレーションバトルルームに疲れの混じった怒鳴り声が響き渡る。

ご自慢の大声も、すっかり掠れちゃってご愁傷様だ。

まぁかれこれ三十分近く矢継ぎ早の質問を受けておきながら、それら全てを律儀にマックスボリュームで答えてたからなぁコイツ。

おかげで大体の裏は取れた事だし（といっても懸念していた黒幕的サムシングは、影も形もなかったのだが）、いい加減解放してやるか。

「悪い悪い。ついアンタとのおしゃべりが楽しくなっちまって。……うん、そうだな。そろそろ始めようか」

俺の発言に安堵《あんど》と寝息と無責任な野次が同時に反応を示す。

安堵は当然、真木柱《まきばしら》。

寝息は近くのベンチでうたた寝中の遥《はるか》さん。

そして、心ない野次を飛ばしているのは上で観《み》ている無責任な観客達だ。

「さっさとやれ」だとか「つまんねー」だとか、言いたい放題言ってくれちゃって。

「なぁ、真木柱《まきばしら》。あいつら本当に必要だったか」

「当然だっ！　やつらには証人になってもらわなければならんっ！　そう、このボクが貴様を打倒したという決定的瞬間のなっ！」

ずびしっと、人差し指をこちらに向けながらそんなことを言い放つ短パン貴族。

証人、ね。

「あいつらはきっと俺とアンタ、どちらが負けてもこき下ろしてくるぜ」

「問題ないっ！　勝つのはこのボクだっ！　故に罵声を浴びるのは貴様であるっ！」

なんて事を自信満々の表情で仰《おっしゃ》るお貴族様。

自分の勝利を微塵《みじん》も疑っていない。

「わかったよ。んじゃ、コクーンに移動しようか」

「指図するな。ボクに従えっ！　さぁ、コクーンに移動するぞ清水《しみず》凶一郎《きょういちろう》っ！」

「へいへい」

こんなところでもマウントを取らなきゃ気が済まないなんて、やんごとなき身分なお方というのも大変だ。

◆仮想空間・ステージ・プレーン

二キロメートル四方に広がる青の世界。

等間隔に配置された電子の輝きを光源としたサイバー空間に二つの影が対峙《たいじ》する。

「ルールの確認だ。勝負は時間無制限の一本勝負。決着はアバターのキルか、シミュレーターの〝降参機能《リザインシステム》〟を用いての降伏。初期配置は、互いに中央のラインを中心とした半径百メートル以内の自由位置で、スタートブザーの音を合図に決闘開始……なにか相違は？」

「ないっ！」

「結構。それじゃあ、いい勝負をしようじゃないか」

手を差し出して、握手を求める。

しかし、真木柱《まきばしら》がその手を取ることはなかった。

「敵と慣れ合うつもりはないっ。さっさと持ち場につけっ、清水凶一郎《しみずきょういちろう》っ」

バッドコミュニケーション。

三十分程度の質問攻《おしゃべり》めでは好感度を稼げなかったらしい。

俺は握られる事のなかった右手をぶらつかせながら、自陣へと移動する。

さて、ここからは少し真面目にやらないとな。

何せ決闘だ。決闘、決闘……、決闘、なのだろうか？

今更になって頭に疑問符が浮かぶ。

決闘といっても、結局今からやることはアバターを使った模擬戦だ。

しかもシラードさんの時のような賭け試合というわけでもないし、本当にただ戦うだけである。

命どころか、互いに負けても何も奪われない。

せいぜい敗者の名誉とか誇りとかそういったものに多少の罅《ひび》が入る程度のものだろう。

それだって別にどうでもいいというか、俺の誇りは強さに依拠したものじゃないし、真木柱《まきばしら》が口にする冒険者新人賞云々《うんぬん》の話も皆目興味がない。

だから畢竟《ひっきょう》、別に負けたっていいのだ。

それであのお貴族様が溜飲《りゅういん》を下げてくれれば万々歳だし、むしろ勝ってしまった方が色々面倒な事になりそうですらある。

どうする？　バレないように手を抜いて、適当なところで降参するか？

俺が勝つという事は、あいつのプライドが傷つくということだぞ。

自業自得と言えばそれまでだし、可哀想《かわいそう》だなんて欠片《かけら》も思わないが、ほぼ確実に逆恨みされるだろうなという確信めいた予想はある。

無印の主人公が作品を通して真木柱《まきばしら》につきまとわれたのも、元をただせば今と同じように模擬戦で奴を負かした事が原因だったわけだし、考えれば考える程、勝つよりも負ける方がいい気がしてきた。

負けても何も奪われず、逆に勝てば余計な面倒事が増えるだけ。

どうしよう、マジで負けようかなと心が傾きかけた矢先の事だった。


エリア全体に響き渡る、やたらと荘厳《そうごん》なブザー音。


戦いの開幕を告げる電子の合図に、思考よりも先に身体が勝手に動き出していた。

この音を聞くと、俺の身体は条件反射的にバトルモードに切り替わってしまう。

要するにパブロフの犬という奴だ。度重なる恒星系との模擬戦を繰り返してきた俺にとって、シミュレーターから流れ出るブザー音は、死ぬ気で戦えという号令に他ならない。

死ぬ気で戦わなければ、こちらが死ぬからだ。

開始一秒、【四次元防御】の展開よりも早く『蒼穹《そうきゅう》』を掃射《ブッパ》されて即死なんて日常茶飯事《あたりまえ》、《時間加速》と《脚力強化《ストライド》》の最速コンボは笑顔で避《よ》けられ、認識阻害持ちの〈獄門縛鎖《デスモテリオン》〉の捕縛は「一度喰《く》らってなんか慣れちゃった！」の一言で毎回空振りに終わる——そんなワクワクの怪物《ワクワック・ビーング》と多い時には週に数百本以上のペースで戦《ヤ》ってるんだぞ？

そりゃあ、開始の合図と共に《時間加速》と《脚力強化《ストライド》》の多重掛けを行って、指を弾《はじ》くよりも短い時間で相手の懐に入り、〈獄門縛鎖《デスモテリオン》〉の展開と同時に大剣形態のエッケザックスで相手の首を飛ばすくらいの初動はできるようにもなるさ。

……できるというか、やっちゃっていた。


「やっべ」


気づいた時にはもう遅かった。

決闘開始から数秒、誇り高き短パン貴族のやんごとなき御首《みしるし》が、綺麗《きれい》な放物線を描きながら空を舞う。

真木柱《まきばしら》獅音《しおん》との決闘は、やつが自分の精霊をお披露目するよりも前に落着と相成ったのである。

◆ダンジョン都市桜花・第三百三十六番ダンジョン『常闇』シミュレーションバトルルーム

「さっすが凶さん！　惚《ほ》れぼれするような試合運びだったよ！　てっきりめんどくさがって、わざと負けるんじゃないかって思ってたんだけど、全然そんな事なかったね！　凶さんはやっぱり凶さんだ！」

わはーっと心の底から満足した笑みを浮かべて讃《たた》えてくれる恒星系。

ありがとよ、遥《はるか》。全部お前のおかげ《せい》だ。

いや、どうすんだよこの雰囲気。

会場、ひえっひえじゃねぇか。なんか野次飛ばしてたやつらも気まずそうに視線落としてるし、ていうかギャラリーのほとんどが帰っちゃってるし！

「きっと、みんな凶さんの強さに恐れおののいたんだよ。それこそ敗者に罵声を浴びせる気力すら奪われるほどにね」

「……マジで？」

「マジもマジ、大マジだよ。戦闘が始まった瞬間にシミュレーターの映像を観ていた人達全員が、一斉に静まり返ってさ、……あれは壮観だったなぁ」

うっとりと、とても甘美な思い出に浸るような面持ちで中央の巨大スクリーンに視線を注ぐ恒星系。

どうやら遥《はるか》さん的には大満足だったらしい。

良かった良かった、お前が喜んでくれたのならば、それで十分だ――なんてことには当然ならない。

今気にするべきは、中学生の首が飛ぶ映像を観て熱っぽい息を吐くワクワクポジティブサイコの好感度ではない。

決闘を申し込んでおきながら、何もできずに首チョンパされた短パン貴族の好感度こそが肝要なのである。

「なぁ、遥《はるか》。真木柱《まきばしら》はどこにいる？」

「対戦終わってから一度も彼の姿はみてないし、多分まだコクーンの中にいるんじゃないかな？……ねぇ、そんなことよりも凶さん、今からあたしと戦《ヤ》ろうよ。あんないけない映像見せられてワクワクしない人間なんていないよぉ」

ハァハァと息を荒げて腰をくねらせながら、情熱的な誘い文句を口にしてくる恒星系。

危ない人だ、完全に。

「……落ち着け遥《はるか》、ステイステイ。後でお前の望む分だけ模擬戦やるから、今は真木柱《まきばしら》のところに行かせてくれ」

懐から餌付け用のシリアルバーを取り出し、出来上がってる遥《はるか》さんの口元に優しく入れる。

「んっ、むぅ……はむっ、ちゅっ、んくっ……約束だよ？　いっぱい、してね？」

「するする。だからそれ食いながらちょっと待っててくれ、な？」

「……わかった」

渋々ながら納得してくれたらしい。

俺はもう一度遥《はるか》に詫《わ》びと感謝の気持ちを伝えながら、真木柱《まきばしら》の元へと向かう。

等間隔に設置された繭型の筐体《きょうたい》群の中から、自分の記憶を頼りに短パン貴族の乗る筐体《きょうたい》を探すこと約一分、俺は早々に目的のコクーンを見つけることに成功した。

使用中のヘッドランプがついているにも関わらず、外側のセーフティロックが解除された筐体。

地理的にも状況的にも十中八九、このコクーンだろう。

一応念のため、コンコンッと軽めのノックを入れてしばらく待ってみる。

返事はない。

けれど何か、うわ言というか、うめき声のような不気味な声が聞こえてきた。

「……クは…………ソ……コ」

中から聞こえてくるのは、覚えのあるボーイソプラノ。

間違いない。やつがいる。

「真木柱《まきばしら》、俺だ。清水凶一郎《しみずきょういちろう》だ。決闘終わりにこんな申し出をするのは些《いささ》か不躾《ぶしつけ》なのかもしれないが、単刀直入に言う。少し話さないか？」

返事はない。

相変わらずぶつぶつと呟いたままだ。

二度三度と、同じやり取りを繰り返し、このままでは埒《らち》が明かないと踏んだ俺は、思い切って筐体の扉を開けてみた。

「邪魔するぞ、真木ばし…………ら？」

すると、そこには――――。


「ボクはクソザコ……クソザコナメクジ……」


そこには、真っ白に燃え尽きて顔を虚無らせた短パン貴族の姿があった。

いや、何があったし。

◆ダンジョン都市桜花・第三百三十六番ダンジョン『常闇』シミュレーションバトルルーム
真木柱《まきばしら》獅音《しおん》というキャラクターは悪い意味でポジティブな人間だった。

主人公達に何度負けてもへこたれず、常に状況やタイミングのせいにしては再戦を誓い、そして折をみては決闘騒ぎを起こして、また敗れる――――そんな彼の姿を見ながら当時の俺は、懲りない奴だな、と苦笑を漏らしながら、同時に少しだけ羨ましいと感じていたんだ。

だって、そうだろう？

同じ相手に何度も負けて、幾度となく辛酸を舐《な》めさせられても、決して自分を責めずに前を向き続ける。

なんでもかんでも自己責任の一言で片付けたがる現代の風潮とはまるで逆をいくその在り方は、見苦しくもカッコよく、いっそのことロックですらあった。

ダンマギの真木柱《まきばしら》は間違いなく悪役だし、その所業の数々は決して許されるべきものではないけれど、奴の空気の読まないポジティブさは、嫌いじゃなかった。


……嫌いじゃ、なかったんだ。

「ボクはクソザコ、クソザコナメクジ、……あっ、それではナメクジ様に失礼か？　ボクはただのクソ、真木柱《まきばしら》じゃなくてマキグソだ……ふふっ、あはっ、あはははは……はぁっ」

コクーンの中にいた真木柱《まきばしら》は、死ぬほど落ち込んでいた。

しかも滅茶苦茶《めちゃくちゃ》自分を責めている。

何、これ？

というか誰、君？

解釈違いも甚だしいんだけど。

「おい、真木柱《まきばしら》しっかりしろ。高々、模擬戦に負けたくらいの事で落ち込むなよ。お前は何も失ってないし、次また戦《ヤ》れば、違う結果が待っているかもしれない。だから、そんなにクヨクヨすんなって」

「清水《しみず》、凶一郎《きょういちろう》？」

そこで真木柱《まきばしら》は初めて、俺に気がついたかのように目を瞬かせた。

「貴様、どうしてここに……いや、そんなことはどうでもいい。清水凶一郎《しみずきょういちろう》、貴様今なんと言った？」

「えっと、」

「ボクがこの決闘で何も失わず、次に戦えば結果は分からないと言ったな！」

「いや、ちゃんと覚えてんじゃん」

「言ったよな！」

「あっハイ」

真木柱《まきばしら》の凄《すさ》まじい剣幕の前に、俺の障子紙並みのツッコミは、簡単に破かれてしまった。

「あの戦いを大勢の人間に見られたのだぞ？　動画サイトに投稿されてもおかしくない！　それでアップロードされた動画を見た視聴者が、果たして次はボクが勝つなどと考えると思うか？　考えないだろう！」

至極真面目な調子で、ものすごくネガティブな正論を展開してくる短パン貴族。

なんだろう、ぐぅの音も出ない程正しい事をいっているはずなのに、違和感が半端ない。

「決闘などと息巻いておきながら、実際は我が精霊の力を発揮する間もなく瞬殺だ。情けないにも程がある。なぁ、清水凶一郎《しみずきょういちろう》よ、貴様もそう思うだろう？」

「いや、思わないよ。思うはずがない」

「でまかせを言うなこの偽善者め！　彼我の実力差は明白だった。にも関わらず、愚かなボクは貴様に勝負を挑み、大勢の観衆の前で無様を晒《さら》した。……もう終わりだ、何もかも」

力なく首を落とし、小刻みに身体を震わせる噛ませ貴族。

……いや、こんなのもう噛ませ貴族でもなんでもないよ!?

ちょっと生まれがやんごとない家柄なだけの、多感で繊細なお坊ちゃんだよ！

「考え過ぎだって。余計なお世話かもしれないけど、もっとポジティブにいこうぜ真木柱《まきばしら》。多分、その方がお前の性にあってるよ」

「貴様に、ボクの何が分かるというのだ！」

二年先の未来とか、お前さんがどんな末路を辿るのかくらいは分かってるよ――なんて戯言《ざれごと》はもちろん言えない。

というか、諸事情により心の闇的なモノに侵されていた本編の彼を、目の前の短パン貴族に当てはめて良いのだろうか？

もしかしたら、今こうして力なくいじけている姿こそが、真木柱《まきばしら》獅音《しおん》本来の在り方なのかもしれない。

少なくとも、原作に出てきたあの不撓不屈《ふとうふくつ》の噛ませ貴族に比べればこちらの方が幾分《いくぶん》等身大である。

「同年代の女子に先を越され、いざデビューしたかと思えば、絶対に越えられないような壁に新人賞を阻まれる――惨めだ、実に惨めだ。果たしてボクほど惨めな人間がこの世の中にいるだろうか？　いや、おるまい！　生まれながらの道化！　それがボクだっ！　ボクなのだっ！　ふふっ、ふははっふはははははははっ！」

……等身大ではあるのだが、これはこれでめんどくせぇ。

なんだよお前、一昔前の拗《こじ》らせ系ラノベ主人公もかくやってレベルで自虐するじゃん。

いまどきウジウジ系は流行《はや》らんぞ。多分、噛ませ貴族よりも人気がない属性だ。

「どうした？　黙ってないで笑えよ、清水凶一郎《しみずきょういちろう》。勝者である貴様には、ボクを嘲笑《あざわら》う権利がある。さぁ、笑えっ！　笑えよっ！」

「だぁああああああっ！　もうめんどくせぇっ！」

ぷつりとキレた堪忍袋の緒が、こいつを運び出せと指令を下す。

「おいやめろ清水凶一郎《しみずきょういちろう》、このボクを子供のように担ぐな！」

「うるせぇ！　俺にとっちゃ平均身長の中坊なんざガキみたいなもんなんだよ！」

じたばたと肩元で暴れる真木柱《まきばしら》を知らぬ存ぜぬと担ぎあげながら、恒星系の元へと向かう。

「またせたな、遥《はるか》。約束通り、今から戦《や》ろう」

「もう、待たせ過ぎだよ！　早くしよ…………ってその人は？」

「あぁ、こいつな」

よっこいせと抱えた荷物を地面に降ろし、すっかり仕上がっている遥《はるか》さんに事の次第を説明する。

「見学者の真木柱獅音《まきばしらしおん》さんだ。こいつに今から俺達の模擬戦を視聴してもらう」

「はぁっ!?　どうしてこのボクが貴様たちの下らない戦いを観なければならないのだっ！」

「そっ、そそうだよ凶さん。あたし達の行為を人様に公開するだなんて……やだっ、ちょっと興奮しちゃうっ」

頬に両手をあてながら、嬉しそうに身をよじらせる恒星系。

よし。とりあえずこの変態は無視しよう。

「どうしてって真木柱《まきばしら》、お前新人賞狙ってるんだろ」

「それはそうだが……」

「だったら、こいつは観ておいて損はないぜ。なにせ今最も新人賞に近い冒険者の戦闘シーンが拝めるんだからな」

◆

「なっなななななな、なんだアレは!?」

仮想空間で遥《はるか》と軽く十ラウンド程模擬戦を終えた俺に、短パン貴族が素っ頓狂な声を上げながら近づいてくる。

「このボクですら視認できないスピードで動いたはずの貴様がどうしてあっさりと切り刻まれているのだ!?」

「決まってんだろ真木柱《まきばしら》。こいつが俺よりも速く動いて切り刻んだからだ」

俺の腰下に寄りかかっている犯人に向かって指を差す。

わふーっと満足したご様子の遥《はるか》さんは、今日も今日とて全戦全勝だった。

「あり得ない。こんなの五大クランに所属できるような……いや、ともすれば筆頭《エース》パーティーに抜擢《ばってき》されるレベルの……」

「そりゃあ過小評価ってもんだ。ウチの遥《はるか》さんをその程度の奴らと一緒にしてもらっちゃ困る。純粋な剣術の技量でいえば、桜花でこいつに勝てる奴なんていないよ」

「う、嘘だっ！　出鱈目《でたらめ》に決まってる」

「じゃあ、信頼できる証人に聞いてみるとするか」

俺はスマホから信頼できる証人Ｊの番号を呼び出し、真木柱《まきばしら》に渡した。

「この人の言うことならお前も素直に信じられるだろ」

「一体、どこのだ――――ジェ、ジェームズ・シラード殿!?　いっ、いつも貴殿のご活躍には勇気づけられております。も、申し遅れました。ボ、わたくし真木柱《まきばしら》……」

ぎこちなくも嬉しそうに電話口の相手と会話をする短パン貴族。

こういう所は年相応なんだけどなぁ。

「はい、はい。承知いたしました。貴重な情報を提供頂き、誠にありがとうございます。はい、えぇ、本人にはそのように、はい、承りました。それでは失礼致します。はい、はい、では――――シラード殿が貴様によろしくと言っておられたぞ」

「へいへい」

「へいへいではないいっ！　五大クランの一長をエビデンスとして使うなっ！　こっ、こちらの心臓が持たんだろうが」

いや、元を辿れば今回の騒動の原因は、あの爽やかイケメン腹黒タヌキが、テレビの記者会見であることないことでっち上げたせいだからね。

だからこの程度の雑用事で済ませてやるのは、むしろ良心的とさえいえるのだが、……まぁ、こいつにそれを説いたところで

「悪かった悪かった。次からは気をつけるよ。それで、肝心のエビデンスは取れたのかい？」

「あぁ、エビデンスは」

ちょいちょいと、インナーの裾が引っ張られる感覚に襲われて視線を下に逸《そ》らす。

見ると、遥《はるか》さんが怪訝《けげん》そうに小首を傾《かし》げていた。

「ねぇ、凶さん。エビデンスってなーに？」

「証拠を異国語で言い換えた言葉だよ」

「ふーん。じゃあ、証拠って言えばいいじゃん。なんで二人共わざわざ難しい言い方で話すの？」

「……なんで、だろうな」

気まずい沈黙が流れる。

おい止《や》めろ、遥《はるか》。

無駄にエビデンスとかアジェンダとかMTGを並べて不必要にアグリーアグリー頷くことで自身の知性をひけらかせると信じている人間がこの世の中には沢山いるんだぞ。

だってカッコいいじゃん。エビデンスって。

カッコいいは正義なんだよ？　ドラゴンのアクセサリーや指抜きグローブと同じくらいイケてる

んだよ？

「あっ、分かった！　これも厨二《ちゅうに》────」

「オーケー、分かった。こいつを食ってろ」

「むぐっ」

言ってはいけない病の名前を口にしかけた恒星系の口元に、餌づけ用のソイバー（期間限定ヨーグルト＆フローズンレモン味）を突っ込む。

くそ、あぶねぇあぶねぇ。

危うく俺と真木柱《まきばしら》のライフが尽きるところだったぜ。

ごほん、と大きな咳払《せきばら》いをかまし、場の気まずい雰囲気をリセットする。

「話を戻そう。それで、肝心のエビ……証拠は取れたのかい」

「あぁ、エビ……裏は取れた。他ならぬシラード殿の証言だ。無碍《むげ》にはできまい。認めるよ。今期のトップは貴様でもボクでもなく、そこの失礼な女だ。〝接近戦であれば、自分ですら敵《かな》わない〟とシラード殿に言わしめる程の強者であれば、新人賞の栄誉もさぞや輝くことだろう」

まるで憑《つ》き物《もの》の落ちたような顔で、物分かりのいいことを言う短パン貴族。

「すまなかったな、清水凶一郎《しみずきょういちろう》。貴様には色々と迷惑をかけた。今後は二度とお前達に迷惑をかけないと約束するよ」

折り目正しく頭を下げ、真木柱《まきばしら》は謝罪の言葉を口にした。

誰に強いられたわけでもなく、他ならぬ自分の意志で、真木柱獅音《まきばしらしおん》が謝った。

あの真木柱獅音《まきばしらしおん》が、である。

自分の非を認め、心からの謝意を伝える――誰にでもできることじゃない。プライドの高い人間ならば尚更《なおさら》だ。

立派だよ真木柱《まきばしら》。嘘じゃない。本当にそう思う。

「これからは、自分の実力に見合った身の振り方を心がけるようにするよ。今回の事は、本当に勉強になった」

だけどさ、真木柱《まきばしら》よ。それは、全然お前らしくない。

「貴様の言った通りだ。ボク達の戦いは、正真正銘〝決闘ごっこ〟だった。力量差の違いも分からずに、勝負にならない戦いを挑むなんて、ボクはとんだ大馬鹿野郎だ」

ウジウジ悩んだ挙げ句、大人しく己の敗北を受け入れるような嚙ませ貴族が、一体どこの世界にいるというのだ。

「ざけんな負け犬。お前それでも冒険者かよ」

気がつけば、俺は身勝手な文句を口にしていた。

素直に謝ってきた相手に、解釈違いだからと怒るオタク……どう考えても害悪だ。

被害者という立場をかなぐり捨てるような愚行である。

「たった一度の敗北がどうした。自分よりも強い奴がいたら諦めんのか？　そんな賢《さか》しい知性があるんなら、最初からあんな馬鹿な手紙書くんじゃねぇよ、このあんぽんたん！」

「あんぽ……そうだな、ボクが馬鹿だった。面識のない人間の家に果たし状を送りつけるなど我ながらどうかしていた」

「そうじゃねぇだろ！　言い返してこいよこのすっとこどっこい！」

分かっている。分かっているさ。

ゲームと現実をごっちゃにするなってことだろ？

ここにいる殊勝な短パン貴族と、ダンマギに出てきた真木柱《まきばしら》獅音《しおん》は厳密にいえば別人だ。

年齢、状況、実力や社会的評価。未来の真木柱《まきばしら》獅音《しおん》が得ているものをこいつは持っていないし、逆に二年後のあいつが失ってしまった良識や倫理観を、今の真木柱《まきばしら》は持ち合わせている。

だから、今のこいつに未来の、しかも人の道から外れたあいつの在り方を求めるなんて我ながらどうかしてると思うよ。

だがな、それでもあえて言うぜ？

嚙ませ貴族をやってた頃のお前はもっと輝いてたぞ、真木柱《まきばしら》獅音《しおん》。

何があってもへこたれず、どれだけ相手が正しかろうとも微塵も主張を譲らない鋼のメンタル。

あぁ、あいつはクソ野郎さ。ゲーム内外問わず誰からも嫌われ、人気投票で凶一郎《きょういちろう》にトリプルスコア差をつけられて負けた笑えないバカだよ。

でもな、俺の知っている真木柱《まきばしら》獅音《しおん》は、お前みたいに一度の敗北で折れるなんてことは絶対なかった。

何度傷ついても、いくら負けても、主人公に勝つというただ一つの目的の為に全てを燃やし続けたんだ。

世界から愛された存在に、本当は誰よりも仲良くなりたかった男に、最後まで抗《あらが》う事を止めなかった噛ませ犬の鑑《かがみ》、それが俺の知っている真木柱獅音《まきばしらしおん》という男だ。

善か悪かでいえば、あいつは絶対に悪だろう。

過去と未来、どちらがマシかと問われれば、誰もが過去を選ぶだろう。

だがな、未来《あっち》の真木柱獅音《まきばしらしおん》は、今のお前《おまえ》みたいに自分の目標《ユメ》を簡単に手放すような男じゃなかった。

自分の実力に見合った身の振り方を心がけるだと？

馬鹿を言え。身の丈に合わない相手に、我が身を焦がしながら挑むのがお前だろうが。

それをなんだ？　一度負けたくらいで簡単に折れやがって。

「自分の正しさすら貫けねェ奴が、簡単にプライド掲げて決闘なんて挑むんじゃねぇよ、この豆腐メンタルおぼっちゃま！」

「だから悪いと」

「謝んな！　悪くねェと開き直りやがれこのすかぽんたん！」

「き、貴様さっきから言ってる事が滅茶苦茶だぞ」

そんなことは百も承知だよ！　この綺麗な真木柱《まきばしら》が！

あー、もう怒り過ぎて段々自分がなんでキレてるのか分からなくなってきた。

でもとにかくムカつく！　エゴだと言われようがゲーム脳だと詰《なじ》られようが心の深い部分がムカムカするんだよ、ＦＵ●Ｋ！

「まーまー凶さんや、少しこれでも食べて落ち着きなされ」

まるで重力を超越したかのような軽やかさで宙を飛んだ恒星系が鮮やかな動作で俺の口元に何か棒状のモノを突っ込んだ。

酸味の利いた甘い味。端の方に追いやられた包み紙に目を通すと、うっすらとヨーグルト&フローズンレモンという文字が見える。

――――って、まさかこれってさっき俺がお前の口に突っ込んだやつ!?

「ふぁごっ!? ふぁふふぁ、ふぉふぁへ!」

「いつものお仕返し。それ食べ終わるまでおしゃべり禁止だからねー。さてさて、えーっと何君だっけ」

「真木柱《まきばしら》だ。真木柱《まきばしら》獅音《しおん》」

「うん、覚えたよ。あたしは蒼乃遥《あおのはるか》。よろしくね、真木柱《まきばしら》君」

「う……む」

てめぇ何顔赤らめてんだ短パン貴族。

いくらウチの恒星系がその辺のアイドル顔負けの美貌を持っているとはいえ、万が一にでも盛んじゃねえぞ?

もし本人の許可もなく指一本でも触れてみろ、その時は邪神仕込みの股間粉砕《ナッツクラッシャー》でたっぷりお前を可愛がってやっかんな、あぁん?

「ごめんねー、ウチのひと偶《たま》に思いこみで暴走するところあるから」

「あっ、いや、いいんだ。そもそもはボクが清水凶一郎《しみずきょういちろう》に失礼な申し出を送りつけたことが発端なのだし」

「うーん。多分、そこはあんまり重要じゃないと思うんだよ」

さも真実を述べるような語調で、知った風な口を叩く恒星系。

「確かに真木柱《まきばしら》君と出会った最初の頃はピリピリしてたところあったけどさ、その後三十分ぐらいおしゃべりしてたでしょ、彼。もしも許せないーとか面倒くさいなーって感情が大きかったら、そんな長い間、君とお話なんてしないんじゃないかな？」

くっ、あの時ベンチで寝てた女とは思えない洞察っぷりだ。

しかもなまじ核心をついているせいで、気恥かしさが止まらない。

「では、なぜ清水凶一郎《しみずきょういちろう》は斯様に怒っている？　……！　まさか、ボクの不甲斐《ふがい》ない戦いぶりに落胆して」

「残念ながらそれも違うかなー。さっきの試合があぁいう結果になったのは、どちらかといえば凶さんの責任だし、実力を発揮する前にやられた相手を貶《おとし》める程、うちのリーダーは狭量じゃないよ」

そう。

俺が気に食わなかったのは決闘の前でも、決闘の最中でも、決闘の結果でもない。

俺が許せなかったのは――――

「凶さんが怒っているのはさ、多分真木柱《まきばしら》君が簡単に諦めたからなんだよ」

「ボクが、諦めたから……？」

「そ。推測なんだけどさ、凶さんは君とちゃんと戦いたかったんじゃないかな。あんな事故みたいな勝ち方じゃなくて――――いや、あたし基準では超絶アリだったんだけど――――互いの実力を惜しみなく出し合えるような、そういう気持ちのいい決闘がしたかったんだと思う」

そうだ。

俺はめんどくさいだの、わざと負ければいいだのと散々ごねていたくせに、その実心の奥底では真木柱《まきばしら》との決闘を楽しもうとしていたのだ。

「あたしとの戦いをわざわざ真木柱《まきばしら》君に見せたのも、きっと凶さんなりに発破をかけたかったんだよ。すっごい不器用なやり方だけどさ、この人なりに君のことを想ってたんだよ、真木柱《まきばしら》君」

認めたくはないし、決して本人には言わないけれど、はじめて同性同年代の冒険者と知り合えて嬉しかったんだよ！　バカッ！

決闘して、それでも諦めないお前と何度も何度も再戦を続けていくうちに男の友情的なものが芽生えて、それでプライベートとかでも遊べるような関係を築ければいいなとか考えてたんだよ！

「…………」

若干の驚きと共に、真木柱《まきばしら》の瞳からうっ屈した感情が引いていく。

「清水凶一郎《しみずきょういちろう》、貴様……いや君は、そこまでボクの事を考えてくれていたのか」

「お前の為じゃねぇ。俺自身が……納得する為だ」

「それでもありがとう。あんな無礼な申し出に、真っ向から向き合ってくれた君の事をボクは心の底から尊敬する」

「お、おう」

くそ、真《ま》っ直《す》ぐな眼《め》でこっちを見やがって。

やりにくいったらありゃしない。

「うーん、なんかちょっとアブない香りがするけど、とりあえずこれで一件落着かにゃー」

短パン貴族の足が、半歩分だけ前に出る。

「これまで散々失礼な態度を取って来たボクに願い出る資格がない事は分かっている。だが、恥を承知で頼みたい。清水凶一郎《しみずきょういちろう》、もう一度ボクと戦ってくれ」

「それは新人賞の為に？」

「違う」

静かに、けれど確固たる意志をもって真木柱《まきばしら》は頭《かぶり》を振る。

「誇れる自分である為に」

魂の込められたその一言は、これまでの、いいやあらゆる時空における全ての真木柱獅音《まきばしらしおん》の放った言葉の中で、最も雄々しいものだった。

名誉でも、ちっぽけな虚栄心を満たす為でもない。

こいつは今、ただ心の気高さを汚さない為に立ちあがろうとしているのだ。

ならば、是非もない。

俺の返答は、こいつの勇気に報いる為の選択肢は、ただ一つである。

「今度は握り返してくれるよな」

目の前に立つ一人の漢に右手を差し出す。

二分の一秒の空白の後、真木柱《まきばしら》は若干の照れとそれを上回る凛々《りり》しさで答えを告げた。

「あぁ、もちろんだとも！」

力強い肯定と共に、真木柱《まきばしら》の冷たい手の平が俺の右手を強く握る。

かくしてチュートリアルの中ボスと噛ませ貴族の戦いは、長くて湿度の高い紆余曲折を経た末に、第二幕へと突入し――――

◆仮想空間・ステージ・プレーン

「っておい待て、清水凶一郎《しみずきょういちろう》！　これはいったいどういう事だ!?」

「こっちが聞きたいくらいだよっ！　あぁ、もう！　なんでこうなるんだクソッタレ！」

対面、ではなく二人仲良く同じ方向を見やりながら、前方の脅威に向けて虚《むな》しい遠吠《とおぼ》えを奏で合う。

宙空に浮かぶ電子の文字列には、バトルロイヤルという名の絶望が刻まれていた。

ダンジョン『月蝕《げっしょく》』を思い起こさせる青い電脳空間の空に浮かぶ六つの刀剣。

その中心には、もしかしなくても奴がいた。

「いやー、今回遥《はるか》さんってば、すっごく活躍したと思うんだよねー。だからちょっとくらいのご褒美があっても罰《ばち》は当たらないと思うんだよ」


わはーっと満面の笑みを浮かべながら、眼前に立ち塞がる乱入者。

楽しそうに愛刀の鯉口《こいぐち》を切るその姿は、最早レイドボス並みの風格があった。

やる気マンマン遥《はるか》さんである。

「一時休戦だ、真木柱《まきばしら》。まずは協力してあいつを倒すぞ」

「勝算はあるのか？」

「そんなものあるかい」

あらゆる不可能を「なんかできちゃった！」の一言で解決するワクワクの怪物に、種族人間が敵う道理などないのである。

だが……。

「無茶だろうが無謀だろうが関係ねぇ。越えられない壁なら、ブチ壊す勢いで進むんだ」

そういう馬鹿が、どこかの世界に一人いた。

敗北を宿命づけられた身でありながら、愚直に進み続けた道化の王様。

奴の在り方は、ほとんどの点において間違いだらけであったけれど、それでも光り輝くものはあったのだと、俺は信じている。

だから俺は、俺達は進む。

「いくぞ真木柱《まきばしら》、楽しい楽しい無理ゲーの開幕だ！」

「言われるまでもないっ！　あぁ、やってやるともっ！　あの女に勝って、お前に勝って、そして
ボクは新人賞を摑《つか》むんだっ！」

息を合わせ、互いの持ちうる最強の布陣を整える。

目の前には理不尽の権化、宙に浮かぶは六本の大量破壊兵器。

「それじゃあ、そろそろいくねーっ！」

能天気な掛け声と共に、戦いの幕が今開かれる。

飛来する『蒼穹』。

動き出すワクワク狂い。

十秒後にアバターが生きている可能性は甘く見積もっても一パーセント未満。

それでも、俺達は死地へと進む。

研ぎ澄まされた噛ませ犬の牙が、いつか小数点の彼方《かなた》まで届くと信じて。

「「いくぞぉおおおおおおおおおおおおおおおおおおおおっ！」」


俺達の戦いは、まだ始まったばかりだ。

■第二話　新たな戦力を求めて

◆

花火が好きな人だった。

夏の夜空に咲く大輪の花達を見ていると、なぜだか幸せな気持ちになるらしい。

なぜだか――あまりにも分かりやすく、優しい嘘。

彼女が光の花々を愛《め》でる理由は、そこに子供でいられた頃の記憶が詰まっているからなのだ。

父がいて、母がいて、友達と好きなだけ遊べた夢のような日々。

両親の他界によって子供の時間を奪われた彼女は、夏夜の空に光の花咲く僅かな間だけ、年相応の自分に戻れたのだろう。

けれどその気持ちを口に出してしまえば、きっと弟に余計な罪悪感を与えてしまうと思ったから。

だから姉はオレに本当の理由を語らなかったのだろう。


「キョウ君。来年もまたお姉ちゃんと一緒に、花火を見ましょうね」

毎年、夏の終わりにオレ達は約束を交わす。

花火を一緒に見る。

たったそれだけの約束が、オレ達姉弟《きょうだい》にとっての希望だった。

◆古錆《さ》びた神社・境内

「やはり、このままでは勝てません」

夕凪《ゆうなぎ》の蒸し暑さに包まれた境内に、白髪の少女の声が響き渡る。

この建造物の主《あるじ》であるヒミングレーヴァ・アルビオンの一言は、無慈悲ながらも正鵠《せいこく》を射たものであった。

「マスターから頂いた情報を基に可能な限りの戦闘シミュレーションを試みましたが、現状の戦力のみで行う最終階層守護者戦の勝利確率はおよそ三パーセント未満。とても認可できる域にはありません」

「だよな……」

覚悟はしていたが、実際に口に出されると辛《つら》いものがあった。

「ちなみに勝利するパターンは？」

「前提として蒼乃遥《エース》が覚醒します」

あまりにも荒唐無稽な文言に、少しだけ吹き出しそうになってしまう。

覚醒って、お前それは不条理な手段で勝った側のご都合主義《いいわけ》であって、はじめから算段にいれていい要素ではないだろうに——と、本来は一笑に付すべき類の妄言なのだが、対象がアレだからなぁ。

「やるか、アイツなら」

「やりますよ、彼女なら」

うんうん、と頷きあって、妙な納得感を共有する。

「しかし、覚醒イベント組み込んで三パーセントか……大分キツイな」

「遥《はるか》の覚醒の指向性をこちら側でコントロールできれば、状況も変わるのですが」

「そう上手《うま》くはいかねぇよなぁ」

一口に覚醒といっても、その種類は千差万別である。

例えば先の戦いで俺が至ったようなフロー状態による超集中と肉体のリミッター解放による二重増強術も、言ってしまえばその類いだ。

けれども、こんな向こうの科学でギリギリ説明がつくような程度の現象は、覚醒業界では末席レベルとして扱われてしまう。

存在の昇華、力量のインフレーションに新規概念の習得——アルが遥《はるか》に望む覚醒とはおそらくこのレベルのものなのだ。

主人公補正クラスの理不尽覚醒の発現、その方向に遥《はるか》が辿り着く可能性が、先の三パーセントという数字なのだろう。

「…………………」

古錆びた神社の境内に、重々しい沈黙が流れる。

さすがの裏ボスも覚醒の性能調整《スペックデザイン》なんて無茶は通せないらしい。

まぁ、こいつの権能《ちから》は、そういうタイプじゃないし、無い物ねだりをしてもしょうがない。

だから、気にせず切り替えていこうとポジティブな言葉をかけようとした手前に、裏ボスはぼそりと小さく呟いた。

「……あるいは彼女ならば……に」

「なんだ？　良《い》い案でも浮かんだか？」

「いえ、我ながらありえない可能性を模索しておりました。申し訳ありません。忘れて下さい」

「？　あぁ、わかった」

珍しく素直に謝ってきた。

普段の傍若無人《ぼうじゃくぶじん》ぶりが嘘のようである。

「やはり、遥《はるか》の覚醒をメインプランにおくのは危険ですね。堅実に必要な戦力を揃《そろ》える方向性でいきましょう」

「だな」

最終的に至った結論は、極めて凡庸なものだった。

足りないから増やす、誰もが思いつく最適なプランである。

「とはいえ、結構難易度高いぜ癒し手《ヒーラー》探しは」

そう、俺達が今欲している存在は回復役なのである。

傷を塞ぎ、失った体力を復活させるパーティの命綱。

そんな、本来は最初の仲間として迎えるような必須ロールを、今更になって欲し始める俺達って一体なんなんだろうか。

「仕方がありません。これまで戦ってきた相手は、全て個々人のスペックで対処できる相手でしたので」

持参したフルーツゼリーを紙スプーンで掬《すく》いながら裏ボスが語った言葉の中に、その答えはあった。

『月蝕』の死神に始まり、白鬼《ディヴェセビド》と悪鬼《アルザング》、死魔、カマク、そしてケラウノス――どいつもこいつも決して楽な相手ではなかったが、それでも結果だけみれば全て無血討伐《ノーダメクリア》である。

すさまじい記録だと思う。

チート技や計略がハマった結果とはいえ、中坊と小学生のお子様パーティーでここまで来れたのだ。

十分に誇っていい。俺達は、偉業とも呼べるほどの無茶を、確かにやり遂げたのだから。

だが、今度の敵は次元が違う。

どれだけ安全策を講じようが、いくら術式を鍛えようが必ず誰かが手傷を負う。

遥《はるか》とユピテルという最高峰の人材を集めても、癒し手《ヒーラー》なしでは三パーセントを切る程の強敵。

かの〝龍〟は、それほどの手合いなのである。

「我が妹を巡る問題も片がつき、ジェームズ・シラードの会見によってマスターの名が知れ渡った今こそが好機です。優秀な癒し手を、我らの陣営に迎え入れましょう」

「五大クランの一長に認められたパーティーなら、ある程度の人材は確保できる、か」

「せっかく高めた名声ですよ？　存分に活用して超一流の回復役を確保しましょう」

「欲が深いな」

だが、嫌いじゃない。

「で、お前の希望する癒し手はどんなタイプなんだ？」

「そうですね」

ゼリーの中に敷き詰められた果物をあっさりと平らげながら、裏ボスは自らの望む癒し手の基準を語り始めた。

「まず、回復性能が一流であること、これは絶対に譲れません。聖女クラスとまでは言いませんが、それでも戦闘活動に支障が出るレベルのダメージを快癒できるだけのスペックは欲しいところです」

「おう」

「次に高い戦闘能力。自分の身は当然、自分で守って頂くとして、可能であれば遠近両方の戦術に対応できる人材が望ましいですね」

「お、おう……」

「そして最後に冒険者としての経験値、これもある意味欠かせません。マスター達は、とても〝若い〟パーティーです。戦闘能力こそ並外れておりますが、それ以外の分野に関してはルーキークラス相応でしょう。故《ゆえ》にその穴を埋めるべく、ベテランを投入するのです」

「…………」

「後、欲をいえば天啓持《レガリア》ちが――」

「お前いい加減にしろよ！」

さすがに強欲が過ぎるでしょうよ！

「一流の回復能力を持っていて、前衛後衛どちらでもこなせるベテラン冒険者だって？　そんな優良物件が野良で残ってるわけないだろ」

「マスター、天啓持《レガリア》ちも忘れないでください」

「なお悪いわ！」

ただでさえ癒し手は需要が高いというのに、何考えてるんだこいつ。

「ならば、五大クランあたりから引き抜いてしまいましょう。先のジェームズ・シラードが行ったような賭け試合をこちらからしかけていけば良いのです」

「良いわけあるかい」

トップクラン相手にアンティ勝負をしかけるとか、どんな命知らずだよ。

万が一成功したとしても、絶対その後ロクな事にならねーだろ。

「では、お得意のゲーム知識とやらで都合のいい人材を探してきて下さい。さすれば私が、この曇りのない眼《まなこ》を以《もっ》てその者を査定してさしあげましょう」

「お前、何様だよ……」

「時の女神様です」

死滅した表情をキープしながら、首から下だけどやる邪神クウネル・ニート。

ウチの裏ボスは、あいも変わらず態度がデカい。

「まぁ、いいや。ちょっと考えてみるか」

俺はいつかの時のように、脳内のダンマギフォルダをフル稼働させながら、アルの出した条件に見合うキャラクターを探し出すことにした。

ダンマギに登場したキャラクター達の中には、当然回復スキル持ちも多数いる。

中には、邪神が望むような戦闘もこなせる自己完結型もいるにはいるのだが……やっぱり後半二つの条件がネックだな。

特に最後の天啓《レガリア》持ちに関しては、最早単なる戯言《たわごと》である。

そんなハイスペック実力者が野良の冒険者やってるわけないだろうに。

てか、近接も遠距離も回復もこなせる歴戦の天啓保持者《レガリアユーザー》が、一人寂しくソロ活動してたら逆に怖いわ。

大体、天啓《レガリア》はどうやって取ったんだよ？

ゲーム知識を使って相性の良い突然変異体《イリーガル》を倒すなんて無法行為《インチキ》ができるわけないし、どこかのパーティーにスポット参戦して勝ち取ったとでもいうのだろうか。

……いやいや、ありえないだろう。

そんな孤高の傭兵キャラがいたら、間違いなく主人公達の仲間になってるっつーの。

だってキャラ立ちまくりじゃん、孤高の傭兵とか。

更に過去の経歴が謎に包まれてて、顔に仮面とか兜《かぶと》とかつけとけば絶対に人気が――


「――いたわ」


脳裏に浮かんだのは、全身を黒鋼の甲冑で覆った孤高の騎士。

役割はオールラウンダー寄りで、近接遠距離共に隙がなく、経験豊かで天啓《レガリア》も所持している。

……しかも複数だ。

彼ならば、あるいは。

「お前のお眼鏡にかないそうな奴が、一人だけいる」

「伺いましょう」

そうして俺は、アルに〝黒騎士〟と呼ばれる男の話を語り始めた。

■第三話　バトルロイヤル

◆古錆びた神社・境内

「ハハハッ！　かの騎士殿に目をつけるとは、やはり君はおもしろいね、キョウイチロウ」

「恐縮です」

電話越しに響き渡る爽やかなバリトンボイス。

爽やかイケメン腹黒ダヌキこと、ジェームズ・シラードの笑い声は、いつ聞いても耳心地がいい。

『黒騎士とアポイントを取りたい』等《など》という、無茶なお願いにも一応耳を傾けてくれる辺り、度量も滅茶苦茶大きいんだよな、この人。

顔よし、声よし、金あり、名声あり、権力あり、器量もありで更に強さはトップレベル――――クソ、男として何一つ勝てていない。

俺は、天よりも高いキャラクター格差に打ち震えながら、続く言葉を静かに待った。

「仲介自体は可能だが、しかし、彼は難しいぞ。なにせ我らからの申し出を悉《ことごと》く袖に振るような男だからな」

シラードさんの意見は、ある意味予想通りのものだった。

そう、黒騎士は誰にも靡《なび》かない。

彼がパーティーを組むのは、金銭契約を結んだ依頼人とのみであり、決して特定の集団に属す事はなかったのだと公式設定資料集には書いてあった。

法外な成功報酬と引き換えに、数多の勝利をもたらしてきた伝説の傭兵――――我ながら、とんでもない男に関心を向けてしまったものだ。

「最悪今回限りの雇用契約という形でも良いので、彼を招き入れたいのですが……やはり無謀ですかね」

「無謀とまではいわないが、相当足元を見てくるだろうな。新進気鋭とはいえ、君達は無所属の若手パーティーだ。断る口実も兼ねて億単位の金額を要求されてもおかしくはない」

「おっ億――――!?」

想像していた額と一桁違う。

いや、どれだけ頑張っても九桁は無理だ。

最終階層守護者からのドロップ品を全部献上したとしても、多分届かない。

「彼の常套《じょうとう》手段なのさ。勝てる見込みの薄い依頼には、高い依頼料を提示して依頼者を追い返すのだよ」

「依頼者が支払いに応じた場合はどうするんですか？」

「その場合は、どんな手段を使ってでも請け負った依頼を遂行するだろうね。七天級は伊達《だて》ではないよ」

七天級――――つまりは七つの天啓《レガリア》を所持しているという事だ。

これは単純に七つのダンジョンを踏破したという意味ではない。

何故ならば天啓《レガリア》は、所持数が増えれば増える程ドロップ率が下がっていく傾向にあるからだ。

ゲームの仕様とこちらの世界で仕入れた情報を統合すると、そのドロップ率は四つまでならば確定ドロップ、そして五つ目以降からは数が増えるごとに確率が半分に減少、七つ目ともなると天啓《レガリア》が落ちる確率は僅か一二・五パーセントである。

仮にドロップ率通りの試行回数で天啓《レガリア》を獲得したとしても、その踏破数はおよそ十八。

可能性によっては二十どころか三十近いダンジョンをクリアしていてもおかしくはない。

まさに歴戦の猛者と呼ぶにふさわしい経歴だ。

そんな相手が俺達みたいなガキンチョパーティーに加わってくれるだろうか？

普通に考えれば、答えは当然、否だろう。

けれども俺は、ゲーム知識系の転生者。

だから当然、彼の事も知っている。

謎に包まれた黒騎士の過去を知っている。

二年後の未来において、彼がラスボスの尖兵《せんぺい》として主人公達の前に立ちふさがった、その理由も知っている。

それらの鬼札《ジョーカー》を上手く切れば、彼と手を組む事も不可能ではないだろう。

だが、往々にして交渉事というものは、信用がなければ成り立たない。

黒騎士のような相手と対等な契約を結ぶのであれば、なおさらだ。

強さでも財力でも何でもいいが、とにかく向こうにこちらを信用させる材料がなければ、持っている情報《カード》が有効に働かないのである。

今の俺の手札はジョーカーのみ。

黒騎士の信任を得る為の資金や実績が不足している状態だ。

うーん、参ったな。

「切り札はあるが勝負する為の賭け金が不足している、といったところかね」

「分かりますか」

「君も勝ち目のない戦いはしないタイプだからね。私に連絡をかけてきた時点で、大凡《おおよそ》の道筋は立ててきたのだろう？」

完全に見抜かれている。

こういう所が油断ならないんだよなぁ。

「えぇ、まぁ。けれどシラードさんの話を聞いて、思い直しましたよ。興味を引ける話題だけ持っていたとしても、そこに信用がなければ人は動かない。今の俺では黒騎士も真剣に耳を貸してはくれないでしょう」

『月蝕』の事件やユピテルの一件で新人としては破格の注目を集めている俺達ではあるが、それはルーキーであるが故の話だ。

映像媒体《メディア》などで実際に戦っているシーンなどが取り上げられれば、また別なのだろうが、これまでそういう対外アピールは一切やって来なかったからなぁ。

「ハッハッハッ！　案ずるなキョウイチロウ。目立ちたいのであれば、目立ちにいけばいいのだ」

「それはそうなんですけど、あまりPR活動に時間をかけたくないというのも本音でして」

常闇の冒険が終わったとしても、俺達の冒険は続いていく。

万能快癒薬《エリクサー》の獲得は、清水凶一郎《しみずきょういちろう》にとっての悲願ではあるが、俺の死亡フラグの原因ではないからだ。

二年後の未来を生き残る為には、〝侵されし者〟を産み出す元凶をどうにかしなければならない。

その為の準備の時間を考えると、常闇の攻略は夏までに終えたいというのが正直な本音である。

だから、メディア露出に力を入れて攻略が長引くという展開は、可能であれば避けたいところなのだ。

「それならば、うってつけのイベントがあるぞキョウイチロウ」

まるで見計らったかのようなジャストタイミングで、話を切り出すシラードさん。

「来週末にダンジョン『世界樹』でデビュー三年目未満の若手だけを集めた大規模なチームバトルロイヤルマッチが行われる予定なのだが、よければ君達も出場してみてはどうかね。推薦状は、私が書くよ」

◆ダンジョン都市桜花・第三十九番ダンジョン『世界樹』シミュレーションバトルルーム

ダンジョン世界樹、それは桜花最大のダンジョンの名であると同時にあの〝蓮華開花《れんげかいか》〟が擁する最強クラン〝神々の黄昏《ラグナロク》〟の本拠地《ホーム》でもある。

そんな場所に、今日俺達がこうして足を運んでいるのは、もしかしなくてもあの爽やかイケメン腹黒タヌキに担がれたからだ。

『世界樹は桜花最大のダンジョンであると同時に、シミュレーションバトルの聖地でもあるからね。あそこで開かれる大会に出て好成績を残せば、今以上に君達の名声は高まるだろうとも。しかも、今私が君に勧めているこのチームバトルロイヤルマッチの優勝賞金は二千万円、更に副賞として〝神々の黄昏《ラグナロク》〟が開発した最新鋭術式抽出機『アルカディア』まで付いて来るらしい』

ハッハハッ、と脳内に残響するイケメンの爽やかボイス。

一見すると、困っている後輩に耳寄りな情報を寄こしてくれた親切な先輩冒険者という風に捉えられなくもない。

しかし、これまで散々ダシに使われ続けてきた被害者の視点から言わせてもらえば、こういう時のシラードさんには必ず裏がある。

だから、俺は思い切って尋ねることにしたんだ。「何か思惑があるんですか」ってな。

すると彼奴《きゃつ》は悪びれもせずに、こう言いやがったのである。

『なに、ちょっとした悪戯心《いたずらごころ》というやつさ。自分が世界の中心である等と愉快な勘違いをなされているあのお姫様の思惑をかき乱せば、とてもチャーミングな顔が拝めると思ってね』

返ってきたのは予想以上に真っ黒な台詞だった。というか、完全に嫌がらせ目的である。

『ハッハッハッ、嫌がらせではないよ。むしろこれは同業者としての優しささ。阿漕《あこぎ》な真似は、いずれ自らの身を滅ぼすぞと私は彼女に忠告したいのだよ』

シラードさん曰《いわ》く、世界樹で行われているほとんどの大会で〝神々の黄昏《ラグナロク》〟のメンバーが優勝を果たしているそうだ。

『表向きは大会などと銘打ってはいるが、その実あそこで行われているのは、〝神々の黄昏《ラグナロク》〟メンバーのプロモーション活動なのさ。他のところの冒険者よりも、自分のところの精鋭たちの方が優れているとスポンサーにアピールして金をむしり取る――――まったく、まだ学生の身でありながら、よくもこれだけ可愛げのない広報戦略を思いつくものだ』

随分な言い様である。

まぁ、五大クランってどこもバチバチだからなぁ。

『そこで、君達の出番というわけさ。私と熱い友誼を結び、円満な形で移籍した元〝燃える冰剣《Rosso&Blu》〟所属のユピテルを率いて戦う君達が優勝を果たせば、一体どうなると思う？

君達は大金と名声、そして連中が大金を掛けて創り上げたあの『アルカディア』を獲得し、あのお姫様の顔色は曇り、そして我がクランの間接的な宣伝にもなる。まさにwin-winの関係だ。もっとも、〝神々の黄昏《ラグナロク》〟には苦汁を飲んでもらうわけだから、「みんなの勝利」にはならんがね』

ハッハッハッ、と爽やかに笑うあの時の腹黒ダヌキは、今思い返しても最高に楽しそうだった。

クラン同士のいざこざに、いたいけなガキを巻き込むんじゃねーよ、まったくよぉ。

――ただまぁ、俺達に利益があるのもまた事実だ。

賞金の獲得、並みいる強豪冒険者達を倒したという実績、各種メディアに注目される中で俺達の実力を示せば、スポンサーの獲得も夢ではないだろう。

「つーわけで、いくぞお嬢様方！」

最強の剣術使いと、異次元の砲撃手と肩を並べながら、戦いの舞台へと足を踏み入れる。

集められた参加者達の佇《たたず》まいは、みな精強。

一癖も二癖もありそうな連中が、ごろごろと集まってやがる。

だが、関係ねぇ。

勝つのは俺達だ。

賞金も、名声も、『アルカディア』も、勝利も全部この手で掻《か》っ攫《さら》って黒騎士への足掛かりにしてやるよ。

■第四話　集う強者たち

◆ダンジョン都市桜花・第三十九番ダンジョン『世界樹』シミュレーションバトルルーム

荘厳な城を思い起こさせる白亜の壁と大理石の床。

天井には高級そうなシャンデリアが飾られており、吹き抜けのフロアを繋ぐ螺旋《らせん》階段には黄金の装飾がほどこされている。

まるで、これから舞踏会でも開かれるかのようなファビュラス&ラグジュアリーなその場所に、集められた若手冒険者の数は丁度、百人。

出場資格であるデビュー三年目未満という条件の縛りもあってか、参加者の顔ぶれはほとんど若者ばかりである。

中には俺達どころかユピテルよりも幼そうな見た目の参加者までいるが、決して侮《あなど》ってはいけない。

何故ならここに集結した百人は、いずれも有力者の推薦や強豪クランから派遣された次世代のホープ達なのである。

だからこっちも気合を入れて試合に臨む必要があるのだが……。

「いい加減に泣きやめよ、遥《はるか》」

隣で絶賛号泣中の恒星系にハンカチを手渡す。

しかし奴は「尊いよぉ」と嗚咽《おえつ》を漏らすばかりなので、一向にハンカチを取ろうとしない。

クソ、理由が理由だけにあんまり強い言葉が吐けない。

遥《はるか》は〝蓮華開花《れんげかいか》〟の、ひいては彼女が率いるクラン〝神々の黄昏《ラグナロク》〟の大ファンなのである。自分が冒険者を志すきっかけとなった〝蓮華開花《れんげかいか》〟の事を奴は心の底から尊敬しているし、〝神々の黄昏《ラグナロク》〟の事もファンミーティングに顔を出す程熱を上げているのだ。

そんな一流のラグ女（ラグナロク好きの女性の事をそう呼ぶんだそうだ）である遥《はるか》にとって、ここはまさに聖地であり、憧れの舞台なのだろう。

ジャンルは違うが、何かを愛するオタクとして遥《はるか》の気持ちは良く分かる。

だから本音としては、存分に聖地巡礼を楽しんでもらいたいところではあるのだが、残念ながらイベントがイベントだ。

参加者の中には〝神々の黄昏《ラグナロク》〟のメンバーもいるわけだし、ここは心を鬼にしてエースに発破をかけなければ。

「分かってるとは思うけど、〝神々の黄昏《ラグナロク》〟さんところのメンバーと当たっても、ちゃんと戦うんだぞ」

「……えっ、なんで？」

鼻をすすりながら、心の底から不思議そうに首を傾げる恒星系。

まずい、こりゃあ重症だ。

「なんでって、そりゃあ俺達はここに勝つためにやってきてるわけだから――」

「そうじゃなくって、なんでそんな当たり前のこと聞くの？」

……えっ？

「せっかく憧れの人達と戦えるんだよ？　手加減なんて失礼な真似できるわけないじゃん。だからちゃんと倒すし……ううん、むしろ絶対に倒す。出会った瞬間にファンである事を告白してから綺麗《バラバラ》にするの……やんっ、想像したらなんか興奮してきちゃった」

熱っぽい息を吐きながら、わけのわからない事をおほざきになる恒星系。

「おっ、おう。そうか、悪かったな、へんな事聞いて」

「ホントだよっ、あたしをなんだと思ってるのさ」

どこに出しても恥ずかしくない立派なポジティブサイコだよ、お前は。

「んで、ユピテル。お前は何やってるわけ？」

「ガチャを回してる」

お子様は手慣れた手つきでスマホの画面をフリックしていた。

「ちっともピックアップが仕事しない。ウンコ」

「……程々にな」

こっちはこっちで平常運転である。

まぁ、この様子ならいつも通りのポテンシャルを出せそうだな。

善哉善哉《ぜんざいぜんざい》と人心地つきながら周囲を何気なく見渡す。

……ん？　あれは、

「おーっ、真木柱《まきばしら》じゃないか」

前方で従者らしき男女を侍《はべ》らせているウェーブヘアーのお貴族様を捉えた俺は、軽く手を振りながら奴の名を呼んだ。

「むっ、清水凶一郎《しみずきょういちろう》か」

どうやらあちら側も俺の存在に気づいたらしい。真木柱獅音《まきばしらしおん》は、今日も今日とて煌《きら》めく美脚をチラつかせながら、大股開きでこちらに歩み寄って来た。

「驚いたな。君達もこの大会に参加するのか」

「まぁ色々あってな。シラードさんの薦めでこのバトルロイヤルマッチに挑む事になった。そっちは？」

「もちろん、父上のコネだっ！」

なぜか誇らしげに言う短パン貴族。

その明け透けな感じ、悪くないぜ真木柱《まきばしら》よ。

「お手柔らかにな」

「抜かせ。手心など加える暇もなく殺しにかかってくるのが君達だろう？」

「良く分かってんじゃねぇか」

「この前の果たし合いで君達の異常性《おかしさ》は、嫌という程理解できたからな」

肩をすくめながら、呆《あき》れ返ったような吐息を漏らす短パン貴族。

しかし奴の瞳の奥底に眠る闘争の輝きは、決して褪《あ》せてなどいない。

むしろギラギラに燃えたぎっていた。

「悪いが全力でいかせてもらう。だから君も本気でこい」

「二言はないな」

「当然だっ！」

真正面から握り拳をぶつけ合い、互いに容赦はしないと約束を交わす。

ったく、男あげやがって。

こんな雄々しい嚙ませ貴族がどこにいるってんだよ。

「君の方こそ、ボクと出会う前に敗れるんじゃないぞ。なにせ今大会の参加者は、相当の精鋭ばかりだ」

「やっぱレベルたけぇの？」

「〝英傑戦姫《アイギス》〟以外の若手有望株が全員集まっているといっても過言ではない」

そう言って、真木柱《まきばしら》は手始めとばかりに左方に佇むスキンヘッドの三人組を指差した。

「あそこにいるのが、かの有名な面涙《めんるい》兄弟。無所属ながら、数々の公認大会で好成績を残している武闘派集団だ。中でも長男の雨曇《うどん》氏の放つ剛拳は、鉄筋の建物をたやすく砕く程の威力だという」

「へぇー」

確かに見るからに強そうな気配を漂わせてやがる。

特に真ん中の大男がヤバい。

あんな綺麗に仕上がった僧帽筋《そうぼうきん》は、中々お目にかかれるもんじゃないぞ。

「注目すべきは面涙《めんるい》兄弟だけではない。右端の柱で骨付き肉をかじっている耳付きの少女を見てみろ」

「あの小麦色の肌の子か」

視線の先にはネコ科系統の獣耳を頭頂部に生やしたショートヘアーの少女の姿が見える。

あれは、確か……。

「虎崎銅羅《こざきどうら》」

ダンマギの獣人族ルートで仲間になるキャラクターだ。

タイプは敏捷性《アジリティ》重視の変則シューターで、獣人族ルートの貴重な中衛役として重宝していた記憶がある。

「そう、虎崎銅羅《こざきどうら》、次期獣人族〝四傑〟候補と目されている気功術のエキスパートだ。恵まれた肉体から繰り出される遠当てのラッシュは、達人クラスでも手を焼く程の代物であると聞く。ボクも彼女の映像ログを閲覧したが、アレはすごかったぞ。機関銃のような速度で大砲クラスの大穴を次々と空けていくんだ」

「成る程な」

てか、めっちゃ饒舌《じょうぜつ》に喋《しゃべ》るじゃん真木柱《まきばしら》。

なんだ、噛ませキャラ止めて解説キャラに移行しようとしてるのか。

だとしたら、それは我々噛ませ犬業界に対する重大な背信だぞ。

なぁ、真木柱《まきばしら》よ。頼むからそっちに行かないでおくれよ。一緒にヒャッハーしようや。

「他にもあそこの彼岸花坂幽璃《ひがんばなざかゆうり》は、五大クランの一角である――」

しかし、そんな俺のいたいけな怨念《おもい》は微塵も届かなかったらしい。


短パン貴族の参加者解説は、その後も滞《とどこお》りなく行われた。

チクショウ。悔しいけど、滅茶苦茶ためになるじゃねぇか。ありがとよ、真木柱《まきばしら》！

「そして、やはり最も注目すべきはあの四人をおいて他にないだろう」

真木柱《まきばしら》の恐れを知らない指先が、白服に身を包んだ四人組を差した。

「円城《えんじょう》カイル、蚩尤紅令《しゆうくれい》、柊昊空《ひいらぎそら》に黒沢明影《くろさわあきかげ》――〝神々の黄昏《ラグナロク》〟所属の俊英《しゅんえい》部隊だよ」

白の制服を纏《まと》った〝神々の黄昏《ラグナロク》〟所属のエリート様達は、そりゃあもう煌《きら》びやかだった。

別に華美に着飾っているわけでもないのに周囲の粒子が輝いて見える理由は、きっと一にも二にも彼らが美形だからだろう。

蚩尤紅令《しゆうくれい》と柊昊空《ひいらぎそら》は、それぞれ黒髪大和撫子《やまとなでしこ》とボーイッシュ系美人でキャラ分けされてるし、エルフ耳が目を引く円城《えんじょう》カイルは、映画スターさながらのルックスだ。

リーダーの黒沢明影《くろさわあきかげ》に至っては、最早乙女ゲームの攻略対象に選ばれてもおかしくないような偉丈夫である。

活力に満ち溢れた褐色の肌に、V系アレンジで遊ばせた中性的な黒髪。闇色にかげろう切れ長の瞳は、男の俺でもときめいてしまいそうな程の造形だ。

どいつもこいつも美男美女。その上、トップクランのホープとして将来を有望視されているというのだから始末に負えない。

天は二物を与えずなんて嘘っぱちだ。

シラードさんしかり、黒沢《くろさわ》達しかり、持ってる奴はなんだって持っているのである。

しかも彼らは――

「彼らは全員が天啓保持者《レガリアユーザー》である上に、リーダーの黒沢《くろさわ》に至っては二天級の実力者だ」

そう。黒沢《くろさわ》達のパーティは、メンバー全員が天啓持《レガリア》ちなのだ。

強くて、カッコよくて、トップクラン所属で天啓《レガリア》持ち――大したものだ。本編で主人公達のライバルポジションを務めたそのポテンシャルは伊達ではない。

……まぁ、宿敵というよりは序盤の壁って立ち位置だったけど。ライバルキャラが大勢いるんだよな、ダンマギって。

「助かったぜ真木柱《まきばしら》。お前がくれた情報のおかげで、大分戦いやすくなった」

「別に感謝されるいわれはない。君達に負けた時の言い訳をされぬようにと事前の策を講じただけだ」

なにそのツンデレ。可愛すぎるんですけど。

「……なんだ、その目は」

「いや、可愛いなって」

「気色の悪いことをいうな」

真顔で腹パンされた。

バッドコミュニケーション。

「とにかく、ゆめゆめ油断などするなよ清水凶一郎《しみずきょういちろう》。君を倒すのはこのボクなんだからなっ」

ずびしっと最後に俺の事を力強く指差して、真木柱《まきばしら》は従者達の元へと帰っていった。

男子三日会わざれば何とやらというが、随分とまぁ立派になっちゃって。

こりゃあ俺も、うかうかしてらんねぇな。

「キョウイチロウ、楽しそう」

いつの間にか傍《そば》に来ていたユピテルに視線を移す。

お子様のこめかみには、何故だかごん太の青筋が立っていた。

「そういうお前は大分きてんな。なにかあったのか？」

「別に。ただ、世のふじょうりにいきどおりを覚えているだけ」

「そっか。……話は変わるが、ガチャの方はどうなった？」

スネを蹴られた。

「話変わってない」

「その様子だと、爆死したみたいだな。まぁ、そう気を落とすなよユピテル。ソシャゲってのは、すぐにインフレするもんさ。だから、今回狙ってたやつの上位互換キャラも、その内出てくるよ」

「……キョウイチロウ」

「それはそれとして、これ見てくれよ。今朝もらったログインボーナスで回してみたら単発で出ちった☆　すごくね、俺。これが物欲センサーってやつなのかなっ！」

「キエーッ！」

鉄面皮のまま、強くツインテールを振り上げてかつてない程荒れ狂うお子様。

「くたばれ無課金ゴリラっ」

「重課金の爆死者が何か抜かしておるわ」

そのままキャッキャキャッキャキャと小学生女子と戯れている内に時間は過ぎ去っていき、気がつけば大会開始の準備アナウンスが場内に流れ始めていた。

「ご来場の皆さま。大変長らくお待たせ致しました。これより〝神々の黄昏《ラグナロク》〟主催による特別バトルロイヤルマッチ、『ホープフルカップ』の開会式を始めます。参加者の方々は奥の特設ステージまで移動して下さい」

■第五話　見敵鏖殺《おうさつ》

◆◆◆ホープフルカップ概要

・本大会は、百名の参加者によるチームバトルロイヤルマッチである。
・本大会の参加者は、デビュー三年目未満かつ十八歳未満の冒険者に限るものとする。
・勝利条件はラストマンスタンディング。最終的に生き残った一チームの勝利とする。
・チームは、一人以上四人以下の人数で構成しなければならない。
・戦闘フィールドは、主催者側が用意した複数のマップの中から抽選で選ばれたものを使用する。
・戦闘フィールドは、参加者が自由に動く事のできる「セーフティエリア」と、参加者の立ち入りを禁止する「ペナルティエリア」の二エリアに区分《くわ》けされている。
・「ペナルティエリア」に侵入した参加者は、戦闘アバターを強制的に分解され、約十秒で敗北《ログアウト》となる。
・「ペナルティエリア」は、フィールドの外縁部に設置され、時間経過ごとに規模を拡大していく。
・ゲーム開始から三時間が経過した時点で全ての戦闘フィールドが「ペナルティエリア」となり、本大会は終了となる。

・本大会は装備制限なしのアンリミテッド・ルールである。参加者は天啓《レガリア》を含む自身の全装備品を自由に扱うことができる。
・戦闘フィールド内での共闘行為は、本大会の趣旨に反しない範囲において許可される。ただし、金銭の授受《じゅじゅ》等を目的とした談合行為が発覚した場合、該当するチーム全てを失格扱いとする。
・参加者の初期配置は、ランダムに選ばれた「セーフティエリア」のいずれかである。
・チームメンバーの初期配置は、必ず同一の座標である。また、全てのチームの初期配置は、それぞれ他チームから半径二百メートル以上離れたエリアに設定されている。
・全ての参加者の戦闘フィールド転送を終えた後、全参加者は十分の戦闘準備期間を得る。
・戦闘準備期間中は、全ての攻撃行為及び感知行為が無効化される。また、戦闘準備期間の移動可能範囲は、初期配置から半径二百メートル以内の区画《ブロック》に限定される。

◆仮想空間・特殊バトルフィールド・ステージ・市街地《シティ》

目覚めた先は、閑静な住宅街だった。

曇天の空の下に建ち並ぶビルや一軒家の群れ。

大都会とまではいかないが、それなりの人口が見込めそうなスケールの街並みだ。

『全ての参加者の転送が無事完了致しました。これより十分間の戦闘準備期間に入ります』

響き渡る女声のアナウンスと共に、灰色の空に巨大なホログラム映像が投影された。

映像の中身は「戦闘開始まで後何秒」と報《しら》せるだけのデカい時計でしかなかったが、規模が規模だけに思わず見入りそうになってしまう。

……いかんいかん。今は一秒だって惜しいのだ。

さっさと、ブリーフィングを始めよう。

「さぁ、いよいよバトルロイヤルマッチの始まりだ。準備はいいか、お嬢様方？」

「おーっ！」

「…………おー」

返って来た言葉は同じはずなのに、温度差は歴然だった。

いつも以上に元気マシマシな遥《はるか》さんと、いつも以下のローテンションなユピテルさん。

元気な方はまだ良いとして、問題はお子様の方だ。

ガチャの爆死の影響か、纏《まと》う空気が完全に腑抜《ふぬ》けている。

「おいユピテル。今は一旦、爆死の事は忘れようぜ」

「爆死なんてしていない」

「いや、あれはかなり凄惨な爆死————じゃなくて、ンな事はどうだっていいんだ。とにかく今は戦闘に集中してくれ。今回の戦いの要は、お前なんだぞ」

「……ダイジョウビ」

全然大丈夫そうじゃない。

放っておいたら電柱に頭ぶつけて敗退しそうな弱々しさである。

仕方ねぇな。できればこの方法は使いたくはなかったんだが、うちの砲撃手の目を手っ取り早く覚まさせる為である。

「オーケー、ユピテル。だったら、取引といこうじゃないか」

「取引？」

「あぁ。至極簡単な取引だよ。もしお前がこの大会で頑張ってくれたら、結果のいかんに関わらず魔法のカードを買ってやろう」

その言葉に、お子様の死んだ魚のような眼が反応を示した。

「今、魔法のカードって言った？」

よし、食いついた。

俺は内心でガッツポーズを取りながら、ユピテルの興味を引くような文言を囁《ささや》いていく。

「そう、魔法のカードって言ったんだ。お前も良く知っているだろユピテル。あらゆるソシャゲの課金アイテムに変換できる魔法のカード――――そいつを、お前の望む分だけ奢《おご》ってやる」

「望む……分だけ」

「あぁ。青天井さ。好きなだけガチャを回せるぞ」

「ふぉおーっ！」

ぶんぶん、とツインテールを振りまわしながらその場で謎の狂喜乱舞を披露するチビッ子。

ソシャゲ廃人は扱いが楽で助かるぜ。

「サポートガチャも回してよい？」

「いいぞ」

「じゃあ、五凸《とつ》もあり？」

「あっ、……あぁ。オテヤワラカニ」

助……かるぜ。あのゲームのガチャ天井って確か七万だったよな？

だとしたらキャラ分とサポートガチャ分×五凸で最大七十万。

……うん、一旦考えるのをやめよーっと！　凶ちゃんむずかしーことわかんないや☆

「それじゃあ、お嬢様方。今度こそブリーフィングを始めるぜ。準備はいいか？」

「おーっ！」

「ふぉおーっ！」

すごく元気な返事と、ものすごく元気なお返事。

ウチの子達は、いつだって士気が高くてタスカルゼ。


「――――今回の戦いは、いつもやっている模擬戦と違ってフィールドが広い。おまけに大会ルールで敵との初期配置がある程度離れているから、俺や遥《はるか》の速攻戦術も機能しづらい」

互いに見合ってよーいドンの決闘形式と違い、広めのフィールドマップでの戦いは感知能力を利用した奇襲及び乱戦がセオリーとなっている。

しかも今日の大会は、バトルロイヤルだ。

戦闘中に第三者が乱入してくるという展開も視野に入れた慎重な戦運《いくさはこ》びが重要となってくるだろう。

「少し調べてみたんだが、バトルロイヤルの基本は、霊力感知を用いた見敵必殺《サーチ&デストロイ》にあるらしい。拠点を移動しながら、互いの死角をカバーし合い、なるべく見つからないように隠れながら敵を討っていく――――流動性の高いバトルロイヤルならではの戦術だなと、感心したよ」

時間経過と共に狭まっていくフィールド、どこにいるのかも分からない沢山の強敵達。

慎重になって当然だ。単純な力ではなく、立ち回りや気配の読み方が重要視されるのもさもありなんというやつだろう。

しかし、その理屈が最適解《トップメタ》を張れるのは、参加者の戦力が拮抗《きっこう》している場合の話である。

ビデオゲームのようにキャラのスペックから装備の獲得機会まで、全てが選べるないしアトランダムな状況であれば、俺も似たような戦術を採っただろう。

だが、この大会は違う。

参加者のスペックはてんでバラバラだし、装備の質は天啓《レガリア》の有無も含めて格差だらけである。

平等でもなければ、公正でもない。

弱体化修正《ナーフ》なんて入らないし、最強の真似事《まねごと》なんて雑魚には到底不可能な無制限《アンリミテッド》ルール。

そんな状況下で俺達が取るべき戦術は、テンプレートに従った小利口な見敵必殺《サーチ&デストロイ》だろうか。

「だけど、ウチのパーティーに普通の戦術は必要ない」

そう、答えは否《いな》だ。断じて否だ、馬鹿馬鹿しい。

「参加者のレベルに合わせる義理なんて、どこにもねぇ。使えるモノは全部使って、立ちふさがる敵を理不尽に蹂躙《じゅうりん》する。……異論はあるかいお二方？」

「あるわけないじゃん！」

「ぶっころす」

即答である。

ここで全く躊躇《ためら》わずにいられるのが、ウチの強みだと思う。

「よし。じゃあ、セオリーなんざ無視して俺達らしく勝っていこう。基本コンセプトは見敵鏖殺《サーチ&キルゼムオール》、全キル目指して、片っ端から殺し尽くす。まず初手の構築は――」

◆

『戦闘準備期間が九分を過ぎました。まもなく、戦闘フィールドの無効化制限《ブロック》が解除されます』

灰色の雲の上から聞こえてくるアナウンス音。

戦いの火蓋《ひぶた》がいよいよ切られようとする間際《まぎわ》になって、ようやく俺は作戦を語り終える事に成功した。

「また、すっごいのを思いついたね、凶さん」

「大会の趣旨《しゅし》をガン無視」

二人の指摘に、若干の後ろめたさを感じつつも、俺はいやいやと首を横に振って反論した。

「元々、自分達にとって都合の良いルールを敷《し》いてきたのは主催者側《ラグナロク》なんだ。スポーツマンシップなんて概念は、端《はな》からこの大会にはないんだよ」

天啓《レガリア》有りのアンリミテッド・ルールで得をする若手チームなんて、〝神々の黄昏《ラグナロク》〟の精鋭チームとせいぜいウチくらいのものだ。

しかも天啓《レガリア》の総数は向こうが全員に対して、こちらは俺一人。

装備の差は歴然と言えるだろう。

勝利の為になりふり構わない姿勢は嫌いじゃないが、こいつはチョイとばかしアンフェアだ。

だからこそ、俺達もフェアプレイの精神なんてかなぐり捨てて勝ちにいく気概《きがい》が必要なんだよ。

「ま、運悪くお前の獲物まで巻き込んじまったら、そん時は埋め合わせ考えとくからさ、悪いけど初手だけは我慢してくれないか？」

「むぅ。りょーかい。……加減してね、ユピちゃん」

「ぜんしょする」

お子様は適当な返事を遥《はるか》に寄こすと、そのままヨチヨチと俺の背中を這《は》い上っておんぶ体勢に入った。

「移動はキョウイチロウに任せる」

「あいよ」

現実《リアル》から俺の背中に着けておいた特注のおんぶ紐《ひも》の中に身を潜め、頭だけをぴょこんと覗かせるチビッ子砲撃手。

威厳など欠片もない格好だが、本人的には楽チンだからアリらしい。

「…………いいなぁ」

不意に恒星系がぽつりと小さく呟いた。

「？　なにがいいんだ、遥《はるか》？」

「あっ、いや。何でもないっ。さぁ、気合入れてワクワクするぞーっ！」

ほんのりと顔を紅潮させながら、蒼穹をぶんぶんと振り回す遥《はるか》さん。

大丈夫かアイツ。ログインしたてのはずだから、疲労の心配はないはずなんだが。

『戦闘フィールドの無効化《ブロック》制限解除まで、残り十秒、九、八』

そんな風にいつも通りのやり取りを繰り返している内に、カウントダウンが始まってしまった。

とはいえ、焦る必要はない。

伝えるべき言葉は、すでに伝え終えている。

だから後は、全力で本番に臨むだけだ。

『三、二、一、戦闘フィールドの無効化制限《ブロック》が解除されました。これより、ホープフルカップの開幕です』

天の声が告げた戦闘開始の合図と共に、世界の空気が一変した。

正常な機能を取り戻した霊覚《さとる》がざわめき始め、多種多様な霊力を正確に捉《とら》えようと駆動する。

ここから先は、情け容赦無用のバトルロイヤル。

勝ち残った一チームだけが全てを手にする弱肉強食の生存争いだ。

だから俺達も、初手から飛ばすぜ全力全開《フルスロットル》。

「つし、ンじゃあ早速ぶちかましてやれ、ユピテル！」

「もうやってる」

背中越しに聞こえてくるチビッ子砲撃手の宣言と共に、数十本の『霊力経路《バイパス》』が灰色の虚空目がけて飛翔《ひしょう》する。

直進、湾曲、分岐、旋回――――曇天を駆け回る数多の霊力経路《バイパス》一つ一つが、敵をつけ狙う狩人《かりゅうど》の眼。

五山先まで見通せる異次元の感知能力と、シラードさん級と本人に言わしめた砲撃手としての素質が重なり合った奇跡の御業《みわざ》が、フィールド中の敵へと牙を剝《む》く。

「位置が悪い。北端《ここ》からだと七十二人までしか狙い撃てない」

「十分だ。そいつらまとめてブッ倒したら、中央エリアに移動するぞ」

「りょーかい。《堕《お》ちて》」

《堕ちて》――――それは、面倒を嫌うユピテルらしいとても簡素な術式である。

効能はシンプルな落雷攻撃。

彼女の放つスキルの中では、最もノーマルな性能である。

だがそれは、威力だけならば一つ上のクラスに届き得ると評されたあの亜神級神威型《ケラウノス》を基準にした普通《ノーマル》だ。

瘴気《しょうき》と雷という二つの属性が混じり合った黒雷の一撃に、ヒト科の生き物が耐えられる道理などあるはずがない。

故にこの大災害は必然だった。

轟音《ごうおん》、閃光、稲妻の嵐。

爆《は》ぜる、爆ぜる、空が漆黒色に爆ぜていく。

天気が曇りから黒雷の雨へと切り替わった瞬間、閑静な住宅街はたちまちこの世の地獄へと成り変わった。

建物は粉々に砕かれ、辺り一面に次々と火災が発生する。

耳をつんざく断末魔、隠密《おんみつ》行動をかなぐり捨てた敵方が、虫のように宙を飛ぶ。

だが、無駄だ。

飛ぼうが逃げようが隠れようが、下される判決はただ一つ。


「《堕ちて》」


必死に逃げようとする犠牲者たちに無慈悲な次弾《おかわり》が飛来した。

「六十九人目、ロスト。七十人目、ロスト。七十一人目と七十二人目に次弾発射。《堕ちて》、ロスト、ロスト。射程内の敵、せんめつかんりょう《オールクリア》」

もぞもぞとおんぶ紐にくるまったお子様が告げる、あまりにもいつも通りな鏖殺報告《キリングレポート》。

どうだい主催者さん達よ、これが俺達流のバトルロイヤルの攻略法だ。

隠れながら戦う《ハイド&シーク》？　即時奇襲と即時撤退《ヒット&アウェイ》？

そんな温《ぬる》い戦法、誰が使うかっての。

今のバトロワ業界のトレンドは、ＭＡＰ兵器を使用した大量広域先制砲撃なんだぜ？

【生存者：残り二十八人】

■第六話　若きMAP系少女の悩み

◆仮想空間・特殊バトルフィールド・ステージ・市街地《シティ》

一瞬の内に崩壊した仮想の街の景観は、そりゃあもう悲惨だった。

方々で建物が倒壊し、ぼうぼうと燃え盛る火柱の数は、優に五十以上。

そして辺りに生存しているプレイヤーは、当然ながら加害者《おれたち》だけである。

「良かったよ、ユピテル。これで周りを気にせず、移動できそうだ」

「魔法のカードの為なら、協力はおしまない」

ふんすっ、と背中越しに荒っぽい鼻息が聞こえてくる。

ガチャへの執念だけで、この終末風景《カタストロフ》を作り出しちゃうとか、ソシャゲ廃人マジ怖い。

「課金石は、命よりも重い」

「物騒な事、言うもんじゃありませんっ」

せめて金と言え、金と。

「でも、本当に静かになっちゃったねー」

曇天を仰ぐ恒星系が、物足りなさそうにごちた。

「まぁ、参加者の七割が消えたからな。……ユピテル、〝神々の黄昏《ラグナロク》〟の連中の霊力は覚えてるか？」

「分かる。あの四人組なら、まだ消えてない」

ホッと一息なで下ろす。

良かった。これで遥《はるか》のうっ憤《ぷん》も少しは下がるだろう。

「だってよ。良かったな遥《はるか》。これで憧れの人達と気兼ねなくワクワクできるぞ」

「絶対手出ししちゃダメだからねっ」

「しないしない。思う存分、推死活《おしかつ》してこい」

それで、エリート様達にドン引きされても責任は取らんがな。

「つーわけで、移動すっぞ。残った奴らは見つけ次第黒雷で鏖殺。〝神々の黄昏《ラグナロク》〟の面々だったら遥《はるか》が斬殺。

目指せ全キルえいえいおー、だ」

「……凶さんって普段、常識人ぶってるけど実は一番ヤバいよね」

「残虐サイコゴリラ」

誰がゴリラじゃい。

◆

しばらくの間は、退屈な世紀末散歩が続いた。

崩壊した街並みを背景に、三人で益体《やくたい》のない話を語り合いながら、たまに感知に引っ掛かった敵を黒雷で焼いて、終わったらまた歩いての繰り返し。

おそらくは、敵側もユピテルの射程範囲の広さを警戒しているのだろう。

中央までの道中に狩る事のできた敵の数はわずか六名程度であり、残る十九人の所在《しょざい》はギリギリの所まで分からなかった。


「敵、発見した。この先まっすぐ十キロのところにある大きな建物の中にみんなで隠れている」


生き残った参加者達は、全員同じ場所に固まっていた。

ユピテルいわく、ペナルティエリア付近のラインに陣取っているらしい。

ユピテルの砲撃から逃れるためとはいえ、とんでもない場所に拠点を作ったもんだ。

「どゆこと？」

遥《はるか》が不思議そうに小首を傾げた。

「殺し合いのゲームなのに、みんなで集まって何もしないなんて、変だよね、凶さん」

「普通はあり得ない。だけど、普通じゃない事が起こったから、奴らも『普通』を捨てたのさ」

開幕五分足らずで七十二人を敗退させた大量広域砲撃能力持ちの登場。

一瞬で破壊し尽くされたフィールド。

そしてそれを為《な》した下手人《げしゅにん》が自分達の感知能力では到底追えない位置にいるという衝撃の事実が、

奴らに呉越同舟の関係性を築かせたのだろう。

つまり……。

「俺達を倒す為に、組んだんだよ」

言い出したのは、十中八九〝神々の黄昏《ラグナロク》〟の奴らだろうな。

眼前の脅威に対抗する為に少ない時間で反抗組織《レジスタンス》を作り上げ、曲がりなりにも纏《まと》め上《あ》げている手腕はシンプルにすごい。

だってコレバトルロイヤルだぜ？　俺だったら、従うフリして真っ先に寝首を掻《か》くもん。

それをさせずに十九人が団結しているという事は、よほどカリスマ性の高いリーダーがいるか、力で抑えつけているかのどちらかだ。

まぁどちらにせよ、大したもんだぜ。本当に尊敬する。そして何よりもありがとう。

「遥《はるか》、出番だ」

おかげでウチの恒星系に食べさせるとっておきの餌ができた。

「あの先で集まっている連中、全員ワクワクしていいぞ」

「ホントッ!?」

麗しの碧眼《へきがん》が、嬉しそうに瞬いた。

「あぁ。長い事待たせて悪かったな。ここから先は、全部お前にやる」

「凶さん……っ」

声を弾ませながら、小さくはにかむ恒星系。

実像は、憧れの人達を斬れる喜びに打ち震えているだけのワクワクサイコなのだが、素材が余りにも極上なせいで、なんかものすごく素敵なシーンに見える。

「ルート案内は、ワタシが《念話》でする。射程距離の問題で一方的な送信になるけれど、そこは許して」

「ありがとう、ユピちゃん。頼りにしてるね」

「任せんしゃい」

おんぶ紐越しに、お子様がもぞもぞと動き回る様子が伝わってきた。

多分、何らかの激励ポーズでも取っているのだろう。

ユピテルは表情が薄い分、モーションで気持ちを表現するきらいがある。

だから今も精一杯、気持ちを込めて遥《はるか》にエールを送っているに違いなかった。

……まぁ、おんぶ状態でのボディランゲージなんてタカが知れているのだが。

「ユピ子さんよ、一旦、降りとくかい」

「めんどくさいから、や」

即レスである。

子供は風の子なんて迷信だぜ、と言わんばかりのズボラさだ。

「分かったよ。じゃあ、引き続き俺の背中でお過ごし下さい」

「うむ」

ふんすっとなぜか鼻息を荒げて再び寛《くつろ》ぎ始める黒雷娘。

いや、お前が満足ならそれでいいんだけどさ。

「それじゃあ、遥《はるか》。思う存分、楽しんでこいよ」

「うんっ、……〝神々の黄昏《ラグナロク》〟の方々を含めた精鋭十九人と斬り合えるとか想像しただけで火照ってきちゃう」

「……楽しそうで何よりだよ」

さっきまでの、アンニュイさが嘘のようだ。

やっぱり、こいつには元気な姿が一番似合う。

「――――っと、そうだ。ひとつお前に頼みたい事がある」

「なになに？」

終末の世界でなお輝く太陽電池の申し子に、俺は兼ねてより温めていた「最後の作戦」を伝授した。

◆

「キョウイチロウは、悪知恵が働く」

遥《はるか》が敵の本拠地へと向かってからしばらく経《た》った頃、唐突にユピテルがそんな事を言いだした。

「ケラウノスの時もそうだった。みんなが思いつかないような、……ううん、思いついても実行に移そうとしないような悪い事を平気でやらかす」

「もしかして、俺ってば今けなされてる？」

「そんなことない。むしろ褒めてる。目的の為なら絶対に手段を選ばない情け容赦のなさは、とっても悪魔的。まさに悪魔ゴリラ」

やっぱ、けなしてんじゃねぇか。後、ゴリラ言うな。

「そういえばケラウノスの調子はどうだ？　あれから大人しくしてるか？」

丁度、名前が出たので尋ねてみる。

「大人しくしてる。……大人しすぎるくらい」

ユピテル曰《いわ》く、ちゃんと彼女の中にいるそうなのだが、一切言葉を発しないのだそうだ。

「前みたいに暴れることはなくなったけど、静かすぎて不安」

「何か企《たくら》んでるんじゃないかって？」

「あたらずとも、とうかんかく」

「……もしかしたらだけど、当たらずとも、遠からずって言いたいのか」

「そういう捉《とら》え方もある」

どうやら正解らしい。

うん、まぁ等間隔でもニュアンス的には伝わるし、いっか。

それよりも今はケラウノスの件だ。

「安心しろよ、ユピテル。今のお前とあいつは対等だ。力を貸してもらうかわりに、獲得したリソースを与えてもらう普通の契約関係。それ以上でもそれ以下でもないワケさ」

父と娘ではなく、対等な契約関係に落ち着いた以上、ケラウノスが主の許可なく外界に干渉する事はできない。

お子様が俺のくだらない煽《あお》りで怒り散らしても、一切黒雷が発生しなかったのが良い証拠だ。

どれだけユピテルが負の感情に傾いても、前のように勝手な顕現を果たすことはできないのである。

「対等、なのかな？」

急に妙な事を言いだすチンチクリン。

その声音は、ちょっとだけ憂いのような感情を秘めていた。

「対等だろ。ユピテルは契約者で、あいつはその契約精霊。んで、結び直した契約通りの力を、今お前さんは、こうして見事に引き出せているじゃないか」

「でもそれは、ワタシ側の都合。今のワタシは、あの子に何も与えられていない」

「そんなことないさ。ダンジョンの精霊を倒したら、ちゃんとリソースはアッチにいくんだろ？」

種族単位でレベルアップ厨《ちゅう》な精霊達にとって、他の精霊が落とす霊的リソースや、主が獲得した名声偉業はご馳走《ちそう》だ。

だから冒険者という職業を続けている限り、「何も与えられていない」なんて事にはならないはずなんだが……。

「餌をあげるだけの関係性を対等とは言わない」

けれど、お子様の考えは違うらしい。

「ケラウノスはいっぱい悪いことをしてきた。沢山の人に迷惑をかけた。許されることじゃないし、許しちゃいけない。……だけどあの子も被害者。悪い人達に捕まって、その在り方を歪まされた」

ケラウノスは、外道な研究者連中によって父性という感情だけを注入された改造神威である。

感情のない存在に生きた人間から抽出した特定感情のみを吸い込ませたら、そりゃあマトモじゃいられなくなるのは当然で、そういった経緯を鑑《かんが》みれば、多少の同情の余地はあるんじゃないのかとユピテルは言いたいのだろう。

正直、俺個人としてはチビッ子の意見に反対だ。

いくら同情すべき悲しい過去があったとしても、奴がユピテル達を傷つけてきた事実に変わりはない。

可能であれば、【始原の終末《エンドオブゼロ》】でその存在全てを抹消したいくらいだよ。

だがそれは、あくまで狭量《きょうりょう》な正義マンである俺の主張《エゴ》であり、ユピテルに押しつけていいもんじゃない。

現状において、実害を伴《ともな》っていない以上、よそ様の契約関係に余計な口出しをするのはお門違いもいいところだ。

それに俺は、ユピテルのこういう甘いところが嫌いじゃない。

なんでもかんでも正誤の二元論で決めてしまいがちな馬鹿が多いこの世の中で、間違えた奴にも手を差し伸べられる優しさをこのお子様は持っているのだ。

「ちゃんと話してみたらどうだ？」

ケラウノスの為じゃない。

ユピテルの在り方に敬意を抱いているからこそ、俺は彼女にこう答えたのだ。

「何を考えているのか分からないのなら、直接聞いてみればいい。今の状況に納得がいかないのなら、お前達だけの妥協点を探り合え」

「……ワタシにできる？」

「できるよ。だってお前図太いじゃん」

返事はなかった。でも、おんぶ紐越しにヘンな圧を感じる。

「いや、悪口じゃないよ。精神的なタフネスが高い事を褒めてるんだ」

「……レディに太いはげんきん」

そういう台詞はもっと、全体的に大きくなってから言え――――と、心底から溢れ出てきた気持ちが喉元《のどもと》まで出かかったが、余計な火種をまかないために自重する。

「へいへい、悪うございました。……まぁ、とにかく自分の満足のいくようにやってみろよ。お前さんにはちゃんと自己満足を追い求める自由があるんだから」

「じこまんぞくは悪い事じゃないの？」

ハッと思わず鼻から笑いが零《こぼ》れてしまった。

「知らなかったのか？　ウチのパーティーに社会的満足を優先するようなお利口さんなんて、一人もいないんだぜ」

なにせ全員ボスキャラだし。ついでに、これから勧誘しようとしている奴までボスキャラだし。

「自分本位で良いんだよ、ユピテル。世の為人の為みたいなご大層なお題目は、もっと余裕のあるやつらに任せておけばいい」

「たしかに、キョウイチロウもハルカもいつも好き勝手にやっている」

「だろ。だからお前さんも好き勝手やっちまえ」

こっくりと、おんぶ紐の中のお子様が小さく揺《ゆ》れ動いた。

「気が向いたら……やってみる」

「おう」

そんな少しだけ真面目な話を交わしてから、約五分後の事である。


「ハルカが敵のアジトに侵入した」

ユピテルが告げたその感知情報を皮切りに、俺達のバトルロイヤルは終盤戦へと突入した。

「一人ロスト、三人ロスト、更に四人ロスト。残り十一人、……ううん、今、追加で二人ロストしたから残りは九人」

「あいかわらず無茶苦茶やってんな、アイツ」

今、恒星系が相手にしている輩《やから》は決して弱い相手じゃない。

トップクランである〝神々の黄昏《ラグナロク》〟の若手メンバー達を筆頭に、このバトルロイヤルの参加者達は、もれなく全員が桜花の有力者たちの推薦を受けたエリートチームである。

そんな奴らの巣窟に単騎で挑むだなんて、常識的に考えれば、自殺行為と詰《なじ》られるレベルの蛮行だ。

十九人の敵、迫りくるペナルティエリアの浸食、その上味方のサポートは、セルフ縛りで手出し無用《ノーセンキュー》。

きっと会場に集まった誰もが無茶だと嗤《わら》うだろう。無謀であると呆《あき》れるだろう。

「二人ロスト、一人ロスト、三人ロスト…………残り三人」

だが、生憎《あいにく》とウチのエースに常識は通じない。

セオリーを刎《は》ねつけ、メタを穿《うが》ち、敵のアドバンテージを斬り尽くして、必ず最後は勝利する――――それが蒼乃遥《あおのはるか》という女なのだ。

どれだけ盤石な準備を整えても、まるで無意味。

絶対も完璧も、恒星系の前では机上の空論へと成り下がる。

「一人ロスト、更に一人ロスト。残るは一人…………だけど、ものすごいスピードで建物から逃げ出した」

「成る程」

最後の一人が逃亡か。

さすがは遥《はるか》。

注文通りの仕事をきっちりこなしてくれた。

「んじゃあ、ユピテル。逃げだした幸運さんを迎えに行くか」

「キョウイチロウは、本当に性格が悪い」

「褒め言葉として受け取っておくよ」

軽口を叩きながら、崩壊した住宅街を歩きだす。

むせ返るような煤《すす》の臭いが、なぜだか少しだけ心地よかった。

【生存者：残り四人】

■第七話　影の王国

◆仮想空間・特殊バトルフィールド・ステージ・市街地《シティ》

残る生存者は四人。

その内三人は俺達のチームが占めているわけだから、倒すべき敵は後一人を残すのみとなった。

いよいよラストゲームだ。決して驕《おご》ることなく全力を尽くそう。

「わざと敵を逃しておいて何をほざく」

辛辣な意見が背中越しから飛んできた。

「いや、ユピ子さんよ。さっきも説明したが、これには深いワケがあってだな」

「知ってる。でもあのままハルカに任せておいた方が楽チンだった」

「おいおい、なんでもかんでも楽に逃げてたらロクな大人にならないぜ？　古いことわざにもあるだろ、若い内の苦労は」

「勝手にしろ？」

「うん、なんかそっちの方が今時《いまどき》で良さげだわ」

苦労を買ってでもしろって、良く考えたらちょっとブラック企業チックな香りがするもんな。

「サンキューなユピテル、おかげでまた一つ賢くなったよ」

「ぞうさもない」

「お礼に今日の昼飯は奢《おご》らせてくれ。何が食べたい？」

「お子様ランチ、旗抜きで」

「通だねぇ」

「つー」

チョロいお子様だぜ。……チョロすぎてちょっと心配になってくる。

まぁいい、今はバトルロイヤルだ。

ユピテルの感知情報によるともうそろそろ接敵するはずなのだが。


「！　正面からこうげき、くる」


ユピテルの告げたアラートに従い、アスファルトの道路をサイドステップで駆け抜ける。

一拍置いて耳に響く破砕音。

音の方角に目を向けると、赤い屋根の一戸建てが見るも無惨に崩落していた。

酷いことするぜ。ゲームだからって無闇やたらとモノを壊しちゃダメなんだぞっ。

「おまいう」

「おまいう返しー」

実行犯と教唆犯《きょうさ》で特大のブーメランを投げ合いながら、続けざまに放たれた敵の攻撃を避けていく。

威力よし、射程よし、コントロールよし、んでもって術式の形状は黒い靄《もや》のかかった楕円形のエネルギー体とくれば、敵の正体は自《おの》ずと分かってくる。

五大クラン〝神々の黄昏《ラグナロク》〟の若手筆頭にして、主人公のライバルの一人でもあるイケメン影使い。

そう、最後に残った敵の正体は――

「生き残ったのはやはりお前か、黒沢明影《くろさわあきかげ》っ！」

……まぁ、ユピテルの霊力感知で最初から分かってはいたんだが、最終戦だし一応盛り上げておかないとね。

「生き残った……？」

返ってきた言葉は疑問形。

遠くからじりじりとにじり寄ってくる人影の主が、当惑と怒りを滲《にじ》ませた語調で言の葉を紡いでいく。

「〝見逃された〟の間違いだろ」

「……どうしてそう思う？」

「このザマだぞ」

緩慢な動作で己の姿を指差す黒沢《くろさわ》。

眼をこらした先に視《み》えた彼の有り様は、正真正銘の「人影」だった。

腰から下は完全に闇色。

右腕は付け根より下が、左腕は——というか左半身のおよそ六割が——影に覆われており、無事である部位の方が稀《まれ》である。

この様子だと内臓の方も大分やられているのだろう。

影に覆われた黒沢《くろさわ》のイケメンフェイスは苦悶《くもん》の表情で歪んでおり、息も絶え絶えだ。

やりやがったな、恒星系。

黒沢《くろさわ》さん、完全に死に体じゃねぇか。


「一瞬の内に俺以外の十八人を葬り去ったあの頭のおかしな女が、こんな死に損いの撤退を許すはずがなかろう」

「さぁな。怪我《けが》をして動けなくなったとか、そういうのっぴきならない事情があるのかもしれん」

「いや、あの女は傷一つ負っていない」

「……えっ、あっ、うん」

「俺達は、あの化物に術の一つ当てられずに敗れたんだよ」

「…………………」

どうしよう、この居たたまれない雰囲気。

黒沢《くろさわ》さん、めっちゃ消沈《しょうちん》しちゃってるし。

「デカイの、お前がこのチームのリーダーだな」

「あぁ、そうだよ」

「なぜ俺を倒さなかった？」

なぜ、か。

あんまり答えたくはないんだが、問われた以上は仕方がない。

俺は一度小さく息を吸いこんでから、二酸化炭素と一緒に正直な気持ちを吐きだした。


「あんたらと一緒さ。賞金を取って、スポンサーに気に入られて、ついでにプレゼンに使う為の記録映像を撮ってもらう。賞金だけ取って終わりじゃないんだ。ちゃんとチーム全員が活躍しているシーンを撮ってもらって『みんな優秀ですよ』とアピールせにゃならん。だからやられ役が必要だったんだよ。俺を引き立たせる為の手頃な当て馬がさ」


こんな台詞を黒沢《くろさわ》相手に吐く日が来るとは思わなかった。

チュートリアルの中ボスが主人公のライバルを引き立て役扱いだなんて、まったく我ながらとんだイキリクソ野郎である。

でも、これだけ好き勝手やらかしておいて「ごめんなさい。仕方なかったんです〜」と善人ぶりっ子するのは失礼だからなぁ。

引っかきまわした側の責任として、ここは正直に伝えるのが正しいと思うわけですよ。

「別にアンタを狙っていたわけじゃない。たまたまウチの剣術使いがアンタを残したってだけの話だ」

「誰でも良かったと？」

「そうだよ」

〝敵を一人だけ残して、こちら側に寄こせ〟――それが、遥《はる》かに伝えた作戦の正体である。

仲間を全て倒され、自分の力が通じない事が分かれば、敵は必ず撤退を選ぶ。

そしてそいつの逃亡先にユピテルの感知能力を使って足を運べば、めでたく強制タイマンマッチの完成……のはずだったんだが、予想よりも大分黒沢《くろさわ》の消耗が激しい。

「欲を言えば、万全のアンタと戦いたかったよ。これじゃあ、まるで弱い者イジメじゃないか」

「どうかな――疾《し》っ！」

刹那、錘状《すいじょう》の刃物が虚空を舞った。

俺の眉間《みけん》目がけて飛来する漆黒の刃。そいつを最小限の動作で避けつつ会話の続きを試みる。

「影を纏った刃か。肉体の代替に、高火力のエネルギー弾、さらには武器への属性付与《エンチャント》――さすがは黒沢明影《くろさわあきかげ》の『影の王国《ダン・スカー》』、噂《うわさ》に違わぬ万能性だ」

『影の王国《ダン・スカー》』、等級はお馴染《なじみ》の亜神《デミス》級でその能力は影纏操作《えいてんそうさ》。

影を物質ないしエネルギー体へと変換して自由自在に操る異能である。

特筆すべき点は、その汎用性の高さだ。

武器化、射撃、バフ、拘束、さらには疑似的な肉体再生能力に影を使ったトークンの生成まで備えているのだから本当に隙がない。

その分特化型に比べて個々の能力が劣ると設定資料集には書いてあったが、エネルギー弾一発で建物を倒壊させるレベルの器用万能《バランスタイプ》のどこが劣っているというのだろうか。

というかイケメンで能力も隙がないとかどんだけ持ってんだよこの男は。

「せっかく拾った命だ。どれだけ無様であろうと、最期の瞬間まであがかせてもらう」

おまけに男気まで高スペックだときたもんだ。……クソ、なんか段々腹が立ってきた。

「おい、ユピテル。一旦、この場から離れてろ。こいつは俺が……ユピテル？」

背中が軽い。それも丁度小学生一人分くらい軽くなっている。

まさかと思い、背中のおんぶ紐に触れてみるとそこには何もなかった。もぬけの殻というやつだ。

「…………」

お子様はとっくの昔に逃げていた。

辺りを見渡しても誰もいない。普段のぐうたらが嘘のような俊敏《しゅんびん》さである。

なんだろう。なぜだか無性に泣きたくなってきた。

いや、判断としては正しいよ。事実俺も逃げろって伝えたかったわけだし。

だけど男としては逃げ出す前のひと悶着《もんちゃく》が欲しいわけよ。「ワタシも一緒に戦う」的な感じの熱いやつがさ。

だって「ここは俺に任せて先に行け」って言う前に逃げられちゃったら悲しいじゃん。俺達の絆《きずな》ってなんなんだろうとか余計な事考えちゃうじゃん。

あー、クソ。この湧きあがるモヤモヤを一体どうやって処理してくれようか。

「おのれ、黒沢明影《くろさわあきかげ》。謀《はか》ったな！」

俺はとりあえず目の前の黒沢《くろさわ》に全責任をなすりつける事で、精神を安定させる事にした。

「待て、己の人徳のなさを俺になすりつけるのはお門違い――――」

「問答無用、死ねぇえええええええええええっ！」

即座にエッケザックスを大剣形態に変形させ、さらに《時間加速》と二重の《脚力強化《ストライド》》の合わせ技で無双の敏捷性を獲得する。

そこから間髪いれずにアスファルトの地面を蹴り上げて、超特急で褐色イケメンの喉元へと食らいつく。

さぁ、お前の首をもらおうか。

「ひゃっはぁあああっ！」

大剣から伝わってくる骨肉を切り裂く感触。

得意の速攻戦術は今日も今日とて華麗に決まり、クール系イケメンの首を瞬く間の内に両断した。

勝ったなガハハ！　これで、優勝は俺達のもんだぜ！

「まだ……だっ！」

しかしそうは問屋が卸さないとばかりに傷口から闇色の閃光を放ち、反撃を試みる黒沢《くろさわ》。

心の中で「首飛ばされてんのに普通に戦ってんじゃねぇよ！」と毒づきながら身体を旋回させて褐色イケメンの砲撃を避けていく。

「影による肉体置換――――だけじゃないな。ソレがアンタの天啓《レガリア》か」

俺の指摘に、生えたばかりの首で首肯する影使い。

奴の挙動に細心の注意を払いながら、俺は奇跡のカラクリを看破していく。

「魂の保存と致命ダメージを起点とした肉体の復元、回数は溜《た》めた霊力依存で最大数は四。確か名前は〈四死心宙《アルスター》〉だっけ。ったく、残機持ってる人間がバトルロイヤルに出てくるんじゃねーよ」

「随分と……詳しいじゃないか」

「そりゃあ、優勝候補のスペックぐらいは頭に入れてるさ」

嘘である。ゲーム知識使ってバリバリカンニングしてます。

「とはいえ、復元できるのは致命傷だけみたいだな。膝から下が影なのは、直接の死ではなかったから。多分足をチョン切られた時に、別の個所《かしょ》もダメになったんだろ。んで、そこへのダメージが致命傷になったから、〈四死心宙《アルスター》〉の復元権が膝下には適用されなかった」

そりゃあ、相手があのワクワクサイコだもん。一度の攻撃で数回殺されたとしても全然おかしな話じゃない。

首と心臓と脳髄――――その辺りをバラバラにされて〈四死心宙《アルスター》〉が三回起動。四回目が起動する前に無理やり影で自分の身体を繋《つな》ぎ合《あ》わせて逃走といったところか。

おそらく、黒沢《くろさわ》の残機はもうない。

俺がもう一発決めてやれば、真っ当に沈むだろう。

敵は満身創痍。スピード勝負では圧倒的にこちらが優勢。この勝負、

「――――勝ったと、思っているな」


だが、黒沢《くろさわ》は諦めない。

己の影をさらに深めて、渾身《こんしん》の一撃を放つべく霊力を集束させていく。

「俺は負けない。負けられない。散っていったアイツらの為にも、必ずお前達に一矢報いる」

熱い心を剥きだしにしながら、光属性な台詞を吐きだす褐色イケメン。

おいおい何だよ、ソレ。普段クールなキャラが倒れた仲間達の意志を背負って最後の力を振り絞る一番熱い展開じゃん。

「次の一撃に、俺の全ての力を込める。清水凶一郎《しみずきょういちろう》、お前にコイツを受け止める勇気はあるか？」

曇天の空の下、黒沢《くろさわ》の全霊を込めた術式が顕現した。

鋭利な穂先。迸《ほとばし》る霊力。銛《もり》のような形状をしたその得物を影の王国の主が力強く握りしめる。

――神話再現《エミュレーション》【殲滅魔槍《ゲイボルグ》・虚影《レプリカント》】。

黒沢明影《くろさわあきかげ》の代名詞とも呼ばれる必殺の決戦術式だ。

こいつを解き放ってきたという事は、奴も相応の覚悟を決めたという事なのだろう。

【殲滅魔槍《ゲイボルグ》・虚影《レプリカント》】はここら一帯を更地に変える程の威力を持ったインチキスキルだが、その分消費するコストも半端じゃない。

ゲームでは霊力の大量消費は元より、黒沢《くろさわ》の固有バフである《影装《シャドウ》》を全て消費するというデメリットがあった。

今の黒沢《くろさわ》が纏っている《影装《シャドウ》》をコストに使えば、間違いなく奴の身体は限界を迎える。

失っていた肉体の代わりを務めていた影が消えれば、そこに残るのはただのバラバラ死体だけだ。

だからこれは勝ちを取る為の一撃ではなく、価値を刻む為の一撃なのだ。

死に体の男がクランの名を汚さない為に放つ自爆同然の神風アタック。

……ったく、泣けるねどうも。

「中々どうして雄々《バカバカ》しい事してくれるじゃないの」

呆れ半分。リスペクト半分。

だが、個人的には嫌いじゃない。

まぁ十八人の仲間と協力してもウチの恒星系に傷一つ負わせられなかった時点で、黒沢《くろさわ》達の優勝の目は消えてたもんな。

ここらが良い落とし所なのだろう。

「ていうか、やっぱり俺の事知ってたんだな。最初の確認はなんだったのさ？」

「誘導だ。ノーマークだと思わせておけば、お前は必ず速攻をしかけてくると分かっていたからね」

「どういう根拠？」

「七月四日の果たし合い」

真木柱《まきばしら》とのやつか。

でもあの場に黒沢《くろさわ》は居合わせていなかったはず。

「ウチの偵察班の仕事だよ。あの時の映像は〝神々の黄昏《ラグナロク》〟が収めさせてもらった」

「へぇ、こっそり撮ってたのかよ」

「悪いな」

「いや、別に悪くはないさ。ただ、録画したなら、いっそのことネットにアップロードしてくれれば良かったのに」

「貴重な映像を他のクランに渡す義理はないのでね」

「そりゃそうだ」

一瞬の沈黙が、瓦礫《がれき》の山に降り注ぐ。

ユピテルをできるだけ遠くへ逃がすための時間稼ぎと、決戦術式を強化するためのチャージタイム――互いの利益のために設けたつまらないおしゃべりの時間は、もうお開きだ。

ここからは、楽しい楽しい男比べの時間だ。

「こいよ黒沢《くろさわ》。お前の男気、真正面から受け止めてやる」

「その雄々しき決断に最大限の敬意と感謝を……では――――いざ参る！」

そうしてこの大会、最後の攻防が始まった。

攻め手側の黒沢《くろさわ》は、全霊力と自身の纏った影を収束させて、渾身の魔槍を投擲《とうてき》。

「嗚《お》ぉぉおおおおおおおおおおおおおっ！」

全てを擲《なげう》った褐色イケメンのラストアタックは、この大会の最後を飾るに相応《ふさわ》しい華々しさと苛烈さに満ちた一撃で、思わず見とれそうになってしまうほど様になっていた。

背水の陣から放たれた根絶やしの魔槍の効能は「必中」と「必殺」、そして「拡散」である。

特定の影の持ち主を指定し、そいつが滅び去るまで穿ち続け、死んだら死んだで大爆発。

狙った獲物を必ず殺した上で、さらに広範囲攻撃に変形するだなんてかなりの欲張りスキルだよな。

まさに殲滅魔槍《ゲイボルグ》の名を冠するにふさわしい術式だと思うよ。

――――だが、弱点がないわけじゃない。

「つしゃ、こいやぁっ！」

咆哮《ほうこう》と共にこちらも切り札を解放する。

音が散り、色が消え、そして時が止まった。

【四次元防御】、俺自身の時を止める事であらゆる攻撃を無効化する絶対防御スキル。

普段から八面六臂《はちめんろっぴ》の活躍を誇る【四次元防御】さんだが、今回ほど相性の良い局面というのも中々ない。

なにせコイツは、今の黒沢《くろさわ》にとっての天敵だ。

莫大《ばくだい》な霊力と自身の展開していた全ての影をコストにして産み出された魔槍の一撃は、確かに脅威である。

だがその刃に刻まれた三つの法則《プログラム》、すなわち「必中」、「必殺」、「拡散」の理は使い手を傷つける諸刃《もろは》の剣でもあるのだ。

必ず中《あた》り、敵を死ぬまで殺し続け、相手が死んだら余剰エネルギーを解き放って大爆発――【殲滅魔槍《ゲイボルグ》・虚影《レプリカント》】は、この行程に従って能力を変質させていく術式であり、その順序が覆《くつが》える事は決してない。

つまりこいつは狙った相手が死なない限り、殺し続けることしかできないのさ。

「必中」と「必殺」、この二つの行程が終わらない限り、最後の拡散攻撃は起動できない。

避けて別の敵を狙おうにも「必中」の理が俺以外を狙う事を許さず、矛《ほこ》を収めようにも「必殺」の理が拒絶する。

必ず中《あた》るとはそういう事であり、必ず殺すとは斯様《かよう》な意味なのだ。

止まる事など許されない。殲滅の魔槍は一度定められた誓約《ゲッシュ》を必ず履行する。

だから、この結末は必定《ひつじょう》だった。

【四次元防御】によって無敵化した身体にもおかまいなしに刃をつきつけ旋回し、前へ前へと進み続ける影の魔槍。

だが、その殺意が俺の肉体に届く事は叶《かな》わず、それ故《ゆえ》に影の魔槍の「必殺」は止まらなかった。

そしてその代償は、全て主へと向かう。

ハラリハラリと灰色の空に消えていく、黒沢《くろさわ》の影。

肉体の代わりを務めていた《影装《シャドウ》》が殲滅魔槍のコストとして捧《ささ》げられた影響で、彼の疑似軀体《くたい》が次々と霧散していき、残されたのは人とも呼べない肉の残骸。


「見……事……」


最後にそれだけ言い残して、黒沢明影《くろさわあきかげ》は光の粒子となって現実に帰っていった。

【四次元防御】の影響で音が聞こえないからなんちゃって読唇術での解釈となるが、多分そう言っていたはずだ。

「アンタもな」

ほとんど死に体の状態から、アンタはよく頑張ったよ。

機会があれば、またやろうぜ。

その時はもちろん、タイマンでさ。

【生存者：残り三人（ゲーム終了）】

■第八話　宴《うたげ》の後の宴

◆ダンジョン都市桜花・第三十九番ダンジョン『世界樹』シミュレーションバトルルーム

意外にも、表彰式はつつがなく行われた。

てっきり「大会の趣旨《しゅし》から逸脱《いつだつ》している」だとか「好き勝手にやりすぎだこのイキリ野郎」みたいな苦情が寄せられると身構えていたのだが、特にそういう事もなく普通に表彰されて、祝福されたのである。

会場を埋め尽くさんばかりの万雷の拍手と、熱のこもった賛美の声は中々どうして悪くな く――――いや、クールぶって格好つけるのはやめよう。

もうね、正直めっちゃ気持ち良かったです。

だって生まれてこの方、こんな沢山の賞賛と羨望を向けられた事なんてなかったんだもの。

しかも、ネットとか伝聞じゃなくてダイレクトにだぜ？

そりゃあ、滾《たぎ》るし、舞い上がりもするよ。

チヤホヤされるのが、こんなに快感だなんて……いや、やべぇよコレ。承認欲求の為に馬鹿な目立ち方するガキの思考が少しだけ分かっちゃったもん。

脳内から汁がドバドバ出て、心臓がきゅっと高鳴り、頬が焼けるようなあの感覚。

たまんねぇよ、本当に。


「やったね、凶さん」

「ワタシ達の大勝利」

表彰式も終わり、大量の名刺を抱えたまま控室に向かおうとした俺にそう告げたのは、ウチのお嬢様方だった。

二人の姿を見た途端、心が急激に弛緩《しかん》してつい憎まれ口を叩きそうになったが、それを咳払いと共になんとか押し留《ステイ》める。

そりゃあ言いたい事は山ほどあったが、ここまでの圧勝を成し遂げられたのは間違いなくこいつらのおかげだという事を忘れてはならない。

だから、紡《つむ》ぐ言葉も必然的に感謝となった。

「ありがとう。みんながいたから、ここまで来れたよ」

「ハルカ、ゴリラが爽《さわ》やかぶってる」

「ユピちゃんっ」

よーし、いいぞハルカ。そのまましっかりとお子様の口を押さえとけ。

そんなに俺をゴリラ扱いしたいのなら、お望み通りボスゴリラになってやるよ。

思う存分、群れ社会の厳しさってやつを堪能《たんのう》してくれや。

「まってキョウイチロウ、話せばわかる」

「問答無用だ」

俺は可能な限りの爽やか笑顔を作りながら、遥《はるか》に抱きしめられた銀髪ツインテールに近づいていく。

「ハルカ、ごしょうだから離して……」

「そうしてあげたいのは山々だけど、遥《はるか》さん的には凶さんに可愛がられるユピちゃんも見たかったり？」

「ひえっ」

「後、ゴリラってとってもキュートだと思うんだよね。たくましいけど愛嬌《あいきょう》たっぷりで、観てるとすっごく癒されない？」

「ひぇっ……」

残念だったな、ユピ子よ。その女に常識は通用しないんだよ。

ていうか、話の流れ的にゴリラを褒められるとちょっと照れくさいんだが。

「清水凶一郎《しみずきょういちろう》！」

喧噪《けんそう》のなかでも一際大きく響き渡る甲高い声。

振り返るとそこには、我らが短パン貴族こと真木柱獅音《まきばしらしおん》の姿があった。その後ろにはタキシードとエプロンドレスに身を包んだ従者さん達の姿もある。

「おうっ、真木柱《まきばしら》。お疲れ」

「疲れてなどいない！　なにせボクは開始直後にやられてしまったからな！」

「…………………」

どうしよう、この場合殲滅《やっ》ちまった側はなんというのが正解なのだろうか。

傷口に塩を塗《ぬ》りたくるような文言は論外だし、だからといって下手に謙遜するのも逆効果だろう。

やっぱりここは謝っておくのが丸いか？

「すまん、真木柱《まきばしら》。俺──」

「待て。その続きを口にするなよ、断じてだ」

力強く向けられる人差し指。

真木柱《まきばしら》は、鼻息を荒げながら続く言葉を俺に告げた。

「どのような形であれ、君達は勝ったのだ。勝者は勝者らしく、堂々と胸を張れ」

「そっか。……そうだな。じゃあ、今日のところは俺達の勝ちって事で」

「うむ。今日のところはな。だが、次はこうはいかんぞ！」

「望むところだ」

拳を突き合わせ、交わした約束を胸に刻む。

強いな、本当に。

ゲームのように現実を直視しないが故《ゆえ》の責任転嫁型ポジティブシンキングではない。

今のこいつは、己の敗北を真正面からしっかりと受け止めた上で、前へ進もうとしているのだ。

「ぼっちゃま、ご立派になられて……ううっ」

「最近の獅音《しおん》様は、本当に雄々しいです、ぐすっ」

ほらみろ。従者さん達も大感激だ。

分かる、分かるぜアンタ達の気持ち。今の真木柱《まきばしら》は、マジで男前だもんな。

もう噛ませ貴族だなんて、口が裂けても呼べねェよ。

「お、お前達。こんな公の場で取り乱すなっ」

「だって、獅音《しおん》様が、金銭を支払っていないお友達と仲良く会話しておられるのですよ」

「ですですっ。『友達など、金で買える』と豪語していたぼっちゃまが……」

「なっななななな何を言い出すのだお前達っ！　大衆の前で、不用意に主の醜聞《しゅうぶん》をばら撒《ま》くなっ！」

「いえいえ、〝レン友〟は立派なサービスでございます」

「ですですっ、ぼっちゃまは、お金を払ってサービスを利用なさっていたお客様ですっ！」

「まったく、フォローになっていないっ！」

やいのやいのと賑々《にぎにぎ》しい会話を始める主と従者。

気心の知れた仲といえばいいのだろうか、真木柱《まきばしら》と彼女達の間には良い意味で遠慮がない。

なんだよお前、結構愛されてるじゃん。

俺が言えた義理ではないけれど、ちゃんと大事にしろよ、その人達のこと。

「清水《しみず》、ちょっといいか？」

冷水に盛りつけられた氷のようなクールボイスが耳を伝う。

これだけ短時間の内に二度も呼びとめられるなんて俺も人気者になったものだと自己陶酔《じことうすい》に浸《ひた》り

ながら振り向く――――よりも先に、恒星系の嬌声《きょうせい》が鼓膜に刺さった。

「〝神々の黄昏《ラグナロク》〟の、〝神々の黄昏《ラグナロク》〟の――――っ！」

あー、ハイハイ〝神々の黄昏《ラグナロク》〟さんね。ありがとよ、遥《はるか》。おかげで一足先に声の主のあてがついたわ。

「これはどうも、〝神々の黄昏《ラグナロク》〟のみなさん。本日は胸を貸して頂き、誠にありがとうございます」

「どうした、急に」

若干、困惑げな表情を浮かべる褐色イケメンに、俺はとびっきりの営業スマイルを浮かべて問うた。

「どうしたとは、如何《いか》に？」

「いや、先程とはあまりにも対応が違うものだから、つい」

違くねェよ。一応、冒険者の先輩だから顔を立ててやってんだろうがこのダボッ！

「このゴリラは目上の相手にブリっ子する。ぶりぶりゴリ――――むぐっ！」

「をほほ！　失礼、ウチの砲撃手が何やらわけのわからない事を申しておりますが、お気になさらず」

もがもがと暴れ回るお子様の口を塞《ふさ》いで、無理やり話題を切り上げる。

このわんぱくガールめ。ちょっと遥《はるか》が身悶《もだ》えてる隙に脱走してきたのか？

最近どんどん姉に似てきて、凶さんちょっと心配だよ。

そんな俺達の極めてお上品なやり取りを眺めていた黒沢《くろさわ》は、なぜだか滅入《めい》るように眉間を押さえ

ながら
「こんな事を頼むのは些《いささ》か妙ではあるが、頼むから普通に話してくれ」

と、頼み込んできたのだ。

「なんというかお前の敬語は、しっくりこないんだよ。わざとらしいというか、ガワだけというか」

失敬な。だが、まぁ向こうがそう望むというのなら致し方ない。切り替えていこう。

「そうかい。じゃあ、お望み通りタメでいくわ。んで、なんだよ黒沢《くろさわ》？　ぞろぞろとお仲間引き連れてお礼参りか？　おぉん？」

「お前、いくらなんでも切り替えが早すぎないか」

臨機応変と言え。

「まぁいい」

コホンとわざとらしく咳払いをしてから、黒沢《くろさわ》はその無駄にイケメンな視線を俺に向けながら言った。

「これから大会参加者で集まって、打ち上げを行おうと考えているんだ。よかったらお前達も来てくれないか」

◆創作小料理屋・ぢょんがら
「絶対行きたい！」とはしゃぐ恒星系と「早く課金したい」と宣《のたま》うお子様の意見を折衷《せっちゅう》した結果、

俺達はコンビニで魔法のカードを大量に買い漁《かあさ》るというワンテンポを置いた上での参加と相成《あいな》った。

打ち上げ会場に選ばれた創作小料理屋は、どうやら〝神々の黄昏《ラグナロク》〟ご用達《ようたし》の店舗らしい。

レンガ造りの外観と、中の純和風な装いがアンビバレントな魅力を醸《かも》し出していて妙な趣《おもむき》がある。

店主直々の案内で通されたお座敷《ざしき》も、かなり凝ったレイアウトをしていて相当よき。

畳や障子、高そうな屏風《びょうぶ》といった定番のラインナップとモダンな照明と小物達の競演が、すごくワクワクさせてくれるんだよ。

「ここはとにかく料理が美味《うま》くてさ、〝あの人〟もよく食べに来るんだよ」

そう語る黒沢《くろさわ》の横には両手に花――――どころではない数の女性陣がバチクソけん制し合いながら、脇を固めていた。

「うんうん、そうだねーアッ君。はい、これ食べて。アタシが焼いたお肉だよー」

「ちょっと、昊空《そら》。明影《あきかげ》は疲れているのだから、もっと身体に優しいモノをあげなさい。ということで明影《あきかげ》、わたくしが心を込めて整えたみぞれ鍋を召し上がってください」

「クロサワ、これオイシイ。飲んでみて」

「いやいや、ここはウチの……」

正妻戦争勃発《ぼっぱつ》である。同じチームだった蚩尤紅令《しゆうくれい》と柊昊空《ひいらぎそら》はまだしも、獣人族の虎崎銅羅《こざきどうら》や、いいとこの令嬢である彼岸花坂幽璃《ひがんばなざかゆうり》まで靡《なび》いてやがる。

なにこれ、新手の拷問？

よそ様のハーレム事情を見せつけられるとか、苦痛でしかないのだけれど。

後、こんなうらやまけしからん状況築いてるくせに若干、困惑気味な表情浮かべてる黒沢《くろさわ》ってなんなの？　素で「やれやれ、あんまり目立ちたくなかったんだけどな」とか言っちゃう系の人なの？　そうだとしたらぶっ殺すよ？

「はぁ～、黒沢《くろさわ》さんを取り合っている紅令《くれい》さんと柊《ひいらぎ》さん、最高に尊いよ～」

そんな中、俺の隣でハァハァとカップリング萌えを楽しんでいる遥《はるか》さんは、なんというかファンの鑑《かがみ》だった。

十人前のヤンニョムチキンを一人で頬張っていなかったら、もう少し乙女チックに見えたかもしれない。

しかし、こいつ本当にモテるな。

ここにいる十数名の女性陣の中で、奴に欲情していないのがウチの子達（遥《はるか》さんは、箱推しオタなだけである）と真木柱《まきばしら》のところのメイドさんだけだなんてちょっとモテすぎだろ糞が。

大体、今日の大会で優勝したのは俺なんだぜ？　黒沢《くろさわ》を倒したのも俺なんだぜ？　なのになんでお前がハーレム作ってんのさ。それは寝取られ……じゃなくて、ぼくがさきにすきだったのに……でもなくて、なんだこの感情は？　ただただ純粋にムカつく。

俺が名状《めいじょう》しがたい感情に悶々《もんもん》としながら鳥ささみの酢のものを食べていると、何者かが後ろから肩を叩いてきた。

もしかして遅ればせながら俺の魅力に気がついた可愛《かわ》い子《こ》ちゃんが――――などと期待して上体を捻《ひね》ってみると、見知った野郎が腰を落としていた。

「なんだよ、真木柱《まきばしら》」

俺は若干ふてくされたようなトーンで、短パン貴族に声をかける。

しかし真木柱《まきばしら》はそんな俺に、なぜだかとても優しげな眼差《まなざ》しを浮かべながら言葉を返した。

「その気持ち、よく分かるぞ清水凶一郎《しみずきょういちろう》。君は今、黒く熱いヘドロのような感情に手を焼いている、そうだろう？」

「お前、どうして……」

「なに、ちょっとした経験則というやつさ。自慢じゃないが、幼少の頃から持っている者を妬《ねた》み恨み嫉《そね》み続けてきたからね。その道のエキスパートと言っても過言じゃない」

本当に自慢じゃなかった。

しかし、そうか。これが嫉妬なのか。

確かにいわれてみれば、この感覚はクラスの彼女持ち陽キャや、職場でやたらとモテる同僚に感じていた気持ちと似ている気がする。

なんということだ。大会に優勝して、賞金もゲットしたというのに、俺の心は醜い嫉妬の炎で燃えたぎっていただなんて！

「気にすることなどないぞ。人間とはどうしようもなく他者と自分を比べたがる生き物なんだ。それに君は一人じゃない。奴のハーレムをよしとしない者はここにも大勢いる」

真木柱《まきばしら》が顎をクイッと動かして奥の座敷《ざしき》を視るようにと促《うなが》した。

するとそこには――――。

「おい嘘だろ……」


そこには、鬼神の如き形相で黒沢《くろさわ》を睨《にら》む益荒男《ますらお》達が息を巻いていた。

禿頭《とくとう》武闘派の面涙《めんるい》三兄弟を始めとした若手男性冒険者達が、揃いも揃って臍《ほぞ》を噛《か》む姿は、控えめに言ってもホラーである。


だがしかし、今の俺には彼らの気持ちが痛い程理解できた。

そうだよな、同年代と仲良くなれるチャンスだと思って参加した打ち上げで、一人だけ空気を読まずにハーレム作っている奴がいたら、そりゃあ面白くないよな。


「多くの女人《にょにん》を侍《はべ》らすなど破廉恥極まりなし……」

「兄者、あの乱れ切った者どもに邪淫の危険性を説きましょうぞ」

「羽星《ぱすた》、楚芭《そば》、早まるでない。安易な説法は〝説教オジサン〟と呼ばれ女人に疎まれるとネットに書いてあった。今は伏して待て。その時は必ず来る」

「「兄者……」」

「おのれ明影《あきかげ》……紅令《くれい》は、ボクが先に……」

分かる、分かる、分かるぜお前達の気持ち。

特に円城《えんじょう》カイル、アンタの辛さは発狂モノだよな。

BSS――――俗に言う「ぼくがさきにすきだったのに」というシチュエーションのやるせなさ

は、個人的に「寝取られ《NTR》」よりも上だと思うのよ。

だって、寝取られはさ、まだ自分が被害者でいられるわけじゃん。結ばれたカップルの片割れが第三者に取られるんだから完全に向こうが悪者だって断じられるわけよ。

でも、片恋《かたこい》相手が別の男女とイチャイチャしてるってのは、責めるに責められないじゃん。

だってその相手と自分は何の関係性もないんだもの。ただ一方的に好いていただけなんだもの。

しかもその相手が同じパーティーの仲間同士とかだったらもう……ねぇ。

「だから一人でクヨクヨ思い悩まなくても良いのだ。清水凶一郎《しみずきょういちろう》、ボクと一緒にあちら側へ行こう。志を同じくする彼らの所に」

「真木柱《まきばしら》……」

俺は差しだされた手を取り、ゆっくりと腰を浮かせる。

そうさ。別にモテなくたっていいじゃないか。

モテない野郎で集まって、ウダウダと生産性のない話で盛り上がるのだって悪くない。

そういう無駄で馬鹿な時間が、実は一番楽しかったりするのだか――――ら!?


「ねーねー凶さん、この、しゅくめるりってやつ頼もうよ」

立ち上がりかけていた俺の身体が、ぐいっと雑に引き寄せられる。

まるで宝の地図を眺めているかのように華《はな》やぎながら、メニュー欄のページを見せつけてくる恒星系。

そのあどけない仕草と、美人モデル顔負けのスタイルのアンバランスさに、なぜだかいつもよりもドキマギしている自分がいた。

「あー、いいんじゃないか。好きに頼めば」

「なにひと事みたいに言ってんのさ。凶さんも一緒に食べるんだよ、しゅくめるり」

「なんで？　シェアってガラじゃないじゃん、お前」

むしろ十人前を秒で平らげるようなキャラじゃないですか。

「だってさ」

少しだけ不服そうに頬を膨らませながら、遥《はるか》さんが言う。

「さっきから凶さん、鳥の酢のものしか食べてないじゃん。しかもちっとも嬉しくなさそうな顔で」

それは飯を不味《まず》くするような光景が目の前に広がっているからなのだが、そんなドス黒い本音を開けっぴろげるわけにもいかないので適当な言葉でお茶を濁す。

「そんなことないぞ。俺、ささみ超好きだし。この酢のものも滅茶苦茶美味いぜ」

ほれ、と皿を差し出してやると遥《はるか》が瞳を煌めかせながらパクついた。

「あっ、ほんとだ。おいしい。すごくサッパリしてるのに、味がしっかりしてて……うんっ、この添え物のキュウリもいい仕事してる」

「だろ。こいつは主菜を張れる逸品なのさ」

「なるほどねー、確かにご飯何杯でもいけそう。あっ、でもそれならあたしが頼んだこのやんにょむちきんも負けてないよー」

そんな事を言いながら、遥《はるか》はヤンニョムチキンの載った大皿――――ではなく、直接チキンを箸でつまんで俺の口に運んでくれた。

「はい、あーんしてくださーい」

「あっ、うん。……おっ！　いいなぁ、これ！　コチュジャンが利いてて、いくらでも食べれそうだわ」

「でっしょー！　ほらほらっ、もひとつどうです、お客様？」

「是非《ぜひ》に」

「はーい。では、もう一度あーんしてくださいな」

言われたとおりに口を開けて遥《はるか》からの頂き物に舌鼓《したづつみ》を打つ。

なんだろう、もちろんチキンは美味なのだが、味以上の幸せが俺の心に染み渡っていくんだよ。

さっきまでこびりついていた黒い感情が、一噛みごとに浄化されていってさ、それで
「おい、清水凶一郎《しみずきょういちろう》」

それで……

「貴様一体」

それ、で………

「ど　う　い　う　つ　も　り　だ」

あっ、やっべ……。

「いや違うんだ、真木柱《まきばしら》。これは普通に食事を頂いているだけというか」

「普通？　見目麗しい女性に甲斐甲斐《かいがい》しく食事をあーんしてもらう事のどこが普通だというのだ？」

そう語る短パン貴族の形相は、最早鬼神を通り越して旧支配者じみた宇宙的恐怖《おどろおどろしさ》に変わっていた。

すごい、人間って本当に怒るとクリーチャーみたいな顔になるんだね。

「非モテを騙《かた》りながら美女からあーんなどと……兄者、やつこそが真なる魔、討つべき邪悪でありまするぞ」

「何よりも罪深きはあの様な絶世の佳人《かじん》と睦《むつ》まじき仲でありながら黒沢明影《ハーレム・マイスター》に嫉妬心を抱くという欲の深さ……なんとあつかましき物《もの》の怪《け》でしょう」

「羽星《ばすた》、楚芭《そば》、よく覚えておけ。あれこそが虚栄と強欲と淫蕩《いんとう》にまみれた飽くなき獣――即《すなわ》ち、リア獣《じゅう》である」

「『リア獣……ですと!?』」

「清水《しみず》クン、君もそうやってボクを馬鹿にするんだね。ふふっ、ふふふ、ふふふははははっ」

気がつけば、野郎共のヘイトは俺の方へと向けられていた。

やばい、これはマジでやばい。益荒男《ますらお》達が揃いも揃って暗黒面に堕ちてやがる。

「なぁ、清水凶一郎《しみずきょういちろう》。ちょっとボク達と一緒にアッチの部屋へ行こうか」

不自然なくらい無機質な声で、短パン貴族が告げる死の宣告。

「待て、本当に誤解なんだ！　俺は本当にお前達の仲間で」

「話は奥でたっぷり聞こう。さぁ、い　こ　う　か」

ダメだ。話が通じない。

こうなったら、遥《はるか》に頼んで奴らの誤解を解いてもらうしか
「あっ、凶さん。このほうじ茶ミルクも美味《おい》しかったよ、一口飲んでみ？」

「火に油をそそがないで下さる!?　……いや、だから違うんだよ真木柱《まきばしら》、これはパーティメンバーとしての、って、おい待てお前ら。どうしてスクラム組んで俺を囲む？　やだ、あっちの部屋には行きたくない。頼む後生だから、後生だからーっ！」

その後、俺と黒沢《くろさわ》がどんな目にあったのかは、我々の名誉の為に話さないでおこう。

ただ一つだけ言える事があるとするならば、それは男の嫉妬心の恐ろしさについてだけである。

ストップ、マウンティング。ストップ、ハーレムライフ。

その事だけは肝に、いや尻に銘《めい》じておいて欲しい。

犠牲者の一人として、それだけは強く忠告しておく。

■第九話　黒騎士

◆完全予約制オーベルジュ・キルシュブリューテ

俺とアルがそのレストランへと向かったのは、バトルロイヤルマッチのわずか三日後の事だった。

オーベルジュ・キルシュブリューテ。端的に説明すると、この店は宿泊施設を備えたレストランである。

美味しいご飯やお酒を夜遅くまで楽しめて、しかもそのまま泊まれるなんて贅沢《ぜいたく》極まりないよな。

なんでもこういう業務形態のレストランの事を世間では〝オーベルジュ〟と呼ぶらしい。

オーベルジュ、なんか必殺技っぽくてカッコいい響きだ。どんな意味かは知らんけど。

「機会があれば一度、来てみたかったのです」

珍しく少しだけ声を弾ませながら、胸中を語り始める裏ボス様。

「食事を嗜《たしな》みながら桜花の街を一望できるロケーション、ここでしか食す事のできない異国の絶品料理の数々に瀟洒《しょうしゃ》と心地の良さを両立させた見事な空間演出――全てにおいて秀逸《しゅういつ》という他ありません」

「そうかい」

なんだか美味いソースの乗っかった鴨肉《かもにく》のローストを飲みこみながら、適当な相槌《あいづち》を返す。

別に邪神だから雑な対応を取っているわけではない。

ここにいるのがユピテルでも、遥《はるか》でも、あるいは姉さんであっても、多分俺は同じようなリアクションを取っていたと思う。

断《こと》わっておくが、この店にケチをつけるつもりは一切ない。

景色は綺麗だし、店内は落ち着いているし、料理も最高だ……多分。

いや、白状すると何を食べても味がしないのよ。

というよりも、料理を楽しむ余裕がない。

綺麗な景色も、美しい音楽も、極上の料理も、今の俺にはどこか他人事《ひとごと》なのだ。

「そのような調子では、到底最後まで持ちませんよ、マスター」

カシス色のソースの乗っかった鴨肉のローストを切り分けながら、尤《もっと》もな指摘を飛ばす裏ボス様。

分かっている。分かってはいるのだが……やはり心がざわめいてしまう。

今日この場所に、あの黒騎士がやって来る――その奇跡のような現実に、今の俺はまったく適応できていなかった。

◆

ダンマギ無印に出てくる人間の悪役には、大きく分けて三つのタイプがある。

その①〝侵されし者〟となって、人間性を暴走させたキャラクター
その②〝組織〟のエージェント
その③ラスボスの協力者

①は言わずもがな、俺である。ついでに真木柱《まきばしら》なんかもそうだ。
②のエージェントというのは闇堕ちしたユピテル……なのだが、界隈では①も発症していたのではないかというのが定説となっている。
そして黒騎士は、その③に該当するキャラクターだ。

作中の彼は、ラスボス側の将として幾度となく主人公達の前に立ちはだかった。
初戦は共通ルート。無印の舞台となるとあるダンジョンの階層ボスを倒した主人公達の前に突如として現れた黒騎士は、あろうことか単騎で彼らに襲いかかり、事もなげに全壊一歩寸前までに追い詰めたのである。

聖剣の担い手である主人公を始め、当代の聖女、英傑戦姫《アイギス》、姉の敵を探す蒼乃《あおの》家の次期当主に、特別な神威を宿した異国の少女――――そんな特別中の特別達を、圧倒的な力で真正面からねじ伏せる彼の姿は、我々プレイヤーに底しれぬ絶望と興奮を与えたのだ。

迫力満点のムービーと共に無数の天啓《レガリア》を使って主人公達を打倒していく黒騎士の姿は、そりゃあもうカッコ良かったよ。

全身を漆黒の甲冑で覆っているだけでも厨二心をくすぐるというのに、その上滅茶苦茶強いんだぜ？

強くて鎧で闇属性でしかも色んな武器を自在に使いこなしてくる正体不明の敵キャラクター――とか、どんだけ夢とロマンを詰め込んでんだよ。最高過ぎるぜコンチクショウ。

しかも黒騎士は、ガワがカッコ良いだけじゃないんだ。

性格、信念、戦う理由、そしてその最期に至るまで、彼はとにかく雄大だった。

グランドルートでの決戦とか、未《いま》だに思い出すだけで泣けてくるもん。

悪役でありながらも、揺るがぬ信念とたった一つの愛の為に悠久の時を駆け抜け続けた孤高の騎士。

その最後は、とても静かで儚《はかな》くて――――

◆

「ようこそおいで下さいました」

人のよさそうな老婦人が、レストランの入り口に現れた客に歓待の言葉を述べる。

何気ない挨拶だ。別段、気に留めるような光景でもない。

このレストランが貸切り状態でなければ、俺もいくらか冷静でいられただろう。

老婦人の案内に従いながら、一人の男が近づいてくる。

大きく、そして異様な男だ。

黒のロングコートの隙間から垣間見《かいまみ》える金属製の鎧は時代錯誤も甚《はなは》だしく、獅子を彷彿《ほうふつ》とさせるような西洋兜に包まれたその頭蓋《ずがい》からは、いかなる感情も読みとる事ができなかった。

男は俺達の席までやって来ると、まるで夜の様な静けさを携《たずさ》えて空いた席へと腰を下ろした。

「清水凶一郎《しみずきょういちろう》だな」

「はいっ。お初にお目にかかり光栄で――――」

「取り繕わなくていい。楽に話せ」

「そういうわけには……」

「二度は言わんぞ」

「分かり、ました」

「…………………」

「分かった、分かったよ。楽に話す。楽に話すから」

俺がタメ口に切り替えると、黒騎士は纏っている兜を縦に振り、肯定の意を示した。

いや、こえーよ。一瞬、心臓が止まるかと思ったわ。どうみても堅気《かたぎ》が出していい圧じゃないからソレ。

ていうか、どいつもこいつもなんで俺にタメ口を求めてくるワケ？

そんなに気持ち悪いか、俺の敬語？

『無性にイラッと来るんですよ、マスターの敬語は』

《思念共有》ごしに、とんでもないディスを飛ばしてくる裏ボス様。

ぐっ、知りたくなかったぜそんな事実。

『落ち込んでいる場合ではありません。今は眼前の相手に集中して下さい』

自分で傷つけておいてこの言い草である。

……まぁいい。イマイチ釈然としないが、ひとまず切り替えていこう。

俺は何事もなかったかのようにイケメンスマイルを浮かべながら、黒騎士に自分の名前を名乗った。

「――――とりあえず自己紹介から始めよう。俺は清水凶一郎《しみずきょういちろう》、この街で冒険者をやっている。

そんでもって、こっちの白いのが清水《しみず》アルビオン。俺の護衛兼相談役だ」

「どうも」

華麗なナイフ捌《さば》きで鴨肉を取り分けながら、いつも通りの淡々とした声で会釈をするアル。

こいつは本当にブレないよなぁ。

「ンじゃあ、今度はそっちの番だ。俺達はアンタの事は何と呼べばいい？」

「黒騎士で構わん」

「了解した。――――会えて光栄だよ、黒騎士」

俺がダメ元で手を差し出すと、意外にも黒騎士は握手に応じてくれた。

すげぇ。あの黒騎士と握手しちゃってるよ。この感動を忘れない為にしばらくは手を洗わずに……ってそうじゃないそうじゃない。

今は一世一代の交渉の場なんだ。オタクモードは自重して、しっかりと彼に向き合わなければ。

「シラードさんから事前に話は聞いているか？」

「ある程度はな。だが、あのタヌキは往々にして嘘をつく」

確かに、と妙なところで親近感を覚えてしまう。

もしかしたら黒騎士も、過去にシラードさんの策謀にハマった口なのだろうか。

だとしたら、少し――――いや、かなり面白い。

「だったら何も知らない相手に伝える体で話した方が無難そうだな。それじゃあ早速――――っとその前に黒騎士、アンタ食事はどうする？　何か口に入れておくかい？」

「無用だ。始めてくれ」

「オーケー。じゃあ、遠慮なく話を進めるぞ」

気合を入れる為に一度深呼吸。さぁ、ここからが本番だ。

「黒騎士、アンタに頼みたいことが二つある。一つは今俺達が潜っているダンジョン常闇の攻略補助。んで二つ目は、その後もパーティーメンバーとして俺達の力になって欲しいっていうオネガイだ」

「攻略については報酬次第で請け負おう。だが、後者については諦めてくれ。群れるのは好かん」

「いくら金を積んでもだめか？」

漆黒のフルフェイスヘルムが縦に揺れた。

だろうな。アンタならそう答えると思ったよ。

「オーケー。じゃあ一旦、二つ目については保留にして、まずは常闇の話から始めよう。現在俺達は常闇の十五層にいる。冒険者組合からの報告によると常闇の規模は全二十五層。進捗としては半分と少しといったところだ」

ちなみにダンジョンの階層規模は中間点のヤルダさん達が教えてくれたりもする。というか、その情報を基に冒険者組合がダンジョンの規模を制定しているのだ。

「アンタに依頼したいのは、二十五層の最終階層守護者戦だ。とりあえずはその一戦だけでいい。道中の再現体は俺達が捌《さば》く」

「報酬は？」

「こいつを見てくれ」

俺は懐から通帳と名刺の束を取り出して、黒鎧の騎士に手渡した。

「三日前の大会で手に入れた賞金と、スポンサー契約のオファーをくれた企業の名刺だ。通帳の中の金を前金、成功報酬としてスポンサーとの契約料と、ボス戦討伐時に獲得できる精霊石の五十パーセントが旦那の取り分だ」

「…………」

丁寧に通帳と名刺を見定めていく黒騎士。

どうやら真剣に吟味してくれているらしい。

黒騎士の言動には、俺に対する侮《あなど》りが一切ない。

中坊のルーキーとしてではなく、彼なりに俺の事を正式なクライアントとして扱ってくれているのだ。

それが堪《たま》らなく嬉しい。こういう所が人気キャラたる所以《ゆえん》なんだろうなぁ。

「足りんな」

しかしそれはそれとして、しっかりと足元は見てくるようだ。

「全部合わせたら億は越えると思うんだが」

「それは最低ラインの話だ。最終階層守護者の打倒ともなれば、話は変わってくる」

「なら、いくらだったら良いんだ？」

黒騎士は金属鎧を纏っているとは思えない程静謐《せいひつ》に右腕を突き出し、五本の指を全て開いた。

――――五億か。億単位とは聞いていたが、いやはや全然実弾《かくご》が足りていなかったらしい。

参ったね、どうも。

「アンタくらいの男なら、二十五層クラスのボス程度楽に倒せるんじゃないか？」

「階層の規模は絶対の指標ではない。冒険者組合の統計によれば、規模相応の守護者が配置されている確率は七十五パーセント、規模以下の〝当たり〟に出会う確率が十三パーセント、そして約十二パーセントの確率で規模以上の力を持った〝外れ〟に遭遇する」

「ボスのレベルが不明瞭な以上、最悪のケースに合わせた料金設定で商売してるって事か」

「悪く思うな」

「思わないよ。アンタの判断は間違っちゃいない」

実際、常闇のボスは〝外れ〟の極北みたいな敵だし。

「とはいえこっちも、ハイそうですかと簡単に引き下がるわけにはいかないんでね。次のカードを切らせてもらう」

というか実のところ、次《こちら》が本命なのだ。

金はあくまで黒騎士を交渉のテーブルに着かせる為の見せ札に過ぎない。

そして見せ札が正しく機能した今、俺達の交渉は次の段階へと進む。

「単刀直入に言うぜ。黒騎士、俺はアンタが本当に欲しているモノを持っている。そいつを依頼料として提示したい」

「何が出せる？」

「情報だよ、ある人物のね」

「…………………………」

沈黙。そして睥睨《へいげい》。黒兜で覆われているせいで彼の表情は全く読めないけれど、それでも黒騎士が今、お世辞にもポジティブとは呼べない感情をこちらに向けているのだなと推察することは容易であった。

だって明らかによろしくない霊力が漏れ出ているんだもの。そりゃあ、ねぇ。

「……ある人物とは、一体誰の事だ」

永遠とも思える数十秒が過ぎ去った後、漆黒の鎧兜《よろいかぶと》から厚みのある重低音が鳴り響いた。

良い声だ。だけど、明らかに精彩を欠いている。

今、空気の読めない軽口など叩こうものなら、即座に戦闘に発展しかねないようなそんな雰囲気。

こりゃあ、下手な駆け引きは下策だな。正直に伝える事にしよう。

「はぐらかしたりしたらアンタの怒りを買いそうだから、先に約束しておく。今の質問には必ず答えるよ。だけどその前に、少し俺の身の上話に付き合ってくれ。何、些《いささ》か退屈かもしれないが、こいつはアンタの知りたがっている情報のソースに関わる話だ。聞いておいて損はないと思う」

「……聞こう」

周囲を見渡して、辺りに人がいないことを確認する。

当然だ。今この店は俺達の貸切《かしきり》状態。聞き耳を立てる客などいるわけもない。

『慎重ですね』

『事が事だからな』

そう、これから話す内容は俺にとっての生命線。

今までアルにしか打ち明けてこなかった、俺の素性。

「黒騎士、俺はね、ここと は違う異世界からやって来た転移者なんだよ」


そうして俺はこれまでの経緯を黒騎士に説き明かした。

自分は異世界からの転移者である事。その世界ではこの世界の住人達を題材としたとあるゲームが人気を博していたという事。

ある日突然、清水凶一郎《しみずきょういちろう》という男になっていた時の衝撃、俺達清水《しみず》姉弟に課せられた死の運命。

そいつをどうしても受け入れることができなかった俺がどのような手段を使ってここまでのしあがって来れたのか、そして自分の武器である異世界由来のゲーム知識がどれだけ有用なものであるのかを、遥《はるか》とユピテルの事例を踏まえながら懇切丁寧《こんせつていねい》に口述《こうじゅつ》していく。

「……にわかには信じられん。だが」

「そう、ここでさっきの話に戻るわけさ」

自分が異世界人であると証明する事は難しい。

しかし、〝ゲーム知識を持っている〟という一点のみに絞るのであれば、その難易度は大きく下がる。

「今じゃ誰も知らないはずのアンタの大切な人の名前、こいつを話せば、少しは聞く耳をもってくれるんじゃないかと思ってね」

我ながら三文悪役じみた台詞である。

だが、これこそが今の俺に切れる最大のカードなのだ。

あらゆるキャラクターの過去と未来を参照し、そいつが持っている最も欲しいものを提示する。

およそ交渉事において、これ程有用な能力はない。

「どうする？　気が乗らないようなら、この話はここまでって事で引き下がるけど。あぁ、秘密については安心してくれ。ちゃんと墓場まで持っていくからさ」

「……構わん。話してみろ」

一瞬躊躇《ためら》う素振りを見せながらも、黒騎士は俺の申し出に応じてくれた。

ここまでは割とスムーズに行っている。……よし、ついでに言質も取っておくか。

「一応約束して欲しいんだけどさ、もしも俺がアンタの大切な人の名前を言い当てたとしても、怒って斬りかかってきたりしないでね」

「分かっている」

「絶対の絶対だぞ」

「絶対の絶対だ」

「あっ、そうだ。念の為、一筆お願い――――」

――――しますという前に、黒騎士の霊力が危ない水域まで高まって来たので一筆書いてもらう計画はご破算となった。

「いいからさっさと話せ」

「はい、話します」

石橋を叩いて渡ろうとしたら、橋がやめろとキレかかってきた。

まぁいい。いざとなったらアルに守ってもらおう。

『寝言はベッドの上でほざきなさい』

『じゃあお前、ここに何しに来たの？』

『美味しい料理を頂きに来ました』

言い切った。言い切りやがったコイツ。

チクショウ、夜景が目に染みるぜ。

「…………………」

あーハイハイ話しますよ。だからそのプレッシャーのかけ方やめてくれよ。アンタの無言の圧はもう半分凶器みたいなものだからね。その辺のチンピラとか速攻ちびっちゃうよ。例えば俺とかさ。

「ふーっ、はーっ」

息を吸い込み、大きく吐く。そうして集中力と覚悟を高めてから、俺はできる限り感情を排した声を心がけながらその名前を口にする。

「――――ベアトリーチェ」

瞬間、屋内の全てが一変した。

まずレストランの明かりが異常な速度で点灯をし始め、次に人のものとは思えない駆動音が鳴り響き、ついには一般人でも感知できるレベルの濃密な霊力が溢れだす始末。

いうまでもなく黒騎士の旦那の仕業だ。長年追い求めてきた想い人の名前を聞いて、自分が抑えられなくなったのだろう。

予想通り、修羅場ってきやがった。いや、予想以上というべきか。

正直、黒騎士の愛の深さを甘くみていた部分がある。

百年単位で探し続けてきた想い人の行方を知る者が現れた時、人はどんな気持ちになるのか？

そんなの分かるわけがない。分かるわけがないのだが、それでも俺は推し量らなければならなかった。想いの重さってやつを軽く見た結果がコレとか、とんだうっかりボーイだぜ凶一郎《きょういちろう》君よ。

後で一人反省会やるから覚悟しとけ。

「ぐっ……」

しかしなんて霊力だ。気を抜いたら一瞬で倒れてしまいそうな程の濃さだ、うぇっ、なんか気持ち悪くなってきた――――っていやいや、何ひよってんだよ俺。そうじゃないだろ。早いところ黒騎士の旦那を止めないと。

「ストップ、ストップ！　クールにいこうぜ黒騎士の旦那、ここで激情に任せて俺をヤッたら後で困るのは旦那なんだぜ？」

どうどう、と言葉を選びながら伝説の傭兵を宥《なだ》めていく。

「情報はちゃんと渡す。だけどアンタが聞く耳をもってくれなければ、進むものも進まねぇよ！」

返事の代わりに聞こえてきたのは、大型四輪のエンジンが音もかくやという勢いの駆動音。

駄目だ。完全に我を忘れている。

このままじゃマジで戦闘に発展しかね――

「目障《めざわ》りです。おだまりなさい」

――なかった。

べちこんっとスナップの利いたビンタを黒騎士の兜に向けて打ちつける邪神。

虫も殺せなさそうなか弱い少女が放った一発の張り手。

そいつが黒騎士の頭を叩いた瞬間、場内の異常は全て綺麗にかき消された。

そりゃあもう、パッタリと止まったよ。

店の明かりは暖かい光を放っているし、あれだけ騒々しかった謎の駆動音も今はすっかり沈黙している。

「…………」

それもそのはずだ。異変の元凶だった黒騎士が、アルのビンタですっかりお寝《ね》んね状態なのだから。

「私の食事を邪魔する者は誰であろうと許しません。えぇ、誰であろうともです」

下手人は、なぜかとても偉そうだった。

◆完全予約制オーベルジュ・キルシュブリューテ

「…………エリザ・ウィスパーダという人物について心当たりがあるか」

「あぁ、知ってるよ」

「……そうか」

「……うん」

「…………」

「…………」

優美なクラシック音楽が流れるオシャレなレストランで、二人の男が気まずい空気に包まれている。

ビンタ。黒騎士を怒らせた上でのビンタ。空気は最悪。話しかけてくれる分だけまだ救いがあるといえばあるのだが……。

「美味です。とても美味です。いくらでも食べられます」

その横で、ひとり楽しくフォアグラのポアレを咀嚼《そしゃく》する邪神様。

こいつ――――いや、何も言うまい。動機も手段も全てが滅茶苦茶だったが、それでも事態を収束に導いたのはアルである。

ゲーム知識を過信して黒騎士の地雷を踏み抜いてしまった俺に、この食いしん坊邪神をどうこう言う資格はない。

そんな事に時間を使う暇があるのなら、やるべき事をやれって話だ。

今やるべき事はなんだ？　反省か？　悪態か？　どっちも違うな凶一郎《きょういちろう》。

黒騎士を口説き落とす――――それが今の俺に課せられた唯一絶対のミッションだ。

「それで旦那、アンタさえよければ話を再開したいんだが、どうかな？」

「……問題ない。続けてくれ」

黒騎士は、特に躊躇《ちゅうちょ》する事もなく、再び交渉のテーブルに応じてくれた。

その落ち着いた様子から察するに、先程の暴走は彼にとってもイレギュラーだったのだろう。

今の旦那からは殺意や敵意といった感情は微塵も感じられない。いや、むしろ暴走する前よりも雰囲気が和らいでいるような気さえする。

想い人への感情を暴発させた事で、逆にメンタルが安定《スッキリ》したのだろうか。だとすれば僥倖《ぎょうこう》だ。この機会を逃してはならない。

「さっきの話で、俺が知識を〝持っている〟人間だという事が証明できたと思う」

「異世界出身の是非はともかくとして、その一点については信じよう」

「うん。そこだけ信じてもらえれば、今はいいよ」

今は本当にそれだけでいい。

どの道信頼関係の構築なんて、一朝一夕《いっちょういっせき》で出来上がるもんじゃないし。

「で、ここからが本題だ。取引をしよう、黒騎士。俺がアンタに要求するのは、当然さっき挙げた二つの条件だ。攻略補助と中長期的な専属契約……この二つの対価として俺はアンタに情報と金を支払う。開示する情報の内容は、アンタの選択次第だ」

「情報の量は、応じた条件の数と報酬金の額に連動しているという事か」

頷きと共に補足情報をつけ加える。

「そゆこと。といっても、一つ目の条件を呑《の》んでくれるだけでも大分話すつもりだぜ？　少なくとも彼女の居場所と今置かれている状況、ついでに未来のアンタが採った行動ぐらいまではちゃんと伝えるよ。もちろん、何か質問があればその都度訊《き》いてくれて構わない。さすがに無制限というわけにはいかないが、それでもアンタの知りたがっている情報の大半は一つ目だけでも揃えられると思う」

正直、俺としては常闇さえクリアできればそれでいいのだ。

そりゃあ理想としては黒騎士に仲間になって欲しいさ。だけどそこにこだわり過ぎて取引自体がご破算になってしまったら元も子もない。

だから最低限、一つ目の条件だけでも呑んでくれるようにとプランを練り上げたんだよ。

常闇のボス攻略を手伝うだけでも十分に旨味《うまみ》がある。ならば二つ目の条件も呑んだ場合は、どんな見返りが？――――そんな風に旦那が考えてくれれば、幸いなのだが
「解《げ》せんな。それでは私がお前達の幕下《ばくか》に加わった場合のメリットが薄くなる」

よし、食いついてきた。

そうだよな、一つ目で既《すで》に質問権が解放されているのなら、わざわざ二つ目の条件を呑む理由がなくなってくる。

ならば、二つ目にはそれ以上の見返りがあるのか、と旦那が疑問を抱くのは極々自然の流れ。

「いいや。旦那は俺達のパーティーに加入した方がお得なんだよ」

「理由は？」

「簡単さ。仲間ができる。仲間ができれば、一人じゃなくなる。一人で戦うよりもみんなで戦った方が勝率が上がるだろ」

「そのような安い精神論で、私が絆《ほだ》されるとでも？」

苦笑を交えながら首を横に振る。

「まさか。もっと現実的で、功利的な話さ」

アンタにそういうおためごかしが一切通用しない事は、ゲームでとっくに履修済みだからな。

主人公達がどれだけ光属性《ピュア》な説得を繰り返そうとも、一切靡《なび》かなかった堅物相手に俺ごときの安い言葉が通用するとは思えないし、ここは徹頭徹尾《てっとうてつび》打算まみれでいかせてもらう。

「俺の頭の中にはこの世界の攻略情報が詰まっている。世界情勢、最終階層守護者のスペック、そして天啓《レガリア》を含めた有用なお宝の在り処《あ か》。なぁ旦那、アンタ程の猛者ならこのヤバさが分かるだろ」

「……つまりお前は自分のパーティーを自由自在に強化できると」

そういう事だ。

俺の持っている攻略情報を駆使すれば、数多の天啓《レガリア》の中でも特に有用なモノが眠るダンジョンを百発百中で引き当てる事ができる。

天啓《レガリア》の確定ドロップは四回。それ以降は五大ダンジョンなどの一部例外を除けば、獲得回数ごとにドロップ率が半減する仕様だが、逆に考えると四回もチャンスがあるのだ。

その四回を（俺は後三回だが）全て最強クラスの天啓《レガリア》で埋めることができればどうなると思う？

「あぁ、俺達なら最強のパーティーが作れる」

誇張でも何でもない。俺の脳内に眠っている記憶の宝物庫には、こんなガキの妄想みたいな文言を現実に変えるだけの力がある。

「既に七天級の旦那にとって、天啓《レガリア》のピックアップはそんなに魅力的な話ではないのかもしれない。だけどさ、考えてもみてくれよ。俺達の仲間になれば、旦那は俺達を頼る事ができる。世界で唯一天啓《レガリア》の選《え》り好《ごの》みができる俺達の力を、だ」

「…………獲得できる天啓《レガリア》には個人差がある。たとえ望む天啓《レガリア》の在り処が分かっていようとも、適性がなければ別の天啓《レガリア》を摑《つか》まされるぞ」

「だったらメンバーを増やせばいい。……コイツはここだけの話にしておいて欲しいんだが、実は俺達、常闇の攻略が終わったら自分達のクランを作ろうかなと考えていてね、そいつを基盤に優秀な人材を揃えて一大勢力を築こうと画策中なのさ」

「何の為に？」

「死なない為に」


俺は黒騎士に、清水凶一郎《しみずきょういちろう》の辿る破滅の未来について語り上げた。

狂って、イキッて、ボコられて、死ぬ。

何も守れず、何も為しえなかった一人の男の物語。


「ここで問題なのは、未来のアンタが俺達を狂わせる〝元凶〟と組んじまうってところにある」

二年後の黒騎士は、ラスボスの尖兵として主人公の前に立ちはだかる。

理由はもちろん、愛する想い人の為だ。

「ある精霊が〝元凶〟に彼女を献上してね、その情報が巡り巡って旦那の耳に入り、アンタは〝元凶〟の尖兵になるんだよ」

「……詳しく聞かせてくれ」

「いいよ。ただし」

「分かっている。情報の対価は支払うさ」

欲しい言葉が聞けた俺は、返礼として旦那の欲している情報を洗いざらい開示した。

想い人の行方、〝元凶〟の正体、そして旦那が打倒すべき敵の事。

「アンタの想い人は、世界樹にいる」

　ダンジョン世界樹、それは現桜花最大規模のダンジョンであると同時に最大手クラン〝神々の黄昏《ラグナロク》〟のホームでもある。

「あそこは悪名高き『オーディン』の支配する戦死者の館《ヴァルハラ》だ。奴が性質《たち》の悪い蒐集家《コレクター》だって事は、アンタもよく知っているだろう」

　ダンジョン世界樹は、あらゆる意味において例外的だ。

　死者が在りし日のままの姿で闊歩《かっぽ》し、終わりなき闘争に身を焦がす歓喜の戦場《グラズヘイム》。

「そこで彼女は今――」

　漆黒のガントレットがその先を告げるなと、雄弁に語る。

「……悪い。喋りすぎたな」

「……話を続けろ」

「あぁ、分かった。分かったよ。…………それで旦那、アンタこれから一体どうする？　情報を知ったアンタは、彼女を救出する為に一人でオーディンの根城に特攻をしかけるのかい？　それとも〝神々の黄昏《ラグナロク》〟のメンバーに加わって次回の『英霊夜行祭《ワイルドハント》』に挑戦するか？」

「…………」

　沈黙する黒騎士。事が事だけにあらゆる選択を熟慮しているのだろう。

「オーディンが〝元凶〟に彼女を譲渡《じょうと》するとして」

禍々《まがまが》しさと洗練さを同居させたアーマーヘルムが、じっと俺の瞳を見据える。

「お前の言うように、ソレが今から約一年後に現れるものだとしよう」

「あぁ」

「だとすれば、少なくともこの先一年以上の間、オーディンは存命しているという計算になる」

「そうだな」

「であれば、必然的に次回の『英霊夜行祭《ワイルドハント》』の勝者はオーディン達という事になるが、私の推測は間違っているかね？」

「…………」

間違っていない。

桜花最大クラン〝神々の黄昏《ラグナロク》〟は、来年の三月に行われる決戦に敗北し、壊滅的な被害を被《こうむ》る運命にある。

「成る程、その顔から察するに、奴ら相当な大敗を喫するようだな」

「アンタが〝神々の黄昏《ラグナロク》〟に移籍するっていうんなら、常闇攻略後にその辺の情報も渡すよ」

暗に今は話せないと旦那に告げる。

この辺りはものすごくデリケートな問題なのだ。その場のノリで迂闊《うかつ》に喋っていいようなレベルの話じゃない。

だから、ノーコメント。俺の顔がどれだけ口ほどに物を言おうとも、それでも本物の口は無言を貫かせてもらう。

「気に入らんな」

そんな風に、俺があれこれと色々小細工を考えている最中の事だった。

気に入らないと、交渉相手が見せる反応としては大分最悪な一言。

何を間違えたのか、どこが気に入らなかったのか。

「至らない点があったら謝らせてくれ。役に立つ情報は全て渡すつもりだから」

だが、今の俺にその間違いを知る程の余裕はなかったのだ。

そして、

◆

「お前が私の心を預けるに足る存在であると、その身をもって証明してみせろ」

そして運命の転輪は、思いも寄らない方向へと走り出した。

■第十話　シャングリラ・ウォーターパラダイス

◆ダンジョン都市桜花・桜峰湖畔《さくらみねこはん》

青い空。白い雲。燦々《さんさん》と照りつける太陽の下、透明度の高い川の水面で楽しそうに戯れる水着の少女達。清流に浸されたスイカ達は、網の中でゆらゆらとゆらめき、振り返れば大型のグリルの上で食材達が情熱的なボレロを躍っている。蝉《せみ》の鳴き声。ブルーシート越しに伝わる岩の感触。

「(夏だ)」

その光景は、どうしようもなく夏だった。

「(レジャーだ)」

川遊び。バーベキュー。スイカ割りに、魚釣りに、ボール遊び。紛《まが》うことなきレジャーである。

それに、何より……、

「(水着イベントだ……!)」

俺は川辺できゃっきゃと水遊びに勤《いそ》しむ美少女達の姿を遠巻きで眺めながら、人知れず涙を流した。

まさか我が女知らずの人生において、水着イベントを経験する日が来ようとは……!

「(何たる僥倖……！　何たる絶景……！)」

水着イベント。それは古今東西あらゆるギャルゲーに組み込まれてきた夏の風物詩である。海、プール、川といった水辺のロケーションで行われるこの祭典に興奮の念を覚えないギャルゲープレイヤーは、まずいない。

だって水着イベントにはおっぱいがあるからだ（もちろん、お尻もある！）。おっぱい（そして尻！）、おっぱい（更に尻！）、見渡す限りのおっぱい（場合によっては、腋《わき》も見れる！）。

いつもはお堅いあの子も、ミステリアスな強キャラも、何かのバグで攻略できないあのキャラだって、みんなみんな解放的な姿になってくれる――そう、まさに今この瞬間のように！

「おー。水ちべてー」

俺はみた。ユピテルを見た。いつもはヒラヒラのドレスに身を包んでいるお子様も、今日ばかりは、濡れてもいい格好である。

色は黒、ゴシック要素の入ったドレスタイプである。

大変健全だ。動きやすい水着の姿でありながらちゃんとゴスロリの三大要素である「レース」、「フリル」、「リボン」の三要素を押さえている。

甘過ぎず、辛過ぎず、そして何よりもユピテルの魅力を最大限に引き出す事こそがこの水着のメインコンセプトですと言わんばかりの圧倒的調和《ユニゾン》。

さもありなん。なんてったってこの水着は今日の為にとあるクランのメイド長が夜なべをして作り上げた特注品《カスタムメイド》なのだから。

その姿は驚くべき事にスクール水着。それも股間部分にスカートのような前垂れのついた「旧スク」である。カラーは紺色。背面の形状はU型。生地の割合は、ポリエステレン八に対してウレタンが二。そして胸元の白字には、ミミズののたくったような汚い字で「しみずユピテル」と書かれている。

――――いちギャルゲーマーとして、ワタシはスク水を着るぎむがある。

着替える前、彼女はそんな事を言っていた。

前垂れのついた旧スクは、今や絶滅危惧種と言っても過言ではない存在だ。使われるケースがあるとすれば、それは専ら二次元やコスプレといったファンタジー世界の中だけであり、学校指定の水着として活用される事は、まずない。

だが、情操教育《カリキュラム》の大部分がギャルゲーで出来ているウチのチビちゃんにとって水着と言えばスクール水着であり、スクール水着と言えば、旧スクなのだ。

「（よかったな、ユピテル）」

水遊びに勤しむ小さなゴスロリッ子に心からの祝福を送る。

相も変わらずその表情はカチコチだが、動きを見ればすぐに分かる。

ユピテルはご機嫌だった。心の底からこのバカンスを楽しんでいた。

真のギャルゲーマーにして、世界に一つだけの特注水着を着こなす銀髪ツインテール。彼女の両手が川の水を掬い、これを放出《ぱしゃり》。

「ていっ」

放物線を描きながら宙を舞う水飛沫。ユピテルの手から放たれた清流の雫達が、「水かけっこ」相手の胸元を大胆に濡らす。

「きゃっ」

オレは、

「もうユピテルちゃんっ。やりましたねー」

オレはみた。我が姉、文香《ふみか》をみた。揺れる。揺れる。上に、下に、前後左右縦横無尽天地無用唯我独尊《ボインボインボインボインボインボインボインボイン》と揺れ動く二つの母性。

デカい。デカい。兎に角デカい。シスコン補正とか、推し補正とか、そういう俺達《オレ》にまつわる諸々の主観的な要素を差し引いた上でなお、その乳は豊穣であった。

「ぐっ……」

額に手を当て、強い意志をもって瞼を閉じながら深々と深呼吸。

「(落ち着け《おっぱい》、落ち着け《おっぱい》、落ち着け《おっぱい》……ダメだ!)」

全然、落ち着か《おっぱい》ない。冷静になれと己の心に訴えかければかけるほど、頭の中が姉の爆乳で埋め尽くされてしまう。

昨年の時点で既にその辺のグラビアアイドルを圧倒する程の〝胸度〟を誇っていた姉さんの御胸《パイ》は、今や並ぶものなき無双胸部装甲《パイマックス》へと進化を遂げた。

恐らくは身体を蝕む「死の呪い」が封印された影響だろう。健康性を取り戻した清水文香《しみずふみか》の身体は、見る見るうちに育っていき、そして――

「ひゃんっ、水が……！」

――開花した。ＪかＫ、あるいはその上の領域の可能性さえあり得る程に。

平常時でさえ目を引くその御胸は、現在水着という名の最終兵器がオミットされた事によってその破壊力を何倍、いや何十倍？　否、

「(そんなもんじゃねぇ)」

オレはみた。もう一度見た。

水に濡れる白肌。宙に揺れる双丘。程良く整ったくびれに、背徳的な美しさを秘めた尻。

姉さんは今、水着だ。その豊穣の女神がごときワガママボディを大胆に晒しながら川遊びに興じている。

水着自体にそこまでの露出はない。スタイルこそビキニ系統ではあるものの、胸部装甲の周りには大変可愛らしいフリルがついてる為、扇情的な雰囲気は感じられず、色もライトグリーンと大変穏やかである。

清楚な人が好んで選びそうなタイプとでも言えばいいのか、兎も角その水着は淑《しと》やかだった。

清楚、可憐、静かな湖畔に生息する妖精《ニンフ》を彷彿とさせるような美しい逸品。

だが――

「フミカ、牛さんみたいね」

「もうっ、ユピテルちゃん。ソレは一体どういう意味ですかっ」

それでも水着は水着である。・・・・・・・・・・・・・・

清水文香《しみずふみか》×水着
その破壊力は天を裂き、大地に轟き、海を揺らす。

凡そ人間に耐えられるような代物ではなく、その豊かな胸部装甲が揺れる度に、オレの脳みそが歓喜と驚愕に震えた。

「(なんという破壊力……!)」

これ程までに、圧倒的な組み合わせがあるだろうか！　無論《いいや》、ない。

このままでは色々な意味で危ない事になるという肉体からのシグナルを感知した俺は急ぎ視線を別の方角へと向けた。

水から陸へ。肉の香ばしい香りと炭由来の煙が立ち込める食事ゾーン。

その中心で、色々な意味で白いのが黙々と、

「婦人、お肉のおかわりを所望します」

老夫婦の焼く大量の鉄板料理を平らげていた。

肉串。牛ステーキ。スペアリブ。ケバブ。ホイル焼き。スペアリブは塊で。

もうね、ずっと食ってるのよ。水着着て、遊べる水辺にいるにもかかわらず、鉄板の前から離れようともしない。

「(結構高い水着だったってのに、もったいない)」

「食べてばかりいないで少しは遊びなさい」とリクライニングチェア越しにアイコンタクトを試みてはみるものの、邪神は当然のようにこれを無視。流石は裏ボス。食欲のステータスまで規格外である。

「(見た目と中身のギャップが激し過ぎるんだよ、お前さんは)」

学校に行っていない癖に白のスクール水着を身につけて、名前の欄には一言「神」の文字。なにからなにまでふざけた奴だ。妙に似合っているところもまた腹立たしい。

一体どこであんなものを手に入れたのだろうか。今日日スクール水着――それも白色というレアカラーだ――なんて、そういうタイプの専門店にでも行かなければお目にかかる事すら、ままならない。

しかも胸の名札に「神」なんて付けちゃって……なんとまぁ、よっぽどこいつを着たかったのだろう。邪神の胸中なんて知ったこっちゃないが、この白スクは間違いなく奴が自分の意志で選んだものだ。

自分で選んだお気に入りの水着を身に纏う――そうなれば今度は水着の本来の用途、即ち水辺でのレジャーを楽しみたくなるのが人情というものなのだが……

「婦人、次はプティングを所望します」

だがそこはヒミングレーヴァ・アルビオン。色気より食い気を優先し、花と団子ならノータイムで団子を選択する食いしん坊女神様である。

奴はずっと食っている。ここに来てから今に至るまで老夫婦の世話になりっぱなしだ。

「すいません、マーサさん。ウチのアルがご迷惑をおかけして」

「あらいいんですのよ、凶一郎《きょういちろう》さん。アルちゃんは、育ち盛りですもの。いっぱい食べなきゃ。ですよね、お爺《ルドルフ》さん」

「マーサの言う通りです。むしろこれだけ気持ち良く召し上がって頂いた方が我々も作り甲斐《がい》があるというもの。我々のことならお気になさらず、存分にお楽しみください」

柔和な笑みを浮かべながら、慣れた手つきで次々と鉄板料理を焼いていく老夫婦。

ルドルフさんとマーサさん。完全予約制オーベルジュ・キルシュブリューテのオーナーご夫婦であり、ここら一帯の山々の土地所有者でもある彼等は現在、俺達専属の付き人として尽くしてくれている。

唐突過ぎる水着イベント。

至れり尽くせりなおもてなしをして下さる老夫婦。

一体何故俺達がこのような状況に置かれているのか。

その辺りの詳細についてこれからゆっくり話していこうと思う。

◆回想・完全予約制オーベルジュ・キルシュブリューテ

一体全体どうしてこうなったのか?

その問いに対する答えを端的に述べるとすれば、「黒騎士との決闘」と答える他にない。

あの会合の場で、彼の放ったある言葉が全ての事の発端だ。

『気に入らんな』

黒騎士との交渉は、半分だけ成功し、失敗した。

彼は俺の話にある程度耳を傾けてはくれたものの、今のままでは背中を預ける事はできないと言ったのだ。

金は積んだ。利点も話した。たった一度だ。今回のボス戦だけでもいい。協力さえしてくれたらアンタが必要とする情報は全部渡す。

――――正直言って、断られる事はないと思っていた。ゲームの中の黒騎士を俺なりに分析して最適解と思える一手を打ったつもりだったのだ。

しかし、

『それが気に食わないのだよ』

それを阻んだのは、あまりにも人間的な感情論だったのだ。

伝説の傭兵、情ではなく報酬によって動くプロ中のプロ。己の目的を果たす為ならば、たとえラスボスとだって組む男、そんな彼が、

『清水凶一郎《しみずきょういちろう》。お前は私と彼女の過去と未来を一方的に盗み見た。そしてあまつさえそれをこの私に向けて恥ずかしげもなく晒し、利用しようとしたのだ』

思ってもみない角度からの指摘だった。

ゲーム知識。この世界のあらましを網羅する俺だけの攻略本。

これまで俺は、このゲーム知識に何度も助けられてきた。

相手の過去を知り、未来の出来事を把握していれば、大抵の事は上手くいく。

この世界の主要人物達の歴史やプロフィール、場合によっては心の内まで見通すこの力は、下手なチート能力よりも余程強力な武器であり、いつだって俺の行くべき道を照らしてくれた。

『私はお前に、私の過去を暴く権利を与えた覚えはないぞ』

しかしそれは、裏を返せば主要人物達のプライベートを断りもなく侵害し、盗み見ているという事なのだ。

人には知られたくない秘密。大切な思い出。密《ひそ》かに抱いている野望。

そんな聖域とも呼べる場所に土足で踏み入り、利用する。俺がやったのは多分、そういう事だったのだ。

この時程、己を恥じて悔んだ事はない。

彼は一体、俺の話す「提案」をどんな気持ちで聞いていたのだろうか。

失敗した、いや……俺は失態を犯したのだ。ゲームの中の黒騎士ならばどうするのかという部分ばかりに気を囚《とら》われていて、人としての彼を、彼の心を蔑《ないがし》ろにしてしまった。

少なくとも、黒騎士の眼にはそういう風に映ったのだろう。あぁ、こいつは人の過去を暴く事に何の罪悪感も抱かず、あまつさえそれを本人の前でひけらかし、商談に利用できる奴なんだって。

そしてそれが拗れそうになったら、自分の精霊に命じて暴力に訴えかける奴なんだって――

あぁ、最悪だ。何が最悪って、実際全部事実な所が最悪なのだ。

俺は黒騎士の大切な人の名前を口にして、それを聞いた黒騎士が怒り狂い、アルがビンタで黙らせた。これら一連の行動が彼の心にどんな影響を及ぼし、俺という人間を評するに至ったのか。

あの時の光景を思い返す度に、背筋が暗く凍りつく。

腕を組み、静かに俺の瞳を睨みつける黒鋼の騎士。

俺は委縮し、肩を竦《すく》め、アルは我関せずと料理を食べ続ける。

それはまさに地獄だった。これ程、終わったと思った瞬間もそうはない。

胃がキリキリと痛み、口の中が渇き果て、なのに目の前の水に手を出そうという気力がまるで湧かず、黒騎士が発する交渉断絶《ジャッジ》の言葉を待つだけの時間。そして黒騎士は、

『しかし一方で、お前が私の欲している知識を有している事もまた事実』

言ったのだ。先程までとは打って変わり、冷静で合理的な、機械的とすら呼べるほどの判断力で黒鋼の騎士が交渉《ターン》を回す。

『私はお前の知識が欲しい。お前は私の力が欲しい』

『私はお前を信用できない。お前は私を信用させたい』

転生者という特異な在り方。この世界の未来を知っているという絶対的な情報アドバンテージ。

そしてそれらを悪用すれば、如何様《いかよう》にでも他者を破滅させる事ができるという不信感。

見定める必要があると、彼は俺に言った。

『勝負《ゲーム》をしよう。敗者は勝者の欲するものを一つ無償で差し出す〝総取りの勝負〟だ』

彼の狙いに気がついた時にはもう遅かった。

俺達は互いに欲しいものがある。だが黒騎士は、これまでの数々の振る舞いから俺という人間を信用する事ができない。――――少なくとも、今この場にはそういう共通認識が出来上がちまっている。

『ルールはコクーンを用いた仮想空間模擬戦闘《シミュレーションバトル》。対戦方式は一対一《デュエル》。期間内の戦績に応じた結果で勝敗をつける』

オールorナッシング。勝者総取りの純然たる力比べ。彼がどの時期からこの絵図を描いていたのかは分からないが、震えるほどに強《したた》かな一手である。

『一度で良い』

こちら側の瑕疵《ミス》を認めさせた上で、一発逆転の可能性を提示するあまりにも人を知り尽くした交渉戦術《タクティクス》。

『知識を使い、この私を殺してみせろ』

かくして俺は交渉に敗れ、黒騎士との決闘を強いられたのである。

敗因は、たった一つ。視点の差だ。

俺は黒騎士をゲームの登場人物として捉えていた一方で、彼は人間清水凶一郎《しみずきょういちろう》を見ていたのである。

その差が状況を分けたのだ。黒騎士との決闘。一度でも俺が勝てば、黒騎士を仲間にできるというあまりにも絶望的な条件。

〝お前が私の心を預けるに足る存在であると、その身をもって証明してみせろ〟

現実の黒騎士は強かった。桁外れに強かった。

◆ダンジョン都市桜花・桜峰《さくらみね》湖畔《こはん》

とまぁ、このような理由で黒騎士と勝負をする事になったわけなのだが、それが一体どうしてこのような乳踊る水着パラダイスへと発展したのかにつきましては、今少しの補足をつけたさなければならないだろう。

事の発端は、黒騎士の発した提案にある。

彼は言った。勝負はマーサさん達の経営するオーベルジュ『キルシュブリューテ』でやろうと。

『ここのオーナーとは古くからの知り合いでな。故あって地下の一角に専用の工房《ラボ》を設けさせて頂いている』

その中にシミュレーションバトル用の筐体《コクーン》があるからそれを使って戦《や》ろうというのが、彼の言い分だった。

『個人所有の筐体であれば、時間を気にする必要はない。加えてキルシュブリューテは、宿泊設備も整っている』

魅力的な提案だと思ったよ。何せ今回の戦いの勝利要件は「期間内に俺が一勝する事」だ。試行回数は多ければ多い程いいし、併設された宿泊施設を活用すれば、生活環境に気を揉まなくて済む。更におまけとばかりに、

『費用は全て私が持とう。マーサ達には丁重にもてなすようにと伝えておく』

――これが決定打となった。俺もそれなりに心が揺れ動いたのだが、何より邪神様がやる気になられたのである。

『マスター、あなたはこの勝負を受けなければなりません』

アルはよっぽど、ここの料理が気に入ったらしい。この年中無休で腹ペコりんな邪神様が、マーサさん達の料理を三食昼寝付きで食べられるという好条件に釣られないはずがなかった。まぁ要するに、良いように黒騎士の誘導に引っかかったというわけである。

そうして俺達は七月の終わりから八月の頭にかけての一週間、オーベルジュ『キルシュブリューテ』に泊り込む形で黒騎士と戦う事に相成ったわけなのだが、

『えぇっ、キョウ君あの有名店にお呼ばれされたんですかっ。いいなー』

まず姉が羨ましがり、

『夏休みなのに、清水《しみず》家は全然それっぽい事しないのね』

チビちゃんが余計な事を言い、

『ねっ、だったらみんなでそこ行こうよ。お金の方はそれぞれ持ち合ってさ』

当然のように入り浸る恒星系がそう発案した事で、いつの間にか黒騎士との決闘は、清水《しみず》家御一

行（プラス一名）の夏季旅行《サマーバケーション》と相成ったのである。

「（いや、どうしてこうなった）」

晴れ渡る青空を見つめながら今一度己自身に問いかけてみるものの、答えは返ってこない。

巨大な水鉄砲を携えたチビちゃんが楽しそうに水を放射し、それに負けじと姉さんが胸元から小型の水鉄砲を取り出しピュッピュとよろしくやっている。

二人共、とても楽しそうだ。ダンマギでの末路を知ってる身からすると、これだけでも目頭が熱くなってくる。

アルの方は相変わらずさ。マーサさん達老夫婦に可愛がられながら黙々と鉄板料理を食べている。

「（ま、いっか。みんな楽しそうだし）」

過程はどうあれ、家族が楽しそうならそれでいい。そんな感じで一人椅子にもたれかかりながら黄昏ていると、そこに――

「ごめーん、遅れたー」

一瞬、脳がパンクした。顔中が熱くなり、胸の動悸が収まらない。

別に露出が激しいというわけではないのだ。何だったら肩に一枚羽織っている分、いつもよりも抑えめであるとすらいえる。

爆乳ビキニのようなインパクトも、白スクのようなマニアック性もない。

蒼《あお》を基調としたクロスデザインの水着に、透明度の高いホワイトシャツ。トップの紐が首元で交差している上に、大胆に開けた白シャツをヘソ周りでキュッと締めてるもんだから、どうしようもない程に胸に視線が寄ってしまう。

「（なんだよ、コレ）」

遅れてやって来た彼女、蒼乃遥《あおのはるか》はマーサさん達の鉄板料理には目もくれず、真っ先に俺の前に駆け寄ってきた。

「どう、似合ってますか？」

悪戯《いたずら》っぽく微笑《ほほえ》む恒星系。ほんのりとドヤ顔で、だけど恥ずかしいのかちょっとだけ顔が赤らんでいて。……あぁ、時よ止まれ。この瞬間を永遠に留めておける術《すべ》があるのならば、俺はどんなことだってしよう――――と、そんなキモい事を考えながら、なんとか口だけでもクールに決めようとして、

「……すっげぇ、似合ってるよ」

「えへへー、ありがとう」

「一瞬、天使かと思った」

「う、うん」

「……今俺の顔赤い？」

「真っ赤だね」

「じゃあそれが答えって事でもう勘弁して下さいっ！」

無理だっ。無理だコレ！　今まで生きてきた中で水着の女の子を褒めるなんて経験した事なかったから、どうしても残念な事になってしまう。

いやだって、どうやって褒めればいいのよっ⁉　ボディラインに言及するとセクハラっぽくなるし、かといって「別に」とか「普通」なんてクソ回答した日には空気の読めないド腐れクソ陰キャまっしぐらじゃないのっ！　──でもだからといって、「俺の顔赤い？」は流石にないわなっ！　うん、ない。超絶きもい。それじゃあまるで俺がこいつに気があるみたいに思われるじゃないの。そりゃあ、遥《はるか》は明るいし可愛いし、こいつといれば何だってできるって気にさせてくれるような恒星系さんだが、別に付き合いたいとかそういうんじゃねーし。なんていうのか相棒なんだよ相棒。男女間の友情とでもいえばいいの？　性別を超越した運命共同体のようなもので──あぁ、もう思考が全然纏まらない。自分の未熟さが恨めしい。俺は今、盛大に混乱しているっ！

「ふふっ」

「……なんだよ」

そんな風に取り乱す俺のザマを見て、遥《はるか》が笑った。心底から楽しそうに、嬉しそうに、

「いや、なんというか」

「おう」

「そこまで可愛い反応みせてくれると思わなかったからさ。頑張ってオシャレした甲斐があったなぁって」

笑いやがったのである。

◆

「それでその黒騎士さんって人との打ち合わせはいつやるのー？」

マーサさんの焼いてくれた牛ロース串を頬張りながら、遥《はるか》が俺に問いかける。

「今向こうが色々準備してくれてるみたいでさ、それが終わり次第って感じ」

「お宿を貸し切って会議するなんて、なんというか、すっごく大人だねっ！」

「まぁ、お互い納得する形で組むのが一番だからさ。ちょっとばかしハードな時間になりそうだが、できる限り頑張ってみるよ」

会議というのは、無論方便だ。実際に俺達がぶつけ合うのは、言葉ではなく暴力。コクーンを用いた終わりの見えない仮想戦争である。

そうはいっても、所詮は模擬戦だろ？　変に隠さずみんなに伝えればいいじゃん――と、思われるかもしれないが、そうじゃないのだ。

これから俺達がやる戦いは、模擬戦は模擬戦でも少し勝手の違う仮想戦闘《シミュレーション》。正直に話せば、余計な心配を彼女達にかける事になる。

みんな夏を満喫する為に、ここに来ているのだ。折角の夏休み、格好のロケーション。みんなの夏の思い出は綺麗なものであって欲しい。だから、

「ちょっと会議で忙しくなりそうだからアレだけど、そっちはそっちで楽しんでくれよ夏休み」

「ひとりで大丈夫？　あたし達にできる事があったら、なんでも言ってね」

ありがとう、と心からの感謝を伝えながら、

「お前さん達が楽しそうならそれでいい」

そう。

◆完全予約制オーベルジュ・キルシュブリューテ

黒騎士からの連絡が届いたのは、それから約三十分後の事だった。

オーベルジュ『キルシュブリューテ』、ルドルフさんとマーサさんご夫妻が経営するこの山沿いの洋館は主に三つの階層から成り立っている。

第一にダイニングエリア。『キルシュブリューテ』の顔であり、心臓であり、本体そのものといってもいい。西欧風の民芸品に彩られたエントランスを左に抜けた先で客人を待ち構えるそのレストランは、周囲の山々を一望できるロケーションとなっており、屋内から外の景色を眺めているだけでも心が満たされる、そんな素敵な空間作りが為されている。

そしてその上にあるのが展示エリア。二階全体を余さず使ったこのエリアには、百五十年ほど前に活躍していたとある幻想画家の作品が多数展示されており、そのこだわりようは最早「小さな美術館」といっても差支《さしつか》えない。

章毎《テーマごと》に区切られた六つの展示室。区域毎にテーマに沿った視覚的演出が為されており、中には室

内全体が青色に染め上げられた会場まであったりして、もう本当ビックリするほどの超本格派なのよ。

そんな「小さな美術館」の上に建てられているのが、宿泊エリア。明るく伸びやかなモダンスタイルの客室は、現在我々清水《しみず》家一行が貸し切る形で使用させて頂いている。

格調高いレストラン、オーナーのこだわりを感じる展示エリア、そして各種アメニティの行き届いた広大な客室。全三層の区画から成り立つこのリゾートオーベルジュには、しかしもう一つ、限られた身内だけが知り得る「秘密の第四層」が存在する。

そしてその階層の主こそが俺達をこのオーベルジュへと誘った発起人だ。

「…………」

エレベーターの扉が閉まる。2F、3Fと記された四角のボタンを一定の霊力を流し込みながら十三度ずつ押す事で繋がる地下階層への道。約四十秒程の下降時間を要した末に開かれる昇降機の扉。

「(マジかよ)」

白球の電光に照らされた地下空間。黒色のチューブに繋がれた無数の電子機器。奥行きは優に百メートルを越え、横幅も三十メートル近くある。高さもぶっ飛びの十メートルオーバーで、総じてこれが個人所有の〝工房〟だとは到底信じられない大きさだ。どこかの製造工場の作業ラインだと説明された方がまだ腑《ふ》に落ちる……そんな規模のクソデカスペック。

壁に立てかけられた銃火器の山。モスグリーン色の培養液に漬けられた有機生命体とおぼしきナニカ。コンソールの密林を抜けた先にある右奥の区画には、書架の森が形成されており、その更に奥には生活スペースのようなインテリア群が立ち並ぶ。

向かって左側は、完全にお手上げだ。多分何かを造る機械なのだろうが、如何《いかん》せん多種多様な機械類が混然一体と列を為している為、素人目には「製造工場の一ライン」のようにしか見えない。耳に響く重厚な駆動音。天井では巨大なファンが絶え間なく回り続け、息を吸い込むと線香のような独特の香りが鼻孔をかすめた。

何もかもが新鮮で、歩みを進める度に未知の発見がある。

誰も知らない、ゲーム時代ですら明かされなかった黒騎士の工房がそこにはあった。

「よく来たな」

黒鋼の騎士は言った。

「ここは初見か？　清水凶一郎《しみずきょういちろう》」

「あぁ」

俺は首を縦に振る。

「未来のアンタは、この場所を使わなかった」

「そうか」

ゲームのダンマギに、ルドルフさんとマーサさんはいなかった。

当然、オーベルジュ『キルシュブリューテ』も出てこない。

そして黒騎士は冷徹な傭兵ではあっても、冷酷な男ではない。つまり、

「よっぽど大切な人達なんだな、アンタにとって」

「解釈は自由だが、答える義務もない」

「なら、俺が勝ったら教えてくれよ。差し支えのない範囲で良いからさ」

黒鋼の騎士の機械眼《センサーアイ》が、藍色の光を放つ。返事はない。僅かばかりの沈黙の後に彼が発した言葉は全く別の話題であると同時に、

「ルールの確認を行う」

最も注視すべき本題でもあった。

「期限は本日より一週間。コクーンを用いた仮想空間戦闘を行い、勝利の数を競う。ここまでは良いか？」

「あぁ」

俺は鈍色に輝く繭型筐体を見つめながら頷いた。

「勝利条件は、こちら側の全勝か、そちら側の一勝。期限内にお前が一度でも私に打ち勝てば、その時点で決着とする」

一週間の内に一度でも俺が勝てば、こちら側の勝利。逆に黒騎士側は一度でも負ければ、たとえそれ以外の九千九百九十九戦で圧勝しようとも負けとなる。

字面だけでみれば、とてつもなく俺側に有利な条件だ。だってマグレでもなんでも一度でも勝てばそれでいいんだから。

「本当に一勝でいいんだな」

「あぁ。問題ない」

しかしこれは、裏を返せばそれ程までの戦力差が俺達の間に存在するという証左でもある。

彼我の戦力差は圧倒的。精霊の等級を除く全てのスペックで利するはるか格上の絶対的強者を無際限の試行回数を用いていかに攻略するか。

「(チャレンジの回数自体は無制限。普通に考えれば、負けを気にせずガンガン挑むのがセオリーなんだろう)」

無限コンティニューは、こちら側にとって明確に有利な要素の一つだ。仮想空間上の時間設定を弄《いじ》れば一日数万戦の試行回数も不可能ではなく、それだけの戦闘経験を経ればいくら凡人の俺でも黒騎士の隙やら癖やらが見抜けるようになるのかもしれない。

「(だけど……)」

「今回の勝負は、痛覚遮断システムを使用しない」

だけどそれは、俺が無際限の挑戦に耐えられればの話なのだ。

「この意味を理解した上で私に挑むか、小僧」

「言われなくとも分かっているさ」

俺は頷いた。ゆっくりと、首の重みを確かに感じながら頷いた。

痛覚遮断システム。それは、現代のシミュレーターには搭載が義務付けられている機構である。

仮想空間に意識を投影し、そこで現実の情報を完全再現したアバターを用いて戦うバトルシミュレーションシステム。

その再現技術は完璧といっても過言ではなく、五感情報や装備品はおろか精霊術《アストラルスキル》や天啓《レガリア》まで反映することができる程の徹底ぶりである。

しかし、このシミュレーション技術にはあえて一点だけ取り除かれている事象がある。

それが痛覚。より広義な意味でいうのなら、一定の閾値《しきいち》を越えた苦しみの全てである。

幾らリアルに再現できると言っても、痛みまで本物にしてしまったら、それはリアルに殺し合うのと大差がなくなってしまう。

コクーンを用いたシミュレーションは、肉体に負荷をかけずに戦闘経験を積む事を念頭に置いた技術である。いや、そんな小難しい理屈を並べなくても、常識的に考えれば分かる話だ。

刀で身を裂かれた感覚を百パーセント再現するシミュレーターがあったとしたら、それは最早手の込んだ拷問である。到底、市井に出せる代物ではない。

だから現代のコクーンには、必ず痛覚を取り除くシステムが備えられていて、これを取り除く事は物理的に不可能な設計になっている。

しかし昔は、そうじゃなかった。

痛覚遮断システムのオンオフを選べる筐体が存在し、これを使う冒険者で溢れかえっていたという。

目の前の繭を見やる。鈍色に輝くメタリックカラーの筐体。現在普及している一般的な繭よりも二回りほど大きなその筐体には、今はなき痛覚遮断の切り替え機構が備わっているのだという。

「一応確認しておきたいんだけど、……死なないよな？」

「安心しろ。仮想空間上の死が、現実の肉体に悪影響を及ぼす事はない」

「でもほら、脳が仮想の痛みを誤認して精神性のショック死を引き起こすなんて可能性もなくはないじゃん？　一般的なコクーンは痛覚がオフになってるから大丈夫なんだろうけど……」

それはない、と黒鋼の騎士はかぶりを振る。

「コクーンの『体験』は、仮想空間上で形成されたアバターに我々の霊魂を接続する事で生起する事象だ。肉体の指令系統を司《つかさど》る脳を介さない以上、血液の減少や、循環器系の不全といった錯誤事故《フィジカルエラー》は起こり得ない」

「要するに刺激を受けているのが、脳じゃなくて魂だから大丈夫ってそういう理屈《こと》？」

「チャンネルの違いと言い換えても良い。いずれにせよ、コクーンが我々の肉体にフィードバックを引き起こす事はない。そ・う・い・う・契約なのだ。コクーンで殺人は起こせない。それこそお前の精霊《あいぼう》のような超神《ばけもの》でもなければな」

「成る程な」

フィードバックが起こらない理屈については未だに少し納得できない部分があるものの、そういう契約だというならば是非もなし。黒騎士の発言を聞く限りシミュレーター技術の設計には相当高位の精霊が関与しているみたいだし、よくよく記憶を辿ってみれば、それに近い文言が公式のガイドブックにも載っていた気もする。

何より彼が俺を殺《あや》めるはずがないのだ。最愛の恋人の行方を知る唯一の情報提供者と思《おぼ》しきこの俺を。

「オーケー。死ぬほど痛くても、実際に死なないんだったら何の問題もない。予定通り切ってくれ」

「よかろう」

黒騎士が鈍色の繭に触れる。次の瞬間、コクーンの外縁部が緑色の光を放ち、その外殻《カラ》が開いた。

「(古いな)」

『常闇』の筐体や、『世界樹』のモノと比べてみても一目瞭然だった。内部スキャナーの数、霊魂仮想接続筒《アストラルコンバーター》の大きさ、ヘッドモニターなんて倍くらい重い。

「降参《リザイン》の申し出は、いつでも受け付けている」

隣接する繭の外殻を開きながら、黒騎士が淡々と告げる。

「挑む権利は常にお前の側にある事を覚えておけ」

言葉とは裏腹に、彼の声音には嘲りや侮りの感情が込められていなかった。

きっと心底からの忠告なのだろう。痛みいる気遣いだが、そいつは無用の心配だぜ、と心の中で息巻いておく。

「つまり一日何回戦《ヤ》るかは、俺が決めていいと?」

「フィールドの選択権もお前に譲ろう。一々選ぶのが面倒だならば、ランダムセレクトを選ぶといい」

俺は笑った。笑うしかなかった。

大変ありがたい事に、この高潔な騎士様は、戦う時間も、フィールドの選択権も全て俺に譲って下さるらしい。

「随分と太っ腹じゃないか《舐めやがって》」

「この程度、ハンデにもならんよ《私なりの慈悲だ》」

随分と上からな物言いだが、事実としてそうなので口答えもできない。何よりもこの条件は、こちら側に利のあるものなのだ。下手に噛みついて反故《ほご》にされるよりかは、そのまま受け入れちまった方が都合は良い。

「いいぜ。やってやるよ」

受け入れながらルールを反芻《はんすう》する。

――――期限は一週間、旧式のコクーンを用いた仮想戦闘で痛覚遮断はナシ。勝利条件は俺が黒騎士に勝つ事。黒騎士側の条件は一度も俺に負けない事。全て事前に伝えられていた通りの情報だ。覚悟はとうに出来ている。

「俺はアンタに勝ちに行くぜ、黒騎士」

「そうか。そうなると良いな」

黒鋼の騎士は、まるで他人事のようにそう言った。

■第十一話　地獄輪廻《りんね》

◆

――これより、戦闘シミュレーションプログラムを開始致します。

――霊魂仮想接続筒《アストラルコンバーター》。接続完了。

――アストラルスキャニングシステム稼働開始。

――霊体情報の登録を開始致します。

――天啓情報《レガリア》の登録を開始致します。

――装備情報の登録を開始致します。

――全ての装備情報を常在装備状態《デフォルトモード》に致しますか？

――常在装備状態《デフォルトモード》が選択されました。登録された装備情報が全てのシミュレーションに適用されます。

――仮想空間内時間設定を三百倍速に設定致します。

――ステータスチェック、完了。

――バイタルチェック、オールグリーン。

――痛覚遮断システムを非稼動状態に切り替えます。

――他のプレイヤーより、戦場選択権が譲渡されました。一戦目のバトルフィールドをお選びください。

――ステージプレーンが選択されました。

――アバターの設定が完了致しました。

――エンカウント設定を『クラシック』に設定致しました。

――シンクロ率百パーセント。接続状態、問題ありません。

――選択された仮想空間上への疑似潜航を開始致します。

――潜航開始まで3、2、1

――プログラムが開始されました。

◆仮想空間・ステージ・プレーン

二キロメートル四方に広がる黒の空間。等間隔に配置された電子の輝きを光源としたこの仮想世界の中心に二つの影が並び立つ。

「…………」

中央のラインより約百メートル後方、優に二メートルを超える巨軀の騎士が腕を組みながら待ち構える。

黒騎士。ゲーム時代は幾度となく主人公達の前に立ちはだかり、常に彼等を圧倒し続けたラスボスの尖兵。

近距離《ショート》、中距離《ミドル》、遠距離《ロング》のあらゆる戦闘状況に対応し、その二つ名でもある七つの天啓《レガリア》をもって歯向かう相手を容赦なく撃滅する稀代《きたい》のオールラウンダーを相手取るにあたって、俺が超えなければならないハードルは二つある。

一つは、遠距離戦に持ち込ませない事。これは前提条件と言ってもいい。遠距離攻撃手段を一切持たない俺と、複数の攻撃手段を持たない黒騎士がまともにぶつかり合えば、まずもって勝負にならない。

遮蔽物や入り組んだ道、ランダムエンカウントといった遠距離戦になり易い要素はなるべく排除して、よーいドンでの殴り合い。

そんな近距離戦士ご用達のシュチュエーションを最も手軽に叶えてくれるのは、やはり戦い慣れたプレーンフィールドだった。

癖がなく、遮蔽物もない平らで退屈な霊子空間。しかしだからこそ、小細工なしの殴り合いに持ち込みやすく、俺にとっての理想的な状況が作り安い。

そして二つ目が――――

「レーヴァテイン」

機械音の混じった男の声が仮想の世界に木霊する。

「効力は切断。対象の硬度や強度、恐らくは霊力や特性すらも貫通する特殊武装」

頭部の機械眼《センサーアイ》から橙色《だいだいいろ》の光を発しながら黒騎士が語る推論は、戦慄を覚える程に当たっていた。

「天啓《レガリア》ではない。無論の事ながら、市販品でもない。察するにその出自は、あの超神《白いの》が眠っていた場所なのだろう。能力の理不尽性《でたらめさ》を鑑みれば、高位の天啓《レガリア》に相当する脅威だ。刃に触れればこの私とて無事では済まんだろうな」

「そりゃどうも」

ヘラヘラと笑いながら、ご指名された得物を懐から取り出し左手に握りしめる。

――――そう。黒騎士の言う通り、このレーヴァテインこそが今回の戦いの趨勢《すうせい》を握る封鍵《カギ》なのだ。

レーヴァテインに刻まれた固有術式《因果切断》は、刃に触れた対象が知性体であった場合、それを必ず切断する。

術式の範囲が、刃で触れた箇所に限定されている事と、非生物に対しては何の効力も発揮しないという二つの欠点こそあるものの、対人戦においてはこれ程までに頼りになる武器もそうはない。

俺が黒騎士の勝負を引き受けた理由も、このレーヴァテインがあったからだ。触れた対象を必ず破断する因果切断の白刃《レーヴァテイン》。こいつを一度でも当てる事ができれば――――

「(黒騎士に勝てる)」

一度で成功するとは思えない。何十何百何千何万と試行回数を繰り返す中でどこかで決められればそれでいい。

「(まぁ、とはいえ)」

エッケザックスのトリガーを引き、使い慣れた黒剣形態に移行する。

右手に握るは超重量の可変黒剣《エッケザックス》、左手に構えるは因果切断の白刃《レーヴァテイン》。六月のケラウノス戦を経て完成に至った俺の決戦兵装を携えて、初戦に臨む。

「様子見なんてしないぜ俺は」

黒騎士は、動かない。ご自慢の七つの天啓《レガリア》を出そうともせず、ただ悠然と待ち構えている。

それは驕りか、はたまた何か意図があっての事なのか。

いずれにせよ、天啓《ぶき》を出すつもりがないというのならそれでいい。

「(油断、舐めプ、大いに結構。こっちはその隙を思う存分突かせてもらうだけだ)」

息を整え、その時を待つ。戦闘開始のアナウンスが場内に流れたのは、それから間もなくの事だった。

「行くぜ黒騎士っ!」

――――駆ける。駆けながら術式を練る。《脚力強化《ストライド》》を始めとした基本強化術式は既に構築済みだ。だから後は、

「(《時間加速》、六十倍速《マキシマム》)」

霊力消費の激しい大技を決めて、走るだけだった。発現する時の女神の術式。六十倍に加速した時の流れを俺だけが知覚し、享受し、躍動する。

「…………」

黒騎士は、まだ動かない。彼我の距離はおよそ五十メートル。最高速に達した今の俺であれば、

一秒もかけずに全てを片付ける事ができるだろう。しかし、

「（相手は黒騎士。全てのパラメーターが達人級の器用万能《マスターオールラウンダー》）」

油断はしない。絶対にしない。挑戦者は俺であり、劣っているのも俺である。このまま闇雲につっこんでも敗北は必定。だから膨大なタイムアドバンテージを稼いだその上で、策をこらして完封する。それが――

「（攪乱《みだせ》、攪乱《みだせ》、攪乱《みだせ》攪乱《みだせ》攪乱《みだせ》攪乱《みだせ》攪乱《みだせ》）」

黒騎士を中心とした円の周りを旋回し、狙いを絞らせないように立ち回りながらじりじりと距離を詰めていく。

「（いいぜ、そのままジッとしててくれよ）」
三十、二十、十。俺の身体は、易々と射程圏内に到達し、
「（捉えたっ！）」

そして口すさぶ。我が身に宿りし、唯一の天啓《レガリア》の名を。

〈獄門縛鎖《デスモテリオン》〉、彼の死神が遺《のこ》した不可視にして不認識の縛鎖。五大クランの一長であるあのジェームズ・シラードですら初見では対応できなかった「究極の初見殺し」が、今ここに牙を剥く――

「やれ、〈獄門《デスモ》〉」

「第五天啓《レガリア》展開」

孔《あな》が空いた。黒くて、赤い、血の穴だ。黒騎士の影が遠のく、否、違う、これは、これは――――！

「あっ」

俺の身体が。

「あぁっ――――あぁっ」

下半身《した》と上半身《うえ》が、

「あ、あぁあああ！」

吹き飛んだんだ。撃たれて、穿たれ、弾《はじ》けて飛んだ。何によって？　誰がそんなの。そんなの――――

「〈大火ヲ焦ガセ、我ハ裁ク加害者也《ヴェスペル・ティリオ》〉」

決まっている。分かっている。黒騎士だ。黒騎士の天啓《レガリア》だ。

〈大火ヲ焦ガセ、我ハ裁ク加害者也《ヴェスペル・ティリオ》〉、悪名高き『大火の天蠍』が遺した〝灯火〟の天啓《レガリア》。

紅黒い霊光を放つその重機関銃から放たれる弾丸型熱術式は、一発で人を殺める程の威力を持つと公式設定資料集には書いてあった。

それが一体、何発当たった？　目の前に散らばる俺の脚だったものは、最早殆《ほとん》ど原型を留めていない。

咽返《むせかえ》る血と臓物の火の臭い。視界が薄くぼやけ、呼吸がうまくできず、ぶっ壊れちまった涙腺からとめどなく涙が溢れてくる。

しかし、けれども、そんなことは全て一切合切瑣末《さまつ》なことだった。今俺の心を支配する感情はたった一つだけ。それ以外の事なんて何も考えられない。……考えられるわけがない。

「痛い。いたい。いだい。いだいいだいいだいいだいいだいっ、うっあ、あぁあああああああああ、おっ、おぇえええええええええっ」

痛い。

熱くて寒いのも、鈍くて鋭いのも、何もかも五感で感じるあらゆる感覚が最終的に「痛い」という感覚に直結する。

甘くみていた。死ななければ大丈夫だと勘違いしていた。覚悟なら出来ていると、やってやるぞと、自分の中で勝手に結論付けて、その気になっていただけだった。

「死ぬ。しぬじぬっじぬぅ」

知っているはずが、ないというのに――――。

身体を撃たれた痛みなんて体験した事もない癖に、内臓がはみ出た時の苦悶を味わった事もない癖に。俺は馬鹿だ。大馬鹿だった。

――――何故現行のシミュレーターシステムに痛覚遮断システムの設定が義務づけられているのか？

そしてどうして黒騎士が今回の勝負に、〝痛み〟の概念《ルール》を取り入れたのか？

「(あぁ、クソ。そういう事だったのか)」

深い後悔と共に、ようやくこの現実《ゲーム》の真実を理解する。

無際限の挑戦とは、無際限の地獄であり、

無料《タダ》と誤認していた挑戦の継続には、心の磨耗という名の代償《リスク》が存在していた。

地獄。ここは本物の地獄だ。死して終わらず、引きのばされた時間の中で繰り返される痛みを伴った悪夢の輪廻。これが地獄じゃなくて、なんだというのだ。

「安心しろ、徒《いたずら》に長引かせるつもりはない」

薄れゆく意識の中、俺は黒騎士が機関銃の銃口を粛々と構える姿を見た。

「今楽にしてやる」

その言葉と共に何かが爆ぜる音を聞いて――――

◆仮想空間・ステージ・プレーン（二回目）

二キロメートル四方に広がる黒の空間。等間隔に配置された電子の輝きを光源としたこの仮想世界の中心に二つの影が並び立つ。

「…………」

中央のラインより約百メートル後方、優に二メートルを超える巨軀の騎士が腕を組みながら待ち構える。

全てが元通りになっていた。身体がある。疲労もない。何よりも、

「（痛くない）」

数秒前の俺を支配していた痛みが嘘のように消えていた。下を覗けば脚があり、息を吸っても血が出ない。

「あぁ……っ」

そんな当たり前の現実《いま》に涙が流れた。生きている。俺は今生きている。痛くない。痛くない。どこもかしこも全く痛くなかった。

「（よかった、本当によかった）」

そうだ。全ては仮想《ユメ》だったのだ。シミュレーション、模擬戦、とても手の込んだゲーム。だから元に戻る。身体を蜂の巣にされても、下半分がはじけ飛んだとしても、ゲームが終われば全て元通

りに、

『痛い。いたい。いだい。いだいいだいいだいいだいいだいっ、うっあ、あぁあああああああああ、おっ、おぇえええええええええええっ』

元通りになるから、大丈夫。

「大丈夫なんだ」

「小僧」

声は百メートル先から聞こえた。発した音に霊力を乗せたその声は、聴覚と霊覚に響く形で俺の元へと届く。

「降参《リザイン》の申し出は、いつでも受け付けているぞ」

「抜かせよ」

言葉を返しながら、俺はレーヴァテインとエッケザックスの柄《つか》を握りしめた。

「確かに俺は〝痛み〟ってのを甘くみていた。あぁ、それは認めるよ。未熟だった。無知だった。知りもしない癖に分かった気でいた特大の阿呆《あほう》とはまさにさっきまでの俺の事さ」

己の愚かさゆえの侮りを深く呪う。この勝負《ゲーム》は、いつもの模擬戦とはわけが違う。

痛みは本物で、苦しみは真実で、恐怖は澱《おり》のように溜まっていく。だけど、

「二回戦だ」

白と黒の刃を、黒鋼の騎士に向けて構える。

「そうか」

そんな俺の虚勢を見透かしているかのように彼は大火の火銃を顕現させて、

「そうだといいな」

そうして二度目の勝負が始まった。

「〈大火ヲ焦ガセ、我ハ裁ク加害者也《ヴェスペル・ティリオ》〉」

「（《時間加速》、六十倍速《マキシマム》）」

轟音。閃光。爆発。直線状に放たれた重機関銃の掃射を最大加速で交わしていく。一歩一歩に角度をつけて、更に躍動距離を長大に。

「ぐっ」

蛇行し、円の軌跡を描きながら、回避する事だけに集中した上でなお極限状況《ギリギリ》。恐ろしく速く、そして精密な射撃だ。火銃の威力は元より使い手の技術がバグってやがる。

「（剣で受けながら進むか？　いや、〈大火ヲ焦ガセ、我ハ裁ク加害者也《ヴェスペル・ティリオ》〉の〝弾丸〟にはアレが込められている）」

『反火治《アンタレス》』、〈大火ヲ焦ガセ、我ハ裁ク加害者也《ヴェスペル・ティリオ》〉を介して放たれた弾丸全てに熱耐性の弱体化と自己治癒能力の阻害機能を付与する特殊な術式。龍王の鱗《うろこ》すら貫くと言われている『反火治《アンタレス》』の掃射を質量特化のエッケザックスで受け切るのは難しいだろう。とはいえ、このまま逃げ回っているだけではいずれジリ貧。どこかで攻めなければならなかった。

「（彼我の距離はおよそ七十。この距離からじゃなんの攻撃行動《アクション》も起こせない）」

遥《はるか》ならば難なく避けてみせただろう。ユピテルならば涼しい顔で撃ち落としていたに違いない。

だが俺にとってこの天啓《レガリア》は鬼門だった。近づけない。攻められない。おまけにさっきの蜂の巣体験がチラついて心が臆病になってやがる。

攻めなければ――――だがどうやって？

攻めなければ――――また穴だらけになりたいのか？

攻めなければ――――痛いぞ、苦しいぞ、後悔するぞ。

「クッソがぁっ！」

ヤケ捨てになりながら、進撃する。恐怖はある。だが進まなければ始まらない。恐怖はある。勝つ為には距離を詰めなければならない。恐怖はある。それでも。恐怖はある。俺は。恐怖はある。オレは。恐怖はある。俺はオレは俺は――――

「第三天啓《レガリア》展開」

あ、と思った時には既に遅かった。

俺が走る円周の対角線上から、緑色の光を放つ不気味な球体が十、百、千、万、いや多分もっと……？

「うっ、あぁっ」

光る。光る。一つ一つの輝きは微弱ながらも、その数が余りにも多過ぎる。一瞬でも歩《あゆみ》を止めれば穴だらけということの状況で、数万の自律行動型微小妖精群の散布。

「あぁあああああああああああああああああ」

俺は考えるのを止めた。ただあの痛みをもう一度味わうのが怖くなって、逃げるように妖精の舞う領域に足を踏み入れたのだ。

　そして変化は急速に訪れた。霊力の消失。不自然な眠気。息がうまくできず、四肢が痺《しび》れ、そのまま次の行動に移る間もなく、

「〈鏡像世界の妖精国家《トゥアハ・デ・ダナン》〉」

　妖精達に、喰われて死んだ。

◆仮想空間・ステージ・プレーン（三回目）

〈鏡像世界の妖精国家《トゥアハ・デ・ダナン》〉、黒騎士が三番目に得たとされるその天啓《レガリア》の能力は、端的に言ってしまえばナノマシンの散布である。傷口の縫合、患部の止血、有害物質の除去や霊的エネルギーを用いた自己治癒能力の活性化など、その本来の用途は回復系統に属したものであり、事実ゲームにおける〈鏡像世界の妖精国家《トゥアハ・デ・ダナン》〉の固有効果も『持続的な体力回復能力《リジェネレートスキル》』という形で表されていた。

　しかし黒騎士は、これを攻撃技として転用してみせたのだ。

『縫合』ではなく『切開』を命じ、『酸素の供給』ではなく『周囲の酸素を吸収』させる。彼は高度な医療技術を持つ妖精の群体《ナノマシン》を高度な殺人技術集団《キリングマシーン》として扱う事で、この天啓《レガリア》を攻防一体の汎用兵器に昇華させたのだ。

　極めて危険な天啓《レガリア》だ。純粋な殺戮《さつりく》兵器である〈大火ヲ焦ガセ、我ハ裁ク加害者也《ヴェスペル・ティリオ》〉と比べてみてもその汎用性と応用力は桁違いであり、自律行動型故の強みも持ち合わせている。

だが一番の問題は、相性の悪さだ。

俺の術式、特に《時間加速》との相性の悪さはおよそ致命的と断じても過言ではないだろう。《時間加速》は、敏捷性《アジリティ》ではなく時の流れ《ターン》を加速させる術式だ。この能力の強みは身体性に依《よ》らない『速さ』の獲得と、その圧倒的な出力にあり、最大加速下であれば「相手の一秒が俺にとっての一分」なんて馬鹿げた状況を作り出すことだってできる。

これまで何度もお世話になってきた術式であり、固有術式の中では一番使い勝手も良い《時間加速》、しかしこの術には一つだけ、弱点《アナ》があった。

時間の加速。身体性の向上ではなく、時間の流れを速めるということは、即ち俺にとって不利な事象の進行も速めてしまうという事に他ならない。

出血、毒物の進行、シラードさん達と戦った時のような燃焼や凍結の空間付与も鬼門である。そして問題となる〈鏡像世界の妖精国家《トゥアハ・デ・ダナン》〉、こいつの『仕事』は、《時間加速》の術式下において速まる形で作用する。

体内に入り込んだ妖精は俺の一部としてカウントされ同じ時の流れを過ごす事になる。一秒は一分に、一分は一時間に。《時間加速》による加速の恩恵《バフ》を受けた数百万の殺人妖精集団は、主の用命通りに俺の身体を侵害し、死に至らしめる。

一体一体の力は弱くとも数が多くて器用に働く事ができるナノマシンの群体を、敵が体内で勝手に活性化させてくれるのだ。

黒騎士の立場からしてみれば、これ程までにおいしい状況もそうはないだろう。

「第三天啓展開《レガリア》、〈鏡像世界の妖精国家《トゥアハ・デ・ダナン》〉」

――だから当然、三回目も同じ様な状況に陥った。

彼我の距離は八十五メートル。右方からは火噴きの機関銃の掃射が咲き乱れ、左方からは緑光放つ殺人妖精国家の行軍が差し迫る。

「(領域に入った瞬間だけ《時間加速》を解いて切り抜けるか？　いや、んなことしたら機関銃に追いつかれて終わる)」

そもそも、妖精達にひっつかれた時点で終わりなのだ。だから今が俺が最も深く考えなければならない事柄は「触れた後の事後処理手段」ではなく「触れずに出し抜く回避方法」、しかしそんな方法が果たしてあるのか？　妖精の軍隊は俺を取り囲むような陣形を組み始め、大火の火銃は絶え間なく殺意の弾丸を吐き続ける。

前門の機関銃、後門の妖精国家。

逃げ場などない。二つの死は、一秒先の現実だ。赤と緑。蘇《よみがえ》る痛みの記憶が俺の思考を汚染する。死にたくない。痛いのは嫌だ。来る。また来る。死に至る痛みが、苦しみが、おぞましき殺戮が、

「(逃げなければ、逃げなければ、逃げなければ)」

ヤッテくる。

「――――く、【四次元防御】」

やむなく展開した【四次元防御】が悪手であるという事に気がついたのは、術式の展開を終えた後の事だった。

【四次元防御】、自身の時間を停《と》める事であらゆる三次元的干渉を無効化する絶対防御スキル。しかしその反面、俺は何もできなくなってしまう為、この術式を有効に活用する為には他の仲間の力を借りなければならない。そんなパーティープレイ専用の絶対防御スキルをこの状況《タイマン》で使っちまった。

妖精が来る。機関銃の掃射は止まらない。

「(動け。動け。動け。動け。動けっ！)」

動かない。指先一本ですら無反応。何もできず、ただその場に立ち尽くしたまま、徒に霊力だけが減っていく。

俺は負けた。目先の恐怖に負けて、あったかもしれない未来の可能性を自分の手で握りつぶしてしまったのだ。

「(動け。動け。動いて黒騎士の顔をぶん殴れっ！)」

動かない。【四次元防御】にそんな効能はない。だけど願うしかなかった。ありもしない理想のイメージを描きながら、妖精達に覆い尽くされていく自分の身体を眺め続け、

「(動けよォっ！)」

そして時間切れと共に俺の意識は呆気《あっけ》なく飛んだ。

◆仮想空間・ステージ・市街地《シティ》（七回目）

プレーンステージでやり合っても勝ち目がないと悟った俺は、遮蔽物の多い市街地を新たなフィールドに選んだ。

灰色の空に覆われた無数のビル群。舗装された道路、並ぶ乗用車。線路があり、高架があり、街路樹が聳《そび》え、電波塔が見える。

遮蔽物の多いフィールドは、平地のような速攻戦術が取り辛《づら》くなる一方で索敵や待ち伏せといった駆け引きの要素を強められるというメリットがある。

ビルに身を隠し、チョロチョロと動き回りながら敵を見つけて背後から刺す。このか細い勝ち筋をより高める為に、今回から初期配置設定を『ランダムエンカウント』に直させてもらった。

「(これでもう黒騎士の思い通りにはさせない)」

無論、こちら側が不利になる時もあるだろう。しかし先の六回戦のようなどうやっても勝てない状況と比べれば、今の状況は幾分マシである。

その証拠にゲーム開始から約二分、俺はまだ血の一滴も流さず生きている。大火の殺意も緑光の妖精国家もここにはいない。

「(でもどうする？　どうやって黒騎士の背後を取ればいいんだ？)」

恐らく……というか十中八九、索敵範囲は黒騎士の方が広い。オールラウンダー型の見本のような男なのだ。全ての能力が超一級、くぐり抜けてきた修羅場の総数は数知れず、加えてマジクソ厄介な事に……

「(黒騎士は俺を侮らない)」

一戦目の敗北を思い出す。腕を組み、あっさりと俺を危険水域《レッドゾーン》まで通した黒騎士。最初は舐めてんのかと思ったさ。だけど違った。舐めてるどころか全力だったんだ。

速度、挙動、何よりも〈獄門縛鎖《デスモテリオン》〉の有効射程距離。それらを全て計測し、洞察した上でカウンターを成功させた。

「(ただ強いってだけじゃないなアレは)」

調べている。俺の武器、術式、得意とする戦術や勝ち筋に至るまで。

彼の頭の中には既に清水凶一郎《しみずきょういちろう》の攻略データが確立されているのだろう。

「(だから『不可視不認識』の特性を持つ〈獄門縛鎖《デスモテリオン》〉の有効射程範囲を引き出すなんて真似ができたんだ)」

目線。息遣い。あるいは心拍数や殺気といった目に見えないもの。たとえ〈獄門縛鎖《デスモテリオン》〉の発生が視えなくても、黒騎士ならばそれらの情報を頼りに読めたはずだ。

「(戦力差は圧倒的。おまけにこちらの手札《カード》は入念に研究されていて、対策手段まで出来上がっている……?)」

脈拍が荒い。考えれば考える程、彼に勝利する未来が信じられなくなっていく。

「(とりあえずどうにかして黒騎士に近づかなければ)」

発着地点に選ばれたオフィスビルの内側から外の景色を見回していく。

色とりどりの乗用車。舗装された道。築き上げられたビルの山々と、街の端々に設けられた地下へと続く階段だ。随分と賑やかな街並みだ。人の往来はないが、電気は通っているらしく先程から信号機が赤と青の往復をちかりちかりと繰り返している。

「（まずは外に出て、それから地下に潜って様子をみるか）」

待ち構えての暗殺は、こちらの不利にしかならない。索敵範囲も攻撃範囲も全部黒騎士の方が上なのだ。籠城するだけ無駄……とまではいかないが、あまりウカウカしていると最悪空から――

「あ」

風が吹いた。冷たい霊力を伴った凍える風だ。窓が割れ、吹雪が舞い、俺のいたオフィスビルの一室が瞬く間の内に凍りつく。

間一髪のところで【四次元防御】の術式を発動するものの、時既に遅し。動けない俺。凍結された室内。割れた窓の向こう側、五十メートル以上は離れた上空から、

「（〈歪み泣く、夜の教誨者《コシュタ・バワー》〉っ！）」

それは馬車だった。大きな匣《はこ》と、四つの車輪。そしてそれを前で支える六頭の氷馬《ひょうば》達。

それらには貌《かお》と呼べるものがなかった。在るのは氷でできた首の付け根だけで、吐息の代わりに冷気を吐く。

氷で造られた空翔ける首なし馬車。移動と対空、そして時に殲滅砲撃の手段としても使われる召

喚型の第四天啓《レガリア》。

彼は立っていた。空を跨《また》ぐ首なし馬車の車体の上で、淡々と反火治の光線機関銃を携えて。

吹《ふ》き荒《すさ》ぶ雹嵐《ひょう》。爆ぜる熱光。

身動きの取れない俺に差し向けられた殺意の波濤《はとう》は止《や》む事がなかった。

仮に、百万が一の幸運に恵まれ【四次元防御】から《時間加速》の切り替えが上手くいったとしてもその先に繋げる事ができない。

一瞬でオフィス内を凍土に変えるレベルの吹雪が舞う戦場で《時間加速》なんてかけてみろ。たちまち俺は氷人形になって、死ぬ。

「(いやだ、死にたくない。しにたくない)」

状況は詰んでいた。この勝負は、俺の負けだ。ウダウダやってないで、次に切り替えるのが賢い選択って奴なのだろう。

「(動け、動けよ俺の身体。頼むから動いてくれ)」

だけど俺は、ゲームを投げ出す事なんかできなかった。次のラウンドに行く為にはこのラウンドを終えなければならない。このラウンドを早く終える為には死ななければならない。死ぬという事は、受け入れるという事だ。凍える吹雪を、焼き尽くす熱光を。

「(いやだ、いやだ。もう痛いのはいやだ)」

願う。希《ねが》う。今すぐ痛みのない世界《せってい》に変わってくれと切に冀《ねが》う。

だが変わらない。願いは届かず、霊力はすり減り、やがて【四次元防御】の時間が終わる。

「たすけ――――」

俺は死んだ。凍ったのか、焼かれたのかそれすらも分からない程の痛みを感じながら、七回目の終わりを迎えたのだ。

◆仮想空間・ステージ・荒野（三十六回目）

死ぬ。死ぬ。愚かに無様に醜い断末魔を上げながら黒騎士に殺され続ける。

火に焼かれ、妖精に喰われ、首なし馬車の吹雪に凍《い》てつき、死に、死に、死に続ける。

「投了は？」

「しねぇよっ！」

返事を済ませた次の瞬間、俺の身体は八方に爆ぜて死んだ。今のところ、機関銃に殺されるパターンが一番多い。

不毛の大地に俺だったものの残骸が転がり落ちる。

◆仮想空間・ステージ・廃工場（百八十八回目）

「分析結果を話そう」

この辺りから、黒騎士の口数が少しだけ多くなった気がする。

「清水凶一郎《しみずきょういちろう》、お前の強みは四つある」

暗く淀《よど》んだ空気の漂う廃工場。ベルトコンベアが並び、何かを計測する機械が置かれ、黄色の工場車が埃《ほこり》を被っているそんな無人工場の中心で彼は俺にこう言った。

「第一に指揮能力。第二に【四次元防御】を用いた大技の打ち消し。第三に〈獄門縛鎖《デスモテリオン》〉並びに『レーヴァテイン』を用いた高度な奇襲性。そして第四に彼の死神との戦いで見せたとされる一撃必殺《きりふだ》の術式《そんざい》」

「随分と俺の事を買ってくれているようで」

「無論だ」

あっさりと彼は認めてくれた。既に手脚を失い、這いつくばる事もできない俺を、〈獄門縛鎖《デスモテリオン》〉の射程範囲外から認めてくれた。

「お前は優秀な冒険者だよ。伸び代もある。私と組まずとも、いずれは『常闇』を制する器になるだろうさ」

「いずれじゃダメなんだ。今やらないと、後が閊《つか》える」

姉さんの呪いを治すだけならば、まだ幾許《いくばく》かの猶予がある。だけど俺の死亡フラグに関わるラスボスの発生を阻止する為には、今の内にやっておかなければならない事が沢山あって、そういった諸々の事象を加味した上で考えると、八月中に『常闇』を攻略しないと無理なんだよ。

「そうか」

抑揚を欠いた声だった。

「ならば今すぐにでも投了を選び、他をあたれ」

引き金が、弾かれる。

「お前は私に勝てない」

同感だ。俺もアンタに勝てるビジョンが浮かばない。

◆仮想空間・ステージ・プレーン（八百七十七回目）

「小僧。お前の真価は仲間と共にあってこそ輝くものだ」

負ける。負ける。負けて負けて負け続ける。初心に返ろうとノーマルステージを選んでは負けてという展開をもう何十回と繰り返してきた。

右側から熱光。左側から妖精国家。この挟み内に何度辛酸を飲み、のたうち回った事だろうか。

「だがそれは、裏を返せば単騎での戦闘に不足があるという事」

まずレーヴァテインを握った左腕を落とされた。次にエッケザックスを持つ右腕。武器を失った俺は攻撃手段を失い、為《な》す術《すべ》なく崩れ落ちる。

黒騎士の批評は正しい。

動けなくなる【四次元防御】は仲間を守ってこそのものだし、一撃必殺の威力を誇る【始原の終末《エンドオブゼロ》】は溜めの期間中、霊力の捻出ができなくなってしまう。

何よりも再三言っている通り俺自身に遠距離攻撃手段がないのだ。目の前で殺意の塊みたいな銃を構える黒鋼の傭兵とはまるで真逆。

俺は、

「お前は私に挑むべきではなかった」

なんでこうなっちまったんだろうなぁ。

◆仮想空間・ステージ・空母（二千五百九十八回目）

やれる事は全て試した。用意された百種類のステージを全て回った。持てる限りの知恵を振るい術式を練った。

だがダメだった。まるで通じなかった。二千五百回以上の敗北《死》を経験した上でなお、一太刀すらも入らない。

《時間加速》は、早撃ちとメタ対策によって完封された。

《遅延術式》は、そもそも攻撃が通らない為意味を為さない。

【始原の終末《エンドオブゼロ》】は、術式完成までのチャージ時間が長すぎて使い物にならない。

【四次元防御】は、その場しのぎの悪あがき以上の効用がない。

『レーヴァテイン』は、届かない。

『エッケザックス』も達しない。

〈獄門縛鎖《デスモテリオン》〉は、有効範囲を完全に読まれている。

何もかもがダメだった。これまでの異世界生活の中で培ってきた俺の全てを否定されているような気がしてやりきれない気分になる。

「……まだだ」

だけど、しかし、それでも、

「まだやれるっ！」

それでも俺は諦めない。磯《いそ》臭い空気を取り込み、時の流れを加速させて、甲板を死に物狂いで駆け抜ける。

「（諦めない。諦めるわけにはいかないんだ）」

大切なものがある。失いたくない場所がある。守りたい未来がある。

あぁ、だからこそ、

「――――何を？　どうやって？」

ここは正真正銘の地獄《ゲヘナ》なのだ。

照りつける灼熱《しゃくねつ》の陽の下、大型航空母の飛行甲板《フライトデッキ》の上に鳴り響く無慈悲な銃声。

「『レーヴァテイン』による斬撃か？　ならばそれを実現する為に何を用いる？」

黒騎士の暴威は衰えない。どれだけ勝負を重ねても、彼の高いパフォーマンスは劣することなく続いている。

「あぁ、分かっている。分かっているとも。《時間加速》で接近し、〈獄門縛鎖《デスモテリオン》〉で捕縛だろう？」

〈大火ヲ焦ガセ、我ハ裁ク加害者也《ヴェスペル・ティリオ》〉が火を噴き、〈鏡像世界の妖精国家《トゥアハ・デ・ダナン》〉が周囲を囲って、

〈歪み泣く、夜の教誨者《コシュタ・バワー》〉が吹雪を吐く。

「確かに強力な勝ち筋だ。現にお前はこのやり方でジェームズ・シラードを下している」

俺は諦めない。諦める事が絶対にできない。だから続く。いつまでも続く。地獄の本質とは、終わらない事だ。

何度死んでもその度に身体が蘇り、終わる事のない責苦に苛《さいな》まれる。

「しかし狙いが分かれば、対処は容易」

地獄が、地獄が繰り返される。

黒騎士は俺を侮らない。驕らず、嘲る事なく、俺を認めたその上で、

「その白刃《やいば》は、私の元まで届かんよ」

冷酷に対処してくるのだ。

勝てない。勝てない。勝負の土俵にすら立たせてもらえない。

「うぉおおっ！」

「無駄だ」

苦し紛れの突撃は、当然のように阻まれて終わる。凍りつく肢体。吹き飛ばされる半身。引き延ばされた時間の中で、敗北だけが刻まれていく。

「俺は、俺は……っ！」

募る願い。折れぬ想い。奇跡よ起これと身勝手に願い続けたその果てに、

◆完全予約制オーベルジュ・キルシュブリューテ・黒騎士の工房

――――奇跡は、起こらなかった。

当たり前のように負け続け、二十四時を迎えた時点でゲームは終わった。

「その意志の強さだけは認めよう。だが、」

一日目。試合総数七千七百四十四回。

「格付けは完了した。清水凶一郎《しみずきょういちろう》、お前は私に能《あた》わない」

通算成績ゼロ勝七千七百四十四敗。

完膚なきまでの敗北が、俺の胸を貫いた。

■第十二話　暗雲

◆完全予約制オーベルジュ・キルシュブリューテ・レストランエリア

朝九時、マーサさんから連絡を頂き目を覚ます。

重苦しい身体を無理やり起こし、申し訳程度に身なりを整えてから部屋を退出。エレベーターを伝いながら一階のダイニングまで移動し、遅い朝食をとった。

クルトンの乗ったシーザー風サラダに、きのこクリームの洋風豆腐ステーキ、スープはジャガイモのビシスソワーズで、パンはやわらかめに焼き上げたクロワッサンを二切れ。

肉類は皆無。色合いも赤色が含まれないものでまとめた。当然、デザートのヨーグルトにもベリーの類は含まれていない。兎に角〝血の色〟を連想するものを口に入れたくなかった。

「ちょっと大丈夫!?　すっごいクマだよっ」

「あぁ、うん。大丈夫大丈夫。全然問題ナッシング」

頼りないサムズアップを決めながら、隣の恒星系に大丈夫だよとアピールする。

ダイニングにアル達の姿はない。遥《はるか》曰く今日はみんなで仲良く川下り《ラフティング》なのだそうだ。

「(みんな満喫してんなー)」

思わず顔が綻んでしまう。姉さん達にはあらかじめ俺の事を気にせず遊ぶようにと頼んである。折角の夏休み、折角の貸し切りリゾート。輝かしい青春の一ページを俺の陰気臭い疲れ顔で汚したくはなかった。ギャルゲーの水着イベントは、平和で楽しくなければならないのだ。

「お前も俺の事なんか気にせず楽しんでくりゃいいのに」

「なんかってなにさ。それにあたし、今すっごく楽しいですよー」

確かに楽しそうな献立だった。皿の上に積まれた山盛りのパンケーキとジャンボサイズのかき氷。

……マーサさんの話では、二時間ほど前に姉さん達とビュッフェ形式の朝食を堪能していたとのことなのだが、とてもそうは見えなかった。

流石は桜花大食い三強《ビッグスリー》の一角。蒼い流星の異名は伊達ではないということか。

◆

「ねぇ、凶さん」

「ん？」

「その、さ。ちょっと変な事聞くみたいで申し訳ないんだけど」

デザートのヨーグルトを食べ終わり、給仕係の方に空いたお皿を下げてもらった直後の事である。

明るい性格をした彼女にしては珍しくとてもおずおずとした口調だった。

こんな事は前にもあった。六月の事だ。『常闇』ダンジョンの前で青臭い話をした。その時の彼女も今と同じように少しだけ気まずそうな顔をしていたのだ。

「黒騎士さんと一日中会議をしてるって話、アレ本当？」

「嘘ついてどうすんのさ」

自分でも引くくらいすんなりと言葉が出た。顔は笑っているのに、心臓の熱が急速に冷え込んでいく。

「だって凶さん、すっごく辛そうだよ。一週間会議するっていうのも、よくよく考えたらちょっと変な気もするし」

「疲れてるってのは事実だけど、マジで話し合ってるだけだよ。現にほら、どこも傷ついちゃいないだろ」

「……あたしは『本当に会議してるの』って聞いただけだよ？」

失言だった。『どこも傷ついていない』事と『会議をしている事実』の間に一体どんな結びつきがあるというのか。これではみすみす「自分、そういう発想が出ることやってまーす」と自白しているようなものである。

「(これは、ちょっとまずいかもしれない)」

真実を知れば、遥《はるか》は必ず俺に協力すると言いだすだろう。そんな事になれば折角のバカンスが台無しになる。

これは俺と黒騎士の戦いなのだ。一対一の真剣勝負に、大切な仲間を巻き込むわけにはいかない。

「ねぇ、凶さん。その会議、あたしもさ――」

「え？　アレって……」

それは奇跡か、必然か。俺が言葉を窮しかけたまさにそのタイミングで、〝彼女〟の姿を見かけたのだ。

窓の外、川の上流部に一瞬だけ映った知人と思しき人影。そしてそれが身間違いではないと告げる着信音がポケットのスマホから流れ出す。

「ごめん遥《はるか》。俺ちょっと、外出てくる」

俺はその人物の姿を追いかけるべく、ダイニングを飛び出した。

「待ってよ、あたしも一緒に」

「……今はさ」

嘘。別に本当は、〝彼女〟を追いかける必要なんてない。ただこの場を切り抜ける言い訳が欲しかったのだ。

「今だけは、少し放っておいてくれると嬉しいかもしれない」

巻き込みたくなかっただけなんだ。何も気にせず楽しんで欲しかっただけなのだ。

「…………」

そんな顔を、させたかったわけじゃなかったのに。

「ごめん。本当にごめん」

遥《はるか》は追いかけてこなかった。

◆ダンジョン都市桜花・桜川上流

桜峰湖《さくらみね》に繋がるその川の名を、古来の人は桜川と呼んだ。桜の樹に囲われているから桜川。何とも安直なネーミングである。

この川の中流付近を現在ラフボートで漕《こ》ぎ泳ぐ集団がいる。言うまでもなく文香《ふみか》姉さん達だ。清水家《しみず》の女性陣とガイド役の女性インストラクターさんの四人で「えっほえっほ」と穏やかな水流を下る様は見ていて大変微笑ましいものがある。

そしてそんな川下りガールズを身守る影がここに一つ。

「お呼び立てしてしまい申し訳ございません、ご主人様」

それはメイドの姿をしていた。正しくは水着メイドだ。白黒のビキニをベースとしながらも、いたるところにフリルがついており、当然のようにカチューシャとミニエプロンも完備である。清楚《せいそ》さと露出の多さという相反する属性を兼ね備えた水着メイド。一見安直なようでいて、実は両立させるのが非常に難しいこの装いを、彼女は抜群のプロポーションを使って成立させていた。

「なにやってるんですか、エリザさん」

エリザ・ウィスパーダ。五大クランが一角〝燃える氷剣《Rosso&Blu》〟の序列六位に君臨する隻眼メイド。そしてウチのチビちゃんの育ての親でもある。

木陰に隠れた水着姿の隻眼メイドが、川でラフティングを楽しむ少女達を監視している。

どう見ても事案だった。お巡りさんに通報した方がいいのかもしれない。

「それは誤解にございます、ご主人様」

水着メイドは涼しげな顔で弁じた。

「川下り《ラフティング》は水難事故の危険性を伴う遊行にございます。運動事が不得意なあの子が万が一にでも川に落ちるような事があればどうなりましょうか。一保護者として、私《わたくし》はあの子を見守る義務がございます」

「成る程、そいつは一大事っすね」

俺は、エリザさんの胸元にぶら下がる一眼レフカメラを指しながら言った。

「じゃあ、そのカメラはなんっすか？」

「これは私が後で楽しむ為のもの……」

「ははは。警察呼びますねー」

「……等と言うことでは無論なく、あの子の思い出を形に残しておく為の道具にございます」

「…………」

――やいのやいの。

――遠方から聞こえてくるとても楽しげな声。

やれ「水が入った」だとか、かれ「こぐのムズい」だとか。本当に他愛のない言葉のキャッチボールを投げ合う三人娘達。

「あの子の記憶は長らく黒雷の獣の手によって奪われておりました」

ユピテルは川を漕いでいる。汗をかきながら、ツインテールをぶんぶんと振り回し、手に持ったパドルを一生懸命漕いでいて、

「あの悪霊の影響により、ユピテルにさせてあげる事のできなかった〝幸せ〟が山ほどあります」

ユピテルにとって、そして育ての親であるエリザさんからしてみても、今の彼女を取り巻く環境はきっと夢のような幸福《もの》なのだろう。

「ならばこそ、我々は今の幸せなあの子を、記録しておくべきなのですわ」

「……ずるいっすよ。エリザさん」

本当にズルい。だってそれを持ち出されたら、コッチは何も言えなくなるじゃないか。

「まぁ、アレです。エリザさんがそんな風にコソコソしなくても良くなる日が来るように俺も微力ながら協力するんで、あんま暴走しないでくださいね」

紫陽花《あじさい》の髪留めを差した水着メイドさんが柔かな笑みを浮かべながら言った。

「凶一郎《きょういちろう》様は、お優しゅうございますね」

「優しくなんて、ないですよ」

優しい奴は遥《はるか》にあんな顔をさせたりはしない。思い返せば思い返す程に、後悔の感情が募っていく。

「最近色々と失敗続きなんです」

気がつけば溜息が漏れていた。

「勝ちたい相手に勝てなかったり、笑っていて欲しい子を悲しませたり」

黒騎士と戦ってみて思い知った事が一つある。俺はちっとも強くなんてなかった。強い仲間に恵まれていただけだったんだ。

武才はない。術式を飛ばす才能もない。なにもかもが足らなさ過ぎて嫌になってくるぜ全くよぉ。

「ここに来たのだって、元を辿れば俺の不用意な発言が原因でして」

「……その件につきまして、少し凶一郎《きょういちろう》様にお話があるのです」

「へ？」

頭の上に大きめの疑問符が浮かび上がる。何故エリザさんがこの一件に……？

「こちらの『札』をご覧くださいまし」

そう言ってエリザさんが胸元から取り出したのは、長方形の形をした藍色の札だった。大きさはこの国で使われている紙幣よりも僅かに長大《デカい》。札の中には、月明かりに照らされた夜の砂漠に横たわる一匹の黒馬が描かれていて、痩せ衰えたその姿には少し不気味なものを感じる。

「コレは？」

「突然変異体産《イリーガル》の天啓《レガリア》にございます。銘は〈感染する夢馬の残影《ナイトメア・トラウマニア》〉、三週間ほど前にダンジョン『残夢』にて獲得致しました」

〈感染する夢馬の残影《ナイトメア・トラウマニア》〉、聞いた事のある名前の天啓《レガリア》だ。ゲームだとダンジョン『残夢』のシークレットクエストを進めた先で戦う事になる『トラウマニア』というボスを倒した時に得られる天啓《レガリア》報酬の一つで、その効能は『霊力の隠蔽《ステルス》』と『悪夢の投影《メンタルダメージ》』。加えてこの天啓《レガリア》には無印の中では珍しい能力分譲型《アビリティレント》特性まで持ち合わせていて……

「（……あれ？）」

ダンジョン『残夢』、そして三週間前。どちらも身に覚えのあるフレーズだ。いや、それどころか。

「『残夢』の突然変異体《イリーガル》って確か少し前にエリザさんが追っていた奴の事ですよね」

「その節は大変、お世話になりました」

俺は、コレに一枚嚙んでいる……。

真木柱《まきばしら》との決闘の件が片付いてから数日が経った日の午後の事、遥《はるか》と二人で映画を見に行った帰りに突然エリザさんから電話がかかって来て、それで少し話をしたんだ。

「今こうして私があの子の元気な姿を見守る事ができるのも、凶一郎《きょういちろう》様の素晴らしい助言があったが故のものにございます。このエリザ・ウィスパーダ、賜ったご恩に報いるべく、生涯をかけて仕えさせて頂きますわ、ご主人様」

「いや、アンタはシラードさんところのメイドでしょうが」

「メイドは誰のものでもございません。一流のメイドほど、仕えるべき主を己の眼で見定めるものですわ」

ずいっ、と距離を詰めて来る銀髪メイドさん。面持ちは相変わらずクールなのに、言っている事があまりにも物騒過《トンデモ》ぎて、脳の情報処理が追いつかない。後、すごく大きいものが左腕に当たっている。柔らかくてすげぇ弾力の準超神級《ふみかクラス》と思しき大きさの逸品が。

「それで」

俺はクールに尋ねた。

「『残夢』の件が、今の状況とどう繋がるっていうんですか、おっぱ……エリザさん」

「よろしければ揉まれます？」

「揉みませんっ！」

ダメだ、この人。色んな意味で強過ぎる。この俺ですら、一日以上は持たないだろう。

「それで」

俺は今一度クールに尋ねた。

「『残夢』の件が、今の状況とどう繋がるっていうんですか、エリザさん」

「…………実は、」

◆完全予約制オーベルジュ・キルシュブリューテ・黒騎士の工房

要するに俺達の間には、出会う前から因縁があったらしい。

ダンジョン『残夢』に巣食う突然変異体《イリーガル》『トラウマニア』、領域内に取り込んだ獲物の心を実体化した悪夢を用いて啜《すす》り喰らうこのおぞましいの討伐をクランマスターより任されたエリザさんは、二人の協力者の力を借りて事件を解決へと導いた。

故あってクランメンバーの協力を得るわけにはいかなかったエリザさんを、クラン外の立場から援護した二人の人物。

その一人が俺であり、もう一人が彼だったのだ。

『黒騎士様は、ご主人様の類稀なる洞察力に興味を持たれておりました』

『残夢』の突然変異体《イリーガル》について、俺はエリザさんにある仮説を伝えた。

それは、ゲーム知識を活用した敵の詳細特性《プロパティ》であったり、注意点だったり、対策手段であったりと、兎に角持ち得る限りの知識を使ってエリザさんにアドバイスを送ったんだ。

ユピテルの育ての親であり、今では俺の愛すべき知人の一人でもある彼女を放っておく事などできるわけがない。

俺は名を隠す事を条件に、『トラウマニア』にまつわる推理《ネタバレ》を彼女に授け、そしてエリザさんは無事に『残夢』の夢魔を打ち倒した。

怪異は取り除かれ、隻眼の従者は『黒雷の少女の潔白』を証明し、これにてめでたしめでたし――、

〝エリザ、何を隠している。君が得た情報は、僅か一日で得たものではない。鋭すぎるんだよ、あまりにも〟

――とは、ならなかったらしい。

エリザさんのもう一人の協力者であり、そして実際に『残夢』の夢魔と相対した黒騎士は、その鮮やか過ぎる解決劇に疑念を抱き、

〝情報提供者がいるな。それも君達ですら読み切れなかった突然変異体《イリーガル》の詳細《プロパティ》を、言い当てた恐るべき知者だ〟

そしてその人物を探るに至ったのだという。

『ですから、もしも現在ご主人様が黒騎士様と対立関係《よろしくない》になられているのだとしたら、それは私のせいなのでございます』

エリザさんはそんな風に仰ってくれたが、きっと違う。

確かに黒騎士はキルシュブリューテでの会談の前に俺の事を知っていた。そしてその原因は、三週間前の『残夢』事件に連なるものであり、彼の中には謎の情報提供者、つまりは俺への不信感が芽生えていたのかもしれない。

そしてその不信感があの場で最悪の形で結びつき、爆発し、こじれた――――とまぁ、こんな風に与えられた事実だけを列挙すると、エリザさんにも責任があるように読めるかもしれないが、それは全くの筋違いである。

だって彼女は黒騎士に俺の事をベラベラと喋ったりはしてなかっただろうし、そもそも俺がお節介を焼いてしゃしゃり出たりしなければ、きっとこうはならなかった。

ならば俺が『残夢』の突然変異体《イリーガル》の情報を喋らなければよかったのか？　――――否、否、断じて否である。

我が身可愛さに「回避できるリスク」を大切な隣人に伝えない事の一体どこに正当性があるというのだ。

少なくとも俺はエリザさんに「教えた事」を一切後悔していない。もしも仮に時間が巻き戻りやり直せるチャンスがあったとしても、迷わず彼女に教えるだろう。

だから結局、この勝負《いざこざ》は起きるべくして起こったのだ。

「その顔を見るに、まだ折れたわけではなさそうだな」

工房の主の問いかけに頷きをもって返す。

「今日は昨日の倍の時間設定《スピード》でやる」

「賢明な判断とは思えんな」

「はっ」

鼻で笑ってやった。馬鹿を言うな。何を今更というやつだ。

「ここでアンタとドンパチやり合ってる時点で、既に賢さの欠片もないだろうがよ」

黒騎士は答えない。代わりに頭部の機械眼《センサーアイ》が桜色に輝いた。

「(桜色は、なんだっけ)」

黒騎士の機械眼は、彼の感情を表しているとされている。黒は憎悪、蒼系統は深みを増すごとに心が冷たくなっている証《あかし》、……では、桜色は?

「(あんな色、ゲームの時にあったっけ?)」

あれやこれやと思索を巡らせている内に、いつの間にか彼の機械眼は、平常時《ひょうじょう》の紅色に戻っていた。

「結果は変わらんぞ」

「決めつけは老害の始まりだぜ、おじいちゃん」

運命は変えられると、自分に言い聞かせながら『コクーン』の扉を開ける。

分かっている。見え透いた強がりだ。心の中の俺は今もブルブル震えていて、痛いのはいやだと泣き叫んでいる。

「今日こそ絶対アンタに勝ってやる」

「そうか。そうなると良いな」

黒鋼の騎士は、まるで他人事のようにそう言った。

■第十三話　真夏の夜のノクターン

負ける。負ける。負け続ける。

死ぬ。死ぬ。死に続ける。

痛みに慣れる事なんてない。惨めさが消える事なんてない。

気位が、自尊心が、なけなしの自己肯定感までもが、負ける度に擦り減っていく。

何をしても負ける。どうやったって傷つく。自分が劣っていると、何もできない存在だと、惨めさが、羞恥心が、屈辱的な感情が、ミントの葉のようにぼこぼこと湧いてくるのだ。

人生は勝ち負けじゃないって？　あぁ、そうだな。ある程度まではそうかもな。だけど一度も勝つ事ができないまま千回も万回も負け続けたら、人は簡単に腐るし折れるんだよ。

ここは地獄《ゲヘナ》だ。本物の地獄だ。

負ける。負ける。負け続ける。

死ぬ。死ぬ。死に続ける。

俺はゴミだ。サンクコストバイアスに支配されて、諦める勇気すら持てない本物のゴミだ。

誰か、誰でも良いから。どうにかしてこの無駄な輪廻《ループ》を終わらせてくれ。俺にはもう、どうする事もできないんだ。

◆

二日目も惨敗だった。一万五千回くらい戦って、全部敗北。一日目と合わせて二万敗オーバー。

ほんと、逆の意味ですげぇよ俺は。一人の相手に二万回も負ける経験なんて、普通の人間じゃあ味わえない。

おまけにここまでたったの二日だ。七日ある期限の内の二日目で、既に二万敗。

情けない。だらしがない。どうして俺はこうなんだ？

おまけにさ――

「おはよう、遥《はるか》」

「おはよう」

「その、なんというか。昨日は本当にごめん」

「ううん。大丈夫だよ。あたしの方こそごめんね」

朝の食堂で交わした会話は、たったこれだけだ。別に喧嘩したわけじゃないし、顔を合わせれば挨拶くらいはする。

だけど明らかにぎこちない。会話は弾まず、隣り合って食事を摂《と》る事もなく、何もかもが色あせてみえて、あぁ。クソ。どうしてこんな事に――

◆仮想空間・ステージ・学校《スクール》（四万千九百五十一回目）

「（全部、こいつのせいだ）」

千載一遇のチャンスは、三日目の終盤にやって来た。

ステージ学校《スクール》。L字型に並んだ二棟の校舎と体育館、そして水泳用の二十五メートルプールとだだっ広い校庭の計五エリアからなるこのステージの最大の特徴は、初期出現地点《スポーン》が必ずどこかの教室になるという点にある。

そして、この初期位置、場合によっては重なるのだ。

奥行き七メートル、正面の幅九メートル。四方はコンクリートの壁とガラス窓で囲われていて、三十二名分の椅子と机が並ぶそんな何の変哲もない教室。

そこに、二人のプレイヤーが転送された。同じ教室、同じ初期位置。ここならば、

「やれ、〈獄門縛鎖《デスモテリオン》〉っ！」

ここならば、〈獄門縛鎖《デスモテリオン》〉が黒騎士に届く。

前方。上方。下方。斜め上。四方向から現出する死神の鎖が、仮想空間上の教室に現れたばかりの黒騎士めがけて躍動する。

「（ずっとこの瞬間だけを狙っていた。屋内で近づくという工程《プロセス》を省ける絶好の初期位置）」

全てのステージの特性を念入りに調べ、学校ステージの「教室固定」というルールを見出《みいだ》し、そ

れからは毎回毎回初手〈獄門縛鎖《デスモテリオン》〉のから撃ちを繰り返したよ。

「（全ては初期位置が重なった好機《チャンス》を活《い》かす為。ただ出現《スポーン》するアンタと、出現と同時に天啓《レガリア》を発動する俺と間には、明確な意識の差が存在する）」

この時をどれだけ待ち望んでいた事だろうか。

死、恐怖、苦悶、恥辱、無力感、絶望、否定、敗北、あらゆる地獄、あらゆる痛みに耐えて耐えて耐え続けたその果てに、ついに俺は奇跡の目を引き当てたのだ。

「（おかげ様ですっかり天啓《レガリア》の出し入れがうまくなったぜ、黒騎士さんよぉっ！）」

黒騎士が動く。右、左、三歩下がってから、捻りの入った左跳躍。

「（流石の回避力。開幕初見殺しすらも捌き切るか、――――だがっ）」

俺は〈獄門縛鎖《デスモテリオン》〉の召喚をキャンセルする。黒孔は閉じ、四方からの鎖は消え、後には宙を舞う黒騎士だけが取り残された。

「（アンタが回避行動に専念している間に、既に《時間加速》は、出力済みだ）」

六十倍に加速した時の流れ。無手のまま天を飛ぶ騎士。天井までの高さは約三メートル。巨体の彼が小回りの利いたアクションを行えるような高さはない。

「やれ、〈獄門縛鎖《デスモテリオン》〉っ！」

放たれる、渾身の〈獄門縛鎖《デスモテリオン》〉再召喚《リキャスト》。逃げ場のない宙空の黒騎士を目がけて四方向より襲来する死神の鎖達。

「（ルール、フィールドの特性、地理の把握。それら全てを死に物狂いで頭に叩《たた》き込んで完成させた二段式獄門縛鎖《デスモテリオン》)」

奇跡を起こした。小数点の彼方《かなた》の可能性を掴みとり虚を突くに至った。相手の動きを完璧に読み切り、動きを制する事にも成功した。

だから、もう――

「第二天啓《レガリア》展開」

「――――は?」

刹那、暗闇に包まれた教室の上空に星が煌めいた。

それは、暗黒と星の輝きに満ちた世界の外側の光景。剣の中に宿りし〝法則断ち〟の銀河。

「(なぁ)」

〈天の大河が二人を別とうと《オーヴァーザ・ギャラクシー》〉、七つの天啓《レガリア》を操る黒騎士の伝家の宝刀《メインウエポン》がここに牙を剥く。

「(もういいだろ?)」

それは流星、それは天河。振り抜かれた神速の一閃《いっせん》が、瞬く間の内に死神の残穢《ざんわい》を切り裂いていく。

「(俺もう、十分頑張ったじゃんか)」

黒騎士の剣術は、剣聖級だ。まだレベルが低かった頃とは言え、主人公《アーサー》と蒼乃彼方《かなたん》を片手で片付けた経験すらある。

「(痛い思いしてさ、何万回も泣いてさ。そういうの全部乗り越えて、ようやく奇跡を起こしたんだよ)」

彼が再び地に触れたその時、四本の〈獄門縛鎖《デスモテリオン》〉はバラバラに千切れていた。もうこの戦いで死神の鎖は使えない。一度壊れた〈獄門縛鎖《デスモテリオン》〉を再使用する為には十三時間のクールタイムを待つ必要がある。

だから、

「なんなんだよぉっ、アンタはっ！」

だからもう、突撃するしかなかった。

左手に握りしめた因果切断《レーヴァテイン》の白刃を、銀河剣を携えし黒鋼の騎士に向けて突きさして、そして――

「くそ、くそくそくそくそくそぉおおおおおおおおおおおおおおおおおおおおおおおおおおおおおおおおおおおっ！」

そして銀河剣が首を刎ねる音と共に、俺の中の何かが折れた気がした。

◆完全予約制オーベルジュ・キルシュブリューテ・３０１号室

どうやって部屋まで帰ったのかは覚えていない。

気がついた時には部屋にいて、シーツの下にくるまっていたのだ。

負けた。それもただの敗北じゃない。策を積み、地獄に耐えて、その果てに摑《つか》み取《と》った奇跡を行使した上での完全敗北。

あの負けは、俺の中のもったいない精神《サンクコスト》すらも吹き飛ばす程の経験だった。

強烈で、痛烈な、全てを切り裂くような一撃。

今思い返してみれば、土台無理な話だったのだ。

伝説の黒騎士。主人公パーティーとたった一人で相対し、彼等を何度も窮地に追いやった最強のワンマンアーミー。

そんな化け物相手に俺のようなチュートリアルの中ボスが敵うはずなどなかったのだ。

流石の俺でも気がつくよ。無駄な時間を費やしていたんだって。

四万回も殺されて、渾身の策すら押し潰されて、それでようやく気づけたんだ。

もう無理だ。立ち上がる事すらできやしない。

今日俺は負けた。本当の意味で負けたんだ。今後どうするのかなんて考えたくもない。みんなにはなんて謝ろうか？　「ごめんなさい、俺が無能でした」とか？

――――みんなはどんな顔をするだろう？

アルは呆れるだろうか？　ユピテルはいつもの仏頂面だろう。優しい姉さんは俺を憐《あわ》れんでくれて、それで、

『遥《はるか》です』

それでアイツは、

『夜遅くにすいません。少しお話がしたいので、よかったらお部屋に入れて下さい』

彼女は、

『お返事待ってます』

蒼乃遥《あおのはるか》は。

◆

メッセージアプリの返信を終えてから約十分後に、部屋のドアを叩く音色が聞こえてきた。

夜十一時半、今日は黒騎士との勝負を早めに切り上げてしまったから、まだギリギリ日を跨いでいない。

ドアを開けると、そこにはノースリーブのリゾートワンピースに身を包んだ恒星系が立っていた。色は明るめの青色、背中の部分がV字型に開きながらも、決して下品ではなく寧《むし》ろエレガントな雰囲気を醸し出している。

「えへへー。ちょっとおめかししてみました」

「おう」

うまく言葉が出てこない。いつもなら正直に「似合ってる」って言えるのに、今日はそういう気持ちが喉を出ないのだ。

「あのさ」

「まぁまぁ。とりあえず軽く食べられるもの持ってきたからさ、おなか落ち着けて話はそれからにしようよ」

朗らかに微笑む彼女の両手には、キルシュブリューテのロゴマークが入った白色の紙袋が握られている。

◆

不思議な事に、あれだけの絶望的体験に苦艱《くかん》してなお俺の腹は減っていたらしい。タッパーに詰められたマーサさん手製の野菜料理の数々は、冷め切った心に温《ぬく》もりを与えてくれて——特に茄子《なす》の煮浸しと大根のステーキが最高だった——久方ぶりに自分が生きているんだという実感を得られた気がする。

「それでねー、ユピちゃんの頭に大量のホタルが止まってねー、もうクリスマスのイルミネーションかってくらい光ってたんだよ」

遥《はるか》はずっと他愛のない話を続けている。山登り、川下り、スイカ割りに流しそうめんにホタル見学。どうやらみんな、それなりに楽しく過ごしているらしい。

安心した。俺は失敗して、黒騎士を仲間にする事はついに叶わなかったけれど、彼女達をここに連れてきた意味はちゃんとあったのだ。

「ありがとな、遥《はるか》」

「なんだよー、改まってー」

ころころと笑う恒星系。気の利いたことなんて何も言えてないのに、積極的に絡んでくれて、隣で笑っていてくれる彼女の存在が、いつにも増してありがたかった。

◆

「昨日はごめん」

ベッドに腰を落ちつけながら、隣に座る彼女に向けて話をする。

「色々と余裕がなかったんだ。それであんな酷い事を」

「全然ひどくなんてないよ！」

声も、首を横に振る仕草も、驚くほどに力強い。

「凶さん、ずっと優しかったよ。あたしが嫌な事聞いても怖い顔全然しないで、声もすっごく優しかった」

「でも」

「でもじゃないもんっ。むしろあんなに疲れてた君をただ遊んでただけのあたしが追い詰めちゃった事の方がごめんだよ。ごめん、ごめんね。本当にごめんね」

膝と胸が同時に跳ねたかのような不思議な感覚に襲われる。

違う。違うのだ。お前が謝る事なんて何一つだってないのだ。

だって俺がそれを望んだのだから。

迷惑をかけたくないと、みんなには気にせず楽しんで欲しいのだと。

そんな風に願い、隠して、なのに結局自分一人で抱えきれなくなっちまった俺の事を心配してくれてたんだろう？

手を差し伸べようとしてしてくれてたんだろう？

なぁ、遥《はるか》。一体全体お前が謝る必要がどこにあるんだよ。俺にはそれがさっぱり分からないんだ。

「ねぇ、凶さん」

「うん」

「やっぱりもう一回だけ聞いていい？」

ごめんね、と声を震わせながら、しかし彼女はハッキリと俺に問《と》い質《ただ》した。

「凶さんは本当に黒騎士さんと会議してるの？」

内容は、昨日の朝に話した内容と一緒。

だけどあの時と違うのは、俺の心は既にどうしようもないくらい折れていて、彼女の優しさもちゃんと理解できているという点にある。

だから、

「あぁ。本当さ」

だから何故、この期に及んで嘘を貫き通そうとしているのかが、分からなかった。

「正直、滅茶苦茶難航してるし、己の未熟さを痛感するばかりだけど、なんとか頑張ってる。誓って言うが本当に危ない事なんてしてないよ。黒騎士とは話し合ってるだけだ。それ以上でもそれ以下でもなく、俺達は会議をしているだけだよ」

もう折れてるだろ？　楽になろうぜ。この嘘に一体なんの意味があるっていうんだ？　俺は負けた。黒騎士を仲間にできなかった。この話の結末はこれで全てだ。もう取り繕う必要なんてない。全部終わった事なんだ。なぁ、清水凶一郎《しみずきょういちろう》。楽になろう。楽になろうぜ。洗いざらい遥《はるか》に吐いて、残りの四日間はみんなで楽しく夏を満喫すればいいじゃないか。

「だからお前達は気にせず明日も遊んでてくれ。俺もうちょっとだけ頑張ってみるからさ」

本当にお前は、何を――

「そっか。悔しいけど、アルちゃんの言う通りだね」

溜息。そして次の瞬間、遥《はるか》の姿が視界から消え、

「ごめん、凶さん。少しだけ乱暴な事するよ」

そして俺は、ベッドに押し倒された。

「ちょっ、遥《はるか》!?　遥《はるか》さんっ!?」

足は押さえられ、振りほどこうとする両手も簡単に捌かれてしまう。天稟《てんぴん》の剣術使いは、寝技の方も超一流だった。

「凶さんがすっごく優しい人で、いつもあたし達の事を第一に考えてくれてるんだって事はわかってる。ありがとう。本当に感謝してます。でも、でもね――」

近づく視線。鼻の奥に広がるアロマトリートメントの香り。遥《はるか》は、遥《はるか》は、

「もういい加減、ちょっと強情が過ぎるかなぁって」

蒼乃遥《あおのはるか》はキレていた。静かに、淡々と、妹の蒼乃彼方《かなたん》もかくやという程のクールフェイスでキレ

ていた。

「君が大切に思ってくれてるのは嬉しいし、できることなら最後まで黙って見守っていたかった」

異論が挟める空気ではなかった。「待て」とか「話せばわかる」といったありふれた抗弁さえ出てこない。俺は今、猫に睨まれたネズミだった。「有無を言わさぬ状況」というのは、まさにこの瞬間の事を形容した言葉なのだろう。

「だけどね」

遥《はるか》は言った。氷のように冷たい声で。

「あたしはそんなに聞きわけの良い子じゃないし、我慢強くもないの。だから凶さんがこれ以上自分を不幸にするような嘘をつき通すっていうのなら、あたしにだって考えがあります」

「考えっていうのは……」

「実力行使です」

遥《はるか》の着用している青色のリゾートワンピースは、肩から下にかけてのラインが非常に開けている。どれくらい開けているかというと、普段彼女が着ているバトルコスチュームと比較しても遜色がない程に白肌が露《あら》わになっているのだ。

だからもし、天地がひっくり返るほどの確率変動が起こり、その状態の彼女が密着してきたとする・・・・・・るならば、

「今から凶さんが本当の事を話してくれるまで、絶対に放しません」

直《じか》に触れているのも同義である。

手、足、お腹《なか》、太もも。彼女を構成するありとあらゆる肉体要素《ボディエレメント》が、俺の身体にぴったりと張り付いている。

何よりも胸だ。俺の顔は今、蒼乃遥《あおのはるか》の胸部と一体となっている。

汗が伝い、鼻先へと落ちる。俺のものではない。俺は今、それどころではない。

理解が追いつかなかった。流れゆく情報が脳内でうまく処理できず、その結果俺は、ただ固まり何もできずにいる。

俺は彼女の心音を、目で聞いた。

「遥《はるか》さん」

「言っとくけど本気だからね。たとえ朝が来て、黒騎士さんと〝お話〟する時間になったとしても、あたしはずっとこうしてひっついてます」

それはただの天国では、という考えが咄嗟《とっさ》に脳をよぎったが、確かに考えようによっては一大事である。

この状態で黒騎士相手にどんな弁舌をかましたところで、それは頭に相棒のおっぱいを乗せたスケベ野郎の戯言となってしまい、勝負どころの話ではない――いや、待て。何を考えているんだ凶一郎《きょういちろう》。お前はもう、勝負を降りたんだろう――うるせぇ、ものの例えじゃボケ。兎に角、この状況が色々とまずいという事に変わりはないんだ。夏の夜、同級生の女子とベッドの上で押し倒されて二人っきり。これがマズくなくて、何だというんだ。

「さぁ、凶さん」

恒星系の声が弾みを帯びた。

「我慢比べといこうじゃないか」

◆

視界が胸で埋め尽くされていた為、正確な時間は計り知れないが、多分二時間くらいは耐えていたんじゃないかと思う。

抱きしめられている間、彼女はなにも喋らなかった。俺も何も喋れなかった。何か深い事を考えていたわけでもない。大半が柔かい感触だとか、良い匂いだとか、心地の良い心音の音色だとかそういう馬鹿な事で思考を埋め尽くされていた気がする。

「黒騎士とさ」

だから別に「深い葛藤の末に」的なものはなかった。

彼女の温かい体温に包まれている内になんか色んな事が急にどうでも良くなって、気がついた時には口が勝手に開いていた――どれだけカッコつけたって男子なんてそんなもんだ。特に俺のような童貞は、こういうシチュエーションに滅法弱いのである。

「シミュレーターで戦ってるんだ」

俺は洗いざらい遥《はるか》に話した。

黒騎士の事、シミュレーターの事、痛覚遮断システムの重要性、都合四万度にも及ぶ敗北と死の輪廻。

痛み、恐怖、無力感。負ければ負ける程に、俺の中に隠されていた汚い部分が露わになっていって、それがたまらなくキツかった事。

俺は弱かった。話にならない程弱かった。遥《はるか》やユピテルのような輝く才能を持たないありふれた凡人であるという事をまざまざと彼に思い知らされた。

「あの宇宙人《ジジイ》、すっげぇ強ぇんだ。何回やっても全然勝てる気がしない」

そういう詰まらない話を何遍もした。

遥《はるか》は何も言わなかった。優しい相槌と共に俺の頭を軽く撫《な》で回《まわ》しながら、夜通し付き合ってくれたのだ。

話す度、撫《な》でられる度に、心の中の棘《とげ》が抜け落ちていく。

まどろむ程に温かく、幸福な時間。

俺は無力だが、一人ではなかった。

あの男と、まるで正反対な在り方。

だけどこれでいいと、これが俺なのだと、今なら天高く叫ぶ事ができそうな気がする。

◆

「それで、これからどうしたい？」

全てを話し終えた後も、遥《はるか》は俺から離れなかった。何故かと言い分を聞いてみると「恥ずかしいから」との事である。

「だって、どんな顔したらいいかわからないもん」

激しく同意だった。確かにどんな顔をしたらいいのか分からない。これが恋人同士とかだったらまた違うのだろうが、別に俺達はそういうのじゃないし、ただ仲の良い異性の友達ってだけだし。

「どうしたい、か」

だからとりあえず今はこのまま話を進めることにした。

少し前の俺だったら諦めるの一択で即答だっただろう。

「もうちょっと頑張りたいって言ったら怒る？」

「おこんないよ」

だけど今は、何故だか少しだけ前向きに悩んでいる。

普通に考えれば、やるだけ徒労だ。戦力の差は圧倒的。こちらには遠距離攻撃の手段はなく、あちらはまだ解放していない手札も含めて範囲殲滅の鬼状態。

武力も、身体性も惨敗。あの時のように奇跡が起きて〈獄門縛鎖《デスモテリオン》〉の奇襲が成功したとしても捲《め》くられる。

本来ならば俺が有利に働くはずの知識量ですら良くて五分。まだ公開されていない天啓《レガリア》も含めて黒騎士の武装は知り尽くしているつもりだが、それはあちらも同じ。寧ろ黒騎士の方が俺を研究し尽くしているという感じすらある。

遥《はるか》のおかげでメンタル面こそ復調してきたものの、それだけで勝ちにいけるほど黒騎士という存在は甘いものではない。

以上を総括して考えると、やはり無理という結論に落ち着く。うん、そりゃあそうだよなって話なんだわ。

持てる術式は全部試した。その上でダメだったのだ。

――――本当に？

頭の中に浮かび上がったのは、ウチの邪神様がマーサさん達の焼いた肉串を爆食いしている場面。

そういえば、一つだけまだ黒騎士に試していない可能性《スキル》があった気がする。

いや、でも……

「だからなんだって話なんだよなぁ」

「なになに？　良いアイディアでも思いついたの？」

「アイディアって程のもんじゃない。精々小ネタが一個思いついた程度の話」

「なんだよー、もったいぶんなよー。作戦会議やるならあたしも混ぜてってばー」

むにゅんむにゅん、と駄々をこねるゼロ距離おっぱい。ダメだこの態勢、常時煩悩デバフがかかるタイプのやつだ。

「というかさー、もうみんなでボコッちゃおうよ。あたし達が三人揃えばどんな困難だって飛び越えられるって！」

「それは流石にレギュレーション違反なんでダメです」

黒騎士の勝負《ゲーム》は、あくまで一対一の決闘《タイマン》なのだ。俺が一人で倒さなければならない敵であり、俺が一人で越えなければいけない試練。だから仮に挑戦を続けるとするのならば、やっぱり一人で……

「(──一人ってなんだ?)」

一人、ソロ、単騎、ぼっち、要するに孤高。あの痛みを伴った仮想世界の中で俺は一人で戦っているつもりだった。

だが、本当にそうだろうか? 俺は孤高か、ぼっちか? 唯《ただ》の一人の清水凶一郎《しみずきょういちろう》として黒騎士と相対していたのだろうか?

「なぁ、遥《はるか》」

「なぁに、凶さん」

「俺はひとりか?」

「人のおっぱい独り占めしておいて、よくそんな事が言えるね」

そう。そうなのだ。相棒に抱きしめられて顔を胸で埋めているような馬鹿な男がひとりぼっちであるはずがないのだ。

妄想する。黒騎士に撃たれ、穴だらけになった自分の姿を思い描く。

逆る血液。失いゆく体温。非常な困苦と恐怖に心をやられかけたその時に、俺はきっとこの感触を思い出すだろう。

遥《はるか》だけではない。俺の力の源はアルであり、ここまでオレを育ててくれたのは、父と母、そして姉さんが側にいてくれたからなのだ。

それに何より俺達《オレ》は、二人で一つの凶一郎《きょういちろう》である。最初からずっとひとりではなかった。様々な人達と紡いだかけがえのない時間の数々が血肉となって清水凶一郎《しみずきょういちろう》を作り上げているのだ。

視界が広がる。

視野狭窄《きょうさく》に陥っていたが為《ため》に見逃していた可能性の星々が、黄金色の輝きを放ちながら思考の宮殿を駆け巡る。

この数週間の内に起こった出来事の数々。俺は何をして、何を手に入れて来たのか。点と線が繋がり、バラバラだったパズルのピースが嵌《はま》り始め、そして、

『やれやれ。ようやく私を呼んでくれましたね、マスター』

そして俺は。

◆完全予約制オーベルジュ・キルシュブリューテ・黒騎士の工房

四日目の朝。遥《はるか》と二人で遅めの朝食を摂り終えた俺は、その足で地下の工房へと向かった。

「驚いたな」

地下工房の主様は、俺の晴れやかな顔を見るなりこう仰った。

「続けるつもりか？」

「半日前までは止めるつもりだったんだけどな」

『書斎』ゾーンに置かれていた蒼色の丸椅子に腰かけながら、黒騎士を見上げる。機械眼《センサーアイ》の色彩はライトブラウン。これもゲーム時代には見なかった色だ。

「だけどついさっき俺の脳内にある黒騎士攻略ウィキが更新されてな。どうやら夏の大型アップデートの影響で、その辺のチュートリアルの中ボスでも黒騎士を倒せるようなったらしい」

「……何が言いたい？」

俺は笑った。笑いながら、正々堂々《ハッキリ》と
「勝つって言ってんだよ。凶一郎《俺》が、黒騎士《アンタ》に」

宣戦布告をぶちかます。

「正気か？」

空気が冷え込む。

「昨日の一戦、お前は想定しうる最高値を叩きだした上でなお、私に届かなかった」

「爺《じい》さん、いつまで過去の栄光に縋《すが》ってんだよ。昨日は昨日、今日は今日さ。成熟しきったアンタと違ってこっちは成長期なんだ。三日と言わず一晩もあれば別人並みに化けるもんさ」

嘘のように口が回る。あれだけ気後れしていた黒騎士との相対が、今はこれっぽっちも怖くない。

「刮目《かつもく》しろよ、ロートルナイト。今ここでイキリ散らかしてるクソガキは、半日でアンタを越える器になったぜ」

「減らず口を」

「そうかい。気に入ってくれたようで何よりだ」

猿みたいに手を叩きながら、会話の流れを回していく。ここまでは世間話。徒に相手を怒らせて、あわよくば戦闘中の判断ミスを誘導する姑息《こそく》プレイ。まぁ、殆ど効果はないだろうが、言うだけタダなら、試す価値はある。そして下手くそなマイクパフォーマンスを済まし終えたここからが、

「なら、減らず口ついでにもう一つ失言《プレゼント》だ」

本題。

「全てを得るか無に帰るか《オールオアナッシング》。この勝負は勝者だけが得をするように出来ている」

黒騎士が勝てば、情報を。俺が勝てば、彼自身を。勝者総取りの仮想空間決闘《バーチャルデュエル》。何も特筆する事はない、賭け事を成立させる上での大前提とすら言えるこのルール。だが俺はここに付け入る隙をみた。

「アレさ、アンタだけナシでいいよ。勝っても負けてもあの人の情報は全部教える。信じられないなら契約書だって書くぜ。読心術士《マインドスキャナー》の前で喋ったっていい」

勝っても負けても賭けの報酬を支払う。このイカれた文言、本来であれば俺の方に何のメリットも持たないカスルールにしかならないのだが……

「正気か、貴様？」

「正気《マジ》も正気《マジ》。大マジだよ」

「そのような甘言を弄したところで、私の手は緩まんぞ」

「だろうな」

黒騎士に油断はない。彼はどんな時でも冷徹に仕事をこなし、目標を遂行する。それは当然、分かっている。分かっているがしかし、

「だけどこれで、アンタは死に物狂いになれなくなった」

「────」

手を抜かない事と、どれだけ必死になれるかは全くの別問題である。

「勝っても負けても欲しいものが手に入る。アンタは確実に情報を得る権利を授かった一方で、必死になる義務を失った」

逆に俺の方は相も変わらずオールオアナッシング。勝たなきゃゴミの勝利至上主義社会の奴隷《いぬ》である。

この論法の良いところは、百パーセント相手が乗ってくれるところにある。何せ欲しい物の入手が確定するのだから。断る道理なんざどこにもないのである。

「詰まらん小細工だ」

黒騎士の機械眼がすみれ色に染まる。言葉を裏腹に、どうやら相当警戒しなさってくれたらしい。

「その程度の戯言で、我々の戦力差が埋まるわけもない」

「口先一つでモチベーション下げられたら値千金《じゅうぶん》でしょ。てか誰もコレで勝てるなんて思ってねーし」

舌を出しながら更に挑発。我ながら紳士らしさの欠片もないお下品ムーブだが、こちとら目の前の厨二騎士《ダークナイト》に五桁単位で殺されているのだ。この程度の暴言なぞ、小鳥の囀《さえず》りのようなものである。

「安心しろよ、黒騎士」

眉を吊り上げ、口角もブチ上げて、

「ちゃんと実力でブッ潰してやる。だからアンタは精々その時が来るまで偉そうにふんぞり返っていればいいさ」

「小僧」

黒騎士の声に確かな困惑と驚愕《きょうがく》の念が宿る。

「お前一体、何があった？」

「別に」

脳裏に蘇ったのは、今朝の会話。朝の日差しが差し込むベッドの上、同じシーツに包《くる》まりながら交わした特別な契約《やくそく》。


〝あたしに頼みたい事？　いいよいいよ、何でも言って！〟

「特に劇的な何かがあったってわけじゃねぇよ」

〝おおー、思ってたよりも大役だった！　けど、うんっ。いいよ。なんか久しぶりにワクワクしてきたし。あっでも、代わりに一つあたしのお願いも聞いてくれたらなーって〟

「ただ、強いて言うなら少しだけ」

〝あのね、多分終わった後は凶さんもヘロヘロになってるだろうし、あたしも見せたい水着がいっぱいあるからさ〟

「少しだけ頑張ろうって気持ちになった」

〝ここにいる間は、今日みたいに夜を一緒に過ごしませんか？〟

「それだけの変化《こと》さ」

■第十四話　騎士について／少年について

◆遠い星の物語

ある星に一人の騎士がいました。

知勇に優れ仁徳にも篤《あつ》いその騎士は、この国の宝であると皆に讃えられました。

騎士は、偉大なる王の剣として数々の功績を上げました。

正義の剣を振るい、平和を乱す蛮族を沢山斬りました。

騎士の忠誠に曇りはありません。

強く、賢く、誰よりも王に従順であった彼は、若くして将軍の地位に昇りつめました。

騎士は王の寛容な心に感謝して、更に敵を沢山斬りました。

その最中の事です。

ある時、騎士は一人のお姫様に出会いました。

騎士が従えていた軍隊に負けて囚われの身になったお姫様。

彼女はこれまで見てきたどんな宝石よりも美しく、そしてその心根はどんな清流よりも清らかで、

「騎士よ。あなたの仕える王は、この世界を壊すおつもりです」

それが全ての終わりであり、始まりでした。

◆◆◆

『七天』黒騎士

七月の初頭、〝燃える冰剣《Rosso&Blu》〟のクランマスタージェームズ・シラードが、彼の側近エリザ・ウィスパーダに秘匿調査を命じた。

調査対象は、ダンジョン『残夢』。〝燃える冰剣《Rosso&Blu》〟が実権を握る次元領域の一つである。

ダンジョン『残夢』、砂と風に覆われた茫漠《ぼうばく》たる砂漠次元。その世界の片隅に根を張る正体不明の怪異。

夜に現れ、忍びやかに人の意識を啜るソレの正体を突き止めるべくシラードは、側近のメイド長に秘匿調査作戦の遂行を依頼、更にクラン内の〝事情〟を慮《おもんぱか》った上での措置として、外部の人間を補佐役に招き入れた。

その外部協力者こそが黒騎士である。

件の作戦における彼の役割は、現地における実務支援。高い確率で起こるであろうソレとの戦闘の際にエリザを支える為の駒として傭兵は戦地に投下された。

しかし結論から言えば、その〝依頼〟は支払われた報酬に見合うものではなかった。

難儀であったというわけではない。寧ろ真実はその真逆。楽だったのだ。非常に、どうしようもなく、信じられない程に平易な仕事だった。

彼はその仕事を依頼金を下回る労力を用いて収めたのである。

手を抜いたわけではない。敵は、階層相応の特異性を持った突然変異体《イリーガル》だった。故に本来であれば、この依頼は報酬に見合った仕事となっていた事だろう。

しかしそう・は・な・ら・な・か・っ・た・。怪異はある理由から、彼等にとっての脅威となり得なかったのである。

何故か？

〝信頼に値する殿方と話して参りますわ〟

それは彼等のチームが敵の内情をつぶさに把握していたからに他ならなかった。

『残夢』を震撼《しんかん》させた謎の襲撃事件、少なくない意識不明者を出す事となったこの事件の黒幕について、当初捜査係に抜擢されたメイドはソレに対する確たる知見を有してはいなかった。

それが二十九時間の内に、あり得ない次元《レベル》の情報を獲得し黒騎士の前に戻って来たのである。

詳細不明の敵だったものが、詳細を把握された突然変異体《イリーガル》となった。元より敵の出現領域は二十四層級。手札の正体が読めていれば、まず負ける相手ではない。

そして今回の仕事において黒騎士は敵の手札をあらかじめ知ることができた。彼が依頼金を下回る労力で事件を解決するに至った最大の要因は、言うまでもなくこの〝情報〟の存在にある。

――未解決事件を解決に導いた真の立役者、銀髪のメイドが「信頼できる殿方」と言ったその情報提供者に、黒騎士は興味を持った。

そして幸か不幸か、運命の転輪は、その後まもなく彼等を同じステージに引き合わせた。

清水凶一郎《しみずきょういちろう》。今年の四月にデビューしたばかりのルーキー。

エリザが信の置ける殿方と評したその人物の正体は、齢《よわい》十五の子供だったのだ。

◆

〝気に入らんな〟

その時彼は、確かに憎悪の念を抱いた。

みだりに〝彼女〟の名を出した罪、知的侵害行為に対する憤懣《ふんまん》。

〝清水凶一郎《しみずきょういちろう》。お前は私と彼女の過去と未来を一方的に盗み見た。そしてあまつさえそれをこの私に向けて恥ずかしげもなく晒し、利用しようとしたのだ〟

少年が「ゲーム知識」と呼ぶその概念には、その構造上常に「知る権利の暴力」とも呼ぶべき危険性を孕んでいる。

過去を暴き、末路を読み解き、今を操るその力。

情報は力だ。富を、権威を、時として暴力すらも情報の前に膝をつく。

現に彼は、超神《アルテマ》を傍らに侍らせていた。

超神。この世界の管理者にして到達点。

傍若無人に人間の食事を貪るソレが一度、平手を振るった瞬間、黒騎士の意識は真白の奈落に陥没した。

抗う事すら許されぬ絶対的な力の差。そしてソレを抑えるものが〝知る者〟であるという事。

全知の謀略と、超神の暴力。

清水凶一郎《しみずきょういちろう》は、現在世界でもっとも危険な「力の組み合わせ」を持っている。

それだけではない。彼には知識を応用する〝知恵〟があり、超神すらも従える弁舌があり、何よりも王の器と呼ぶべき人望があった。

〝エリザさん？　あぁ、知ってるよ〟

信頼に値する殿方――――〝八面玲瓏《オリハルコン》〟はあの時確かにそう言った。

ジェームズ・シラードの懐刀であり、騎士の知る限り当代随一の王佐の才を持つあの女傑が、デビュー間もない新人に信を預け、策に従う。

恐らく、分岐点はここだった。

本来、黒騎士にとって〝彼女〟を措いて優先すべき事項など何もない。

善も悪も、永遠の淑女への愛の前では無も道義。

少年の論じた通り、騎士は再び彼女と見《まみ》える為ならば、悪鬼羅刹とさえ手を組むだろう。

それがたとえ聖域を侵す者であったとしても、あるいは会談中、不意に超神の暴力に見舞われるような事があったとしても、騎士は全てを水に流し少年に手を貸した、

〝ドゥランテ・アリギエーリ。そなたを神聖教導国宇宙軍第七艦隊の最高司令官に任ずる〟

そのはずだったのだ。

遠い昔の話である。

この星ではない、別の外なる銀河において、彼は真に〝騎士〟だった。

国を守り、民を助け、世の恒久的平和の為に銀河中を駆け抜けた日々。

とうに捨てたその在り方を思い出した。

愛する者を護《まも》るために、国を捨て、銀河《ほし》を去り、やがて我が身の身体性さえも犠牲に置いた〝彷徨《さまよ》える鎧〟が、決して抱いてはならぬ感情。

力を持ち、知恵を備え、そしてエリザ・ウィスパーダという類い稀なる王佐の才に恵まれし者を魅する程の人間性。

一方的な理屈である。

抑えるべき欲動である。

許されざる蛮行である。

だが『残夢』の一件と少年の存在が一つの線で繋がったその時、〝彷徨える鎧〟の魂魄《こんぱく》に、在りし日への憧憬がIFの亀裂となって走り出し、
気がつけば、彼は少年に決闘を申し込んでいた。

世界を変革する力と知恵を有した少年。

敵か、味方か、それとも彼は――――。

〝お前が私の心を預けるに足る存在であると、その身をもって証明してみせろ〟

是非に見定めたいと、騎士としての己が語りかけてきた。

◆

決闘の方式は、あえて過酷なルールを採用した。

痛覚遮断システムの解除。誰でも扱える手軽さをコンセプトに置いた現行機の真逆を行く旧時代の遺物。

痛みの完全再現という時代錯誤も甚だしい〝悪《あ》しき風習〟を取り入れた彼等の決闘は、現行の代物等比べ物にならない次元の現実性《リアリティ》を、彼等の間に叩きつけた。

死ぬ時は、死ぬ程の痛みに襲われる――当たり前のようでいて、全く当たり前ではないこのゲーム環境に、少年は大いに悶え苦しみ泣《な》き濡《ぬ》れた。

当然の反応だろう。身体を穿たれる痛み、手脚を失う痛み、首を刎ねられた時の痛み、高所からの落下に伴う脳挫傷、脊椎が砕かれた時の音、窒息の恐怖、血液の凍る感覚、生きながら妖精に召される体験を、呼吸器を大火に焼かれる苦しみを、多くの人間は知る由もない。

常人であれば、一度で音を挙げる地獄。

現役の冒険者でさえ、二度三度と繰り返せば大半は諦めるだろう。

だがそれは特に恥ずべき事ではない。弱くて当たり前なのだ。痛みは忌避するべきものであり、耐えられない痛みは〝耐えるべきではない〟というサインである。

早々に音を上げるに違いない。黒騎士の中の合理性は、そのような判断を少年に下した。

一度か、二度か。五度も耐えれば一人前だ。十度で折れたら共同パートナーとして、手を組んでやろう。

〝まだだっ！〟

彼は、

〝まだやれるっ！〟

彼は決して折れなかった。加速した時間、繰り返される仮想世界の地獄の中で何度も死に、痛みと恐怖に苦しみながら、それでも決して降参《リザイン》を選ばなかった。

〝次だ、次だ黒騎士っ！〟

まともではない。この光景がまともであるはずがなかった。

彼には痛覚がある。傷つく度に苦しんでいる。死に至る時は、必ず喉が嗄《か》れ果てるまで泣いていた。

――――何故、お前は立ち上がるのだ清水凶一郎《しみずきょういちろう》。

見積もっていた想定をはるかに上回る不屈さで敗北を刻み続ける挑戦者。

〝何がお前をそこまで駆り立てる？〟

千にも及ぶ死を経験しながらなおも抗う少年に、騎士は尋ねた。

力の根源である超神が頂を冠する一方で、契約者である少年の力は然したるものではない。

単騎での性能は女神の術式を考慮にいれた上でなお亜神《デミス》級中位程度。パーティーメンバーとの連携を駆使してようやく一部の上位陣と渡り合える見込みのある存在。

勝てるはずがない。近づく事すらままならない。

ただ徒に苦悶の数を重ねるその姿には、憐憫《れんびん》の念すら感じる程で――――

〝だって俺は、〟

リーダーだからと少年は、言った。

〝リーダーは、仲間の命の安全を第一に考えなくちゃいけない〟

震える手、血の気を失った頬、腹部に大きな損傷《ダメージ》を受け、両の眼から大粒の涙を流しながらそれでも、

〝俺は弱い。パーティーの中じゃ一番ダメだ。今『常闇』のボス戦に挑んだら絶対足手まといになっちまう。だから、〟

――――この時ほど、己の傲慢さを恥じた事はなかった。

〝だからせめて、こういう所で頑張んないとダメだろ〟

少年は己の無力さを誰よりも知っていた。才なき身故の劣等感に苦しんでいた。

〝誰も死なせたくねぇんだ。みんなには笑ってて欲しいんだ。だから、〟

しかし、それでも、彼は決して――――

〝だから諦めねぇよ。諦めてたまるか。マグレでも何でもいいからアンタに一勝して、四人であの邪龍《ボス》を倒すんだ〟

◆

少年は立ち続けた。

負けて折れ、死して哭《な》き、また負けて折れ、死して哭く。

繰り返される死と敗北の輪廻《ループ》。

二日目、三日目と日を追う毎に仮想世界の時の流れは加速して、それに反比例するように少年の勢いが落ちていく。

〝畜生っ！　畜生っ！　どうして俺はこんなに弱いんだっ！〟

無力感に打ちひしがれ、泣き崩れる少年の姿を何度も見た。

――違う。そうではない。そうではないのだ。

外付けの力でも、記憶の中の〝全知〟の知識に由来するものでもない彼の真実《ほんとう》の強さ。

――万の死を経て、億の傷を負い、それでも愚直に挑み続けるお前の心根が、
それを黒騎士は知っている。間近で見た。百度折れても立ち上がり、挫《くじ》けぬ彼の姿に心からの恭敬を感じている。

――弱いはずがないだろう。

だが黒騎士は語らない。否、語る事等許されない。

『お前はよくやった』、『ここで仕留めるには惜しい』、『この勝負は一度預ける』……圧倒的強者が、

敵対する弱者を認め、手ずから身を引く設定状況《シチュエーション》。数多の創作物に見受けられるような台詞《フレーズ》を今ここで黒騎士が説けば、この無間地獄はたちまちの内に終わりを迎える事だろう。しかしそれは、烙印《らくいん》なのだ。「今のままではお前は私に勝てないから、仕方なくこちらが折れてやる」という強者の傲然たる弱者救済《やさしさ》。

それをこの少年につきつけるというのか？　認めてやるから諦めろと、その心意気に免じて特別に勝負を有耶無耶《うやむや》にしてやるから感謝しろと。

一体どこまで彼を貶めれば、気が済むというのだ。

少年の覚悟を、その眩き責任感を、涙を流しながらも「決して諦めない」と叫ぶ雄々しき姿を、こちら側の手前勝手な「認める《決めつけ》」で収めて良いはずがない。

称賛も、慰みも、施しも、歩み寄ることすらこの誇り高き挑戦者への侮蔑になる。

彼を癒す者は、別でなければならない。

打開する知恵を授ける賢者は他でなければならない。

〝降参《リザイン》は？〟

〝……っ、ぜってぇ、しねぇ！〟

〝そうか〟

今の己に許された役割は、徹頭徹尾〝倒すべき敵〟として君臨し続けることにある。

侮らない。手を抜かない。今の己が持ち得る最大の手札と効率で彼を殺め続ける。

それがせめてもの礼儀であり、敬意だった。

最早勝負を企てた黒騎士自身ですら、戦いを終えることができなかった。

少年は挫けず、騎士もまた、決して退く事はない。


地獄は続く。

いつまでも、どこまでも、何度でも。

◆

変化の兆しは、四日目に訪れた。

〝勝つって言ってんだよ。凶一郎《俺》が、黒騎士《アンタ》に〟

不敵な挑発、勝ち気な凶相。黒色の武器入れを肩に抱えた少年の表情に昨日までの憂いはない。

何かがあった。そしてそれはきっと少年の心に揺るぎない活力を与える幸福《なにか》だったのだろう。

依然として少年は、負け続けている。幾千、幾万。シミュレーターの時間流動力を許す限りの最速に設定した上での大敗北。

しかしその敗北には、三日目までのそれらとは全く異なる変化があった。

涙を流す数が減った、精神状態に安定感が見られた。

これまでの彼には見受けられなかった兆候だ。挫けぬだけの敗者《ゾンビ》の姿は最早ない。彼は生きていた。百折不撓の意志力の高さはそのままに、冷静に状況を分析し、騎士の動きを推し量りながら経験の蓄積を固めている。

痛覚遮断システムの解除という名の拷問が、ここに来て意義のある地獄へと反転を遂げた。

痛みを伴う限りなく現実に寄り添った旧世代の『繭』は、未熟だった少年の肉体に本物の戦場経験を刻んでいく。

その数は、日算にしておよそ九万六千。一勝負辺りの時間割合を五分と仮定した場合、現実世界での三百三十三日分もの時間が一日の間に消費されるという異常事態。

彼は今、正しく蛹《さなぎ》となったのだ。

『繭《コクーン》』の中に蛹が眠る。

騎士はただ、羽化の時を待つ。

◆

五日目、六日目。少年は相も変わらず負け続けた。だが今の彼にとって、どうやら勝負の結果は二の次らしい。

選択されるステージは、最大級のスケールと煩雑性を持つ『天空王国《キングダム》』、地下、地上、そして浮き島諸島の三階層からなるこの広大なマップは主に亜神級最上位《スプレマシー》以上の使い手同士の戦闘を念頭において作られたものだった。

今の少年、更に言うならば近距離戦に特化した戦術構築《バトルビルド》の者にとって、このマップは余りにも不利益が多い。

しかし、にも関わらず彼は『天空王国《キングダム》』を選び続けた。一試合当たりの平均戦闘時間は、十五分を上回るようになり、その多くは索敵によって消費された。

「（……何かを学んでいるな）」

一試合当たりの時間を伸ばす利益性があるとするならば、その方向性以外に考えられなかった。

勝負の只中で、相手に勝つ為の修行をする。

なんと大胆で撃実とした在り方なのだろうか。

「（いいさ、やってみせろよ）」

黒騎士は淡々と勝利を積み上げていく。接敵の瞬間に、最適解を以て即殺執行。ただの一度も少年を近づけさせず、一方的な射程範囲から天啓《レガリア》の弾幕を張り続ける。しかし、

「（磨け未知を。研ぎ澄ませ狡知《こうち》を）」

黒騎士には確信があった。

少年は必ず這《は》い上《あ》がって来るだろう。

目先の勝敗など芥《あくた》も同然。彼にとって、いいや彼等にとって「真の勝負」は一戦のみ。

「（お前の真髄を見極めさせて貰《もら》うぞ）」

そうしてとうとう、七日目の朝がやって来た。

◆七日目・完全予約制オーベルジュ・キルシュブリューテ・二階展示エリア

キルシュブリューテの二階には、ある一人の幻想画家の絵が飾られている。

ベアトリーチェ・アリギエーリ。かつては姫であり、それからは妻となり、今は探し人となった女性。

この場所には、百五十年前の彼女の足跡が飾られている。

妻であり、幻想画家であり、冒険者だった彼女。

その中でも「蒼の間」に飾られた三連祭壇画は、自他共に認める彼女の最高傑作の一つである。

三つのパネルに描かれているものは、「旅路」だ。一人の騎士が天に召された最愛の人と今一度巡り合う為に黄泉《よみ》の国を旅する物語。

地獄に落ち、煉獄《れんごく》山の山頂を昇り、やがて至高天にて永遠の淑女と再会を遂げる。

何かを暗喩したような、そして今の彼にとっては大願《ユメ》そのものである神聖喜劇。

「今日はお早いですね」

声の先に視線を向けると、見知った顔の老婆が微笑んでいた。小さくて丸い、そして愛嬌のあるその独特の空気感は、幼少の頃のままだ。

「世話をかけたな、マーサ」

「お代の方は貴方様《あなたさま》からたんまりと頂きましたから。まさかこの年になってあんなに大量のお小遣いを貰う日が来るとは思いませんでしたよ」

　ここここ、と年甲斐《としがい》もなくはしゃぐ老婆。この忙しい時期に施設を使わせてもらう代わりとして支払った上乗せ金を、「お小遣い」と評するそのセンス。

「言っておくが彼等の分も含めた金額だからな。後で小僧達に請求するんじゃないぞ」

「ええ、ええ、もちろんですとも。ただし、あちら様がご厚意でチップを弾んで下さった時などは……」

「……好きにするがいいさ」

　よっしゃと年甲斐もなく派手なガッツポーズを決める「性格のよさ」も含めて、マーサはまるで変わらない。

　思わず瞳の色が桜色になる程昔のままだ。

「して黒騎士様、いいえ昔のようにドゥランテおじちゃんとお呼びした方がいいかしら」

「おじちゃんは止《よ》してくれ。君に言われると、年を食った気分になる」

「三百六十歳は十分おじいちゃんですよぉ」

「三百五十九だ。わざと言っているだろう？」

　ここここ、と舌をぺろりと出しながら笑う老婆。六十年来の友誼関係だからこそ成せる業か、はたまた育ての親である自分だからこそ見せる表情《かお》か。

　いずれにせよ、これから決戦の地に赴く身としては、過度な精神の弛緩は避けたいところであった。

「黒騎士様」

マーサは言った。

「彼はどうですか」

「三十一万三千八百五十五戦ゼロ勝三十一万三千八百五十五敗。――――数字の上では惨敗だ」

「まぁまぁ。なんと途方もない」

そう、途方もない。途方もない時間を仮想世界の中で彼と過ごした。

「だがアレは、タダでは終わらんよ」

同業者として、敵対する君臨者として、そして騎士として
「清水凶一郎《しみずきょういちろう》は必ず仕掛けて来る。私はただ、その時を待つだけさ」

黒鋼の彷徨《ほうこう》者は、静かに断じた。

◆完全予約制オーベルジュ・キルシュブリューテ・黒騎士の工房

「よう」

午前九時。工房のエレベーターから少年が現れた。

「楽しい夏合宿も今日で最後だ。バッチリ勝ってやるから覚悟しとけ」

手には武器をしまう黒色の縦長のバックパック。首元にはチェーンで巻かれた髑髏《どくろ》のリング。ここへ初めて訪れた時と変わらない装い。しかしその印象は、初日の彼とは大きく異なるものだった。

「始めよう」

「あぁ」

前口上は必要ない。語らいはここではない仮想空間《どこか》でやればいい。

設備の点検を行い、起動スイッチを押す。

鈍色の繭は、厳かに開いた。

■第十五話　七天の黒騎士と新生の鎖

◆

――これより、戦闘シミュレーションプログラムを開始致します。

――霊魂仮想接続筒《アストラルコンバーター》。接続完了。

――アストラルスキャニングシステム稼働開始。

――霊体情報の登録を開始致します。

――天啓情報《レガリア》の登録を開始致します。

――以前登録された装備情報を使用なさいますか？

――プリセット①が選択されました。

――選択された装備情報が全てのシミュレーションに適用されます。

――仮想空間内時間設定を六百六十六百倍速に設定致します。

――ステータスチェック、完了。

――バイタルチェック、オールグリーン。

――痛覚遮断システムを非稼動状態に切り替えます。

――他のプレイヤーより、戦場選択権が譲渡されました。一戦目のバトルフィールドをお選びください。

――ステージ天空王国《キングダム》が選択されました。

――アバターの設定が完了致しました。

――エンカウント設定を『ランダム』に設定致しました。

――シンクロ率百パーセント。接続状態、問題ありません。

――選択された仮想空間上への疑似潜航を開始致します。

――潜航開始まで3、2、1
――プログラムが開始されました。

◆◆◆仮想空間・ステージ・プレーン：『七天』黒騎士

七日目の立ち上がりは、ここ数日の物と代わり映えのしないものだった。選ばれたステージは、天空王国《キングダム》。地上地下浮遊諸島の三つのエリアからなる本シミュレーション最大規模の戦場。

索敵し、一方的な距離から少年を撃ち殺す。ありふれた、今の彼等にとっては日常と言っても良い程の殺人風景。

百、千、万。二万、三万、四万、五万と数を重ねるに連れ、少しずつ黒騎士の中に疑念が浮かぶ。

「(まさかこのまま終わるつもりか?)」

何かが起こるはずだと期待していたのは己の愚昧な妄想であり、実のところ少年には何の策もなかったと。

　あり得ないと否定したくとも、少年は負け続ける。

　六万、七万。やがて通算戦闘数が四十万を越えたその矢先――

「悪い。大分待たせた」

　少年は言った。

「次が最初で最後だ。これで負けたら潔く諦める」

　半壊した王城。血まみれで横たわる少年。

「とりあえず、介錯頼むわ。俺今ちょっと動けなくてさ」

　この惨状は、騎士の手に依るものではない。黒鋼の騎士が駆けつけた時、既にこのステージの象徴である天空城は、瓦解していたのである。

　恐らくは、一撃で。

「一度だけ、疑った」

「しゃーない。実際ギリギリだったし」

「勝算は？」

「三割ってところ」

　黒騎士は、笑った。瞳の色ではなく、声に出して。

「大したものだよ、本当に」

引《わ》き金《ら》を引《っ》いた《た》。

◆

旅をした。
加速した時の中で繰り返される死と痛苦の地獄巡り。
その輪廻の総数四十万九千六百四十四回。
騎士の我欲に狂わされた運命の転輪が今ここに再び廻《まわ》り始める。
弱者と強者。
挑戦者と君臨者。
敗者に一度の勝利もなく、勝者は未《いま》だ疵《きず》付かず。
だがそれは、これまでの話。
これより先は、全て未知。
誰も知らぬ、彼の辿りしＩＦの我道《みち》を少年は歩きだす。
刮目せよ、黒鋼の彷徨者。
築き上げた四十万の骸の輪廻が、王の剣となって汝《なんじ》の御魂に牙を剝く。
応報の時が、やって来たのだ。

◆仮想空間・ステージ・決戦場

星々の大海を泳ぐ流星。澄み渡った夜空の景色を見上げていると、遠い日の事を思い出す。

ステージ・決戦場。フィールドの構造はプレーンステージとほぼ同一。白く輝く地面。一見無限に広がっているように見えながらもその果てには『壁』がある。

二キロメートル四方のフィールドにギミックも障害物も存在しない大地。

「色々考えたんだけどさ」

中央ラインの瀬戸際に少年が立っていた。

「やっぱり初心に帰るのが一番だなって」

「なぜプレーンではなく、決戦場を？」

黒騎士は後方に下がりながら少年に問いかける。クラシックルールは、中央ラインを起点とした半径百メートルの位置に各々のプレイヤーが「初期位置」を設定する所から勝負が始まる。

近接戦闘特化型の少年は無論、最前線《フロントライン》。一方の黒騎士は、可能な限り距離を取るべく最後尾へと下がる。

「まぁぶっちゃけると俺も迷ったんだよ。構成は殆ど変わんないし、なんだったら天井がある分だけプレーンの方がやりやすいからね」

だけど、と少年は天に向けて指を差した。

「だけど決戦場には、星空《そら》があるだろ」

────あぁ、成る程。

「折角の決戦なんだ。フィナーレは少しでもアガる方がいい」

「悪くない理由だ」

浪漫《ろまん》。その美学は、時に合理性を上回る程の論理性を持つ。

「これで最後だ。言い残していた言葉はあるか？」

「大丈夫。言いたい事は沢山あるけど、それは全部戦いの中で語るから」

星空の下にシステムアナウンスの文字が流れる。

少年の姿は、デフォルトのものから巨大な黒外套《がいとう》を羽織った装いに様変わりしていた。

「(プリセットを変えてきた？)」

シミュレーターの装備登録機能を使ったプリセットチェンジ。四十万余りの戦の中で初めて見せた彼のスタイル。

「それじゃあ────」

「あぁ、尋常に」

そうして、システムアナウンスが高らかに戦闘開始の合図を解き放った瞬間、

「「勝負っ！」」

最後の勝負が始まった。

少年は駆ける。左手に構えるは因果切断《レーヴァテイン》の白刃。刃先に触れた知性体を問答無用で切断する必殺

の剣は、依然として彼の主武装のようである。

しかし、

「第五天啓《レガリア》、第三天啓《レガリア》展開」

強過ぎる勝ち筋は、可能性を狭め、敵に付け入る隙を与えることになる。

「〈大火ヲ焦ガセ、我ハ裁ク加害者也《ヴェスペル・ティリオ》〉、〈鏡像世界の妖精国家《トゥアハ・デ・ダナン》〉」

顕現する大火の機銃と、緑輝の妖精郷。

これまでと変わらぬ敵の猪突《ちょとつ》猛進に合わせるように、黒騎士もまた鉄壁の布陣で相対する。右方からは、弾丸型の乱れ撃ち。

左方からは、数万の妖精達による人喰らい《クラックング》。

逃げ場はない。今までのように【四次元防御】を使えばその時点でチェックメイト。

「(どうする小僧。この包囲網をどうやって切り抜ける)」

少年は止まらない。その瞳に恐れはなく、真っすぐに騎士の機械眼を見据えて、

「いくぜ、人霊合一化形態《フルダイブシンクロモード》」

刹那、蒼い斬光が煌めいた。走る斬撃、奏でる断音。見惚《みと》れる程に美しきその刃の太刀筋は、放たれた蠍の紅光をいとも容易《たやす》く裂いていく。

それは『蒼穹』、少年の仲間の一人が持つ対不定型物《アンチエネルギーブレイド》への絶対的な殺戮剣。幽霊、あるいは熱エネルギーの集合体に対する特攻を持つ蒼乃《あおの》家秘伝の宝刀は、『反火治』の熱耐性弱化事象すら破断して、突き進む。

「(なんだ)」

だが問題は、そこではない。

「(なんだその剣術は)」

〈大火ヲ焦ガセ、我ハ裁ク加害者也《ヴェスペル・ティリオ》〉の対策のために仲間の武器を借りる。ここまでは良い。だが、飛来する無数の熱光弾を片手一本で斬り伏せるその神がかった剣術。どう見ても、少年の技術《もの》ではない。

「(この為にこれまでの時間を費やした？　――違う。これは余りにも異質が過ぎる)」

獰猛《どうもう》ながら流麗。正鵠ながら変幻。一眼見れば分かる。この剣の使い手は俺を上回る実力者であると。

「あぁ、そうさ。別人なんだよ」

少年は笑った。笑いながら大火を刈り、前へ、前へ、前へと進む。

「だが本人ってわけでもない。俺の記憶の中から彼女の動きを参照して、それをどっかの誰かさん経由で動かして」

一閃。神速の振りから放たれた割断の一撃は、一筋の旋風となり大気を翔ける。そして
「っ！」

――――風圧で、全ての灯火が吹き飛ばされた。

「(𩸽《ひび》が)」

〈大火ヲ焦ガセ、我ハ裁ク加害者也《ヴェスペル・ティリオ》〉の先端から左側面にかけて生じた看過できぬ損壊。

五十メートル先から放たれた断風の風圧が掠めただけで、この威力。黒騎士は初手を見誤ったのだ。

目の前に立つ少年が相手だと思い込み、これまでと同様の勝ち筋で押し通ろうと迫った結果がこの手傷。

「(術式伝達速度が大幅に遅れている。機関銃としては使い物にならんな)」

そう。彼は――

◆◆◆冒険者・清水凶一郎《しみずきょういちろう》

「っっしゃおらぁっ！」

そう、今の俺は俺であって俺ではない。人霊合一化形態《フルダイブシンクロモード》、一時的に精霊にこの身を明け渡し、肉体の最適化を図る基礎術式。

精霊に身体を使わせるだけだから、才能もクソもなく精霊使いであれば誰だって使う事のできるこの技術。俺もつい四日前まですっかり存在を忘れていた位だよ。

『第五天啓《レガリア》〈大火ヲ焦ガセ、我ハ裁ク加害者也《ヴェスペル・ティリオ》〉の損傷を確認、未だ光弾の発射は確認できますが随分と数が少なくなりましたね。基礎パフォーマンス六十パーセント低下といったところでしょうか』

『僥倖っ！』

だがこの場において、そして清水凶一郎《しみずきょういちろう》とヒミングレーヴァ・アルビオンという組み合わせに限り、人霊合一化形態《フルダイブシンクロモード》は唯一無二の必殺術式へと昇華する。

『始原の終末装置』ヒミングレーヴァ・アルビオン。時と因果の女神である我等の裏ボス様は、系統的に言えば完全なる術式特化型であり、そのインチキ過ぎるチートスキルの数々で数多のプレイヤー達の心を折ってきた。そして普段のニートっぷりから見ても分かる通りこの邪神は基本的にグータラだ。常に何かを食っていて、そうでない時は大体寝ているこの無職神に崇高な剣術が使えるわけがないだろって、そう思うよな。俺も思ってたよ。というか忘れてた！

『本当に失礼なマスターですね。今すぐ我々の邂逅《かいこう》を思い返してみてくださいまし』

だが違う。そうではないのだ。邪神は剣術を使える。それは奴のバトルフォームに六本の軍刀が差さっている事からも明らかだ。

腐っても超神《アルテマ》。その卓越した剣術評価は控えめに言っても神であろう。

『流石に遥《はるか》には劣りますけどね。自賛補正込みで六割強と言ったところでしょう』

人霊合一化形態《フルダイブシンクロモード》を用いた蒼乃遥《あおのはるか》の六割模倣。これに本人から借りた『蒼穹』を掛け合わせる事で疑似的な『恒星系召喚《ソレスタルボディ》』を可能とする。

これこそが対黒騎士攻略の発端にして狼煙《のろし》。そして、

『妖精領域が差し迫っています。マスター、アレの承認を』

『あぁ、ありがたく使わせて貰うぜエリザさんっ！』

俺は胸ポケットに仕舞った一枚の「黒札」に起動の指示を流し込む。夜の砂漠に横たわる一匹の

黒馬が描かれた天啓《レガリア》の複製品。何故かメイドさんのキスマークがついたその札にイメージを繋げた次の瞬間、

『能力分譲発動《アビリティレンタル》、「メイド大好きにゃんにゃん」、〈感染する夢馬の残影《ナイトメア・トラウマニア》〉』

周囲を囲う数万の妖精達が一斉に弾け飛び、黒騎士の肩が僅かに下がった。

〈感染する夢馬の残影《ナイトメア・トラウマニア》〉、『残夢』に出没していた突然変異体《イリーガル》が落とした悪夢の天啓《レガリア》。

その効能は『霊力の隠蔽《ステルス》』と『悪夢の投影《メンタルダメージ》』と極めて陰湿なものであり、発動者の存在感を薄めながら周囲の敵に悪夢をみせるという搦め手《からて》特化型の性質を有している。

そしてこの天啓《レガリア》が何よりも優れている点は、

「数が多いだけのか弱い妖精さん達にアンタでも怯むような精神感応波《マインドフレア》を浴びせたら、そりゃあ発狂して爆ぜるよなぁっ！」

能力分譲型特性《アビリティレント》、それは天啓《レガリア》に刻まれた術式を切り分けることで、他者に能力を分譲する能力。

「この悪夢っ、そうかエリザの……」

「あぁ、そうさ。気前よく貸してくれたよっ！」

崩壊する妖精帝国の断末魔を聞きながら、更に一歩前へと進む。エリザさんは言っていた。この一件を招いた責任は私にもあると。そしてこうも言っていた。天啓《レガリア》展開の始動キーは、「メイド大好きにゃんにゃん」で固定であると！

「勘違いをしていた！」

俺は進む。大火の皺はその動きを大きく狭め、悪夢に狂わされた妖精帝国は洛陽《らくよう》を迎えた。

「俺は独りで戦っているのだと」

初めて黒騎士との間に虚空が生まれる。残る天啓《レガリア》の数は五つ。彼の縛りが最下限状態《これまで通り》なら二つ、等級が一つ上がったのならば四つ。

「みんなが凄いだけで、俺は全くの無力なんだとっ！」

いずれにせよ、戦いは次の段階へと進むのだ。

「俺はひとりなんかじゃなかった」

走る。走る。仲間の力を借りながら、それを臆面もなく堂々と誇りながら。

「いつも、いつだって、この瞬間でさえ俺はひとりじゃないっ！」

星空の下を駆け抜ける。

冒険者としてあまりにもできる事が少な過ぎる自分がコンプレックスだった。

黒騎士のような一人で何でもできるようなオールラウンダーが憧れだった。

頼る事はかっこ悪いと、この問題は一人で解決しなければならないと、そんな身に余る理想を思い描き破滅しかけた。

あぁ、認めるよ。俺は弱い。相変わらず自前の霊力を使った放出攻撃はからっきしだし、自分の精霊に身体を使わせて無双チャンバラごっこをやっている。

王道ではない。英雄的ではない。決戦の舞台で恥ずかしげもなく「メイド大好きにゃんにゃん」とほざく主人公がどこにいると言うのだ。

だが、それでも

「こんな俺に力を貸してくれる人達がいるっ！」

そんな俺にも誇れるものがあった。

「ここまで育ててくれた人、もう一人の自分、悪知恵の働く共犯者、腕の立つ職人、偉大な先輩、メイドさん、新しい家族にライバル、悪友、それと、」

これまで辿って来た道にある記憶《もの》を。

紡ぎあげて来たみんなとの想《おも》い出《で》がここに集う因果を。

そして、

「こんな俺を微笑みながら抱きしめてくれる人っ！」

それを俺に気づかせてくれた唯一無二の蒼い恒星に深い感謝を送りながら、俺はとうとう、

「行くぜ、黒騎士。ここからが本番だ」

自身の領域へと辿り着く。


「――――第二天啓《レガリア》展開」

「――――やれ」


彼我の距離十五メートル。天啓《レガリア》の始動はほぼ同刻。

「〈天の大河《オーヴァーザ・ギャラクシー》が二人を別とうと〉」

「〈獄門縛鎖《デスモテリオン》〉」

黒騎士の左手に法則断ちの銀河剣が顕《あらわ》れ、彼の四方を囲うように楕円形の黒穴が顕れた次の瞬間、俺達の速度は限界値を越えた。

「選択を誤ったな黒騎士」

四方より飛来する死神の鎖を断つべく、銀河剣の切っ先を走らせる黒鋼の騎士。だが、遅い。あまりにも遅すぎる。

全ての縛鎖の内に初撃で断たれる可能性の高い三本のみを解除し、彼の死角にベクトルを合わせて再展開。一陣の鎖には【四次元防御】を、二陣の鎖達にはそれぞれ①《遅延術式》、②本体と〈感染する夢馬の残影《ナイトメア・トラウマニア》〉を連動させた二重隠蔽《デュアルステルス》、③あえて全ての特性を取り除いたノーマルの鎖を射出する。この間、ゼロコンマゼロ六秒。

即座に危険を察知した黒騎士が流麗な斬撃で二陣全ての迎撃にかかった為、全ての鎖の召喚解除――――からの
「流石っ！」

ベクトル指定、特性付与、再展開、進撃、解除、ベクトル指定、特性付与、再展開、進撃、解除。

剣聖級の腕前を持つ黒騎士の剣術と、磨き抜かれた俺の鎖演算がつばぜり合いを始めた時、星天の決戦場は、電光石火の高速戦へと移行した。

咲き乱れる一瀉《いっしゃ》千里の神速斬撃。その攻撃の尽《ことごと》くを消失と展開の光速循環によって避《か》わしていく死神の鎖達。ワンフレームの内に繰り広げられる攻防と回避の総数は十を越え、その全てを俺は捉えていた。

何故俺がこの領域に立っているのか。これには大きく分けて三つの理由がある。

第一に《時間加速》を用いた術式補助《ブースト》、第二に人霊合一化形態《フルダイブシンクロモード》によるアルとの分業体制、そして第三に、

◆

『マスター、というより清水凶一郎《しみずきょういちろう》の術式変換速度が異常に速いんですよ』

驚くべき事実だった。清水凶一郎《しみずきょういちろう》、チュートリアルの中ボスにして我が愛すべき単体クソザコ野郎。

その力は実質三ターンに一回攻撃という脅威の雑魚っぷりであり、界隈における愛すべきネタキャラとして今もどこかで弄られているところだろう。

『そこなんですよ、マスター』
・・・・・・
だが、アルはそこに活路を見出したのだ。

『清水凶一郎《しみずきょういちろう》の行動パターンは、①睡眠付与、②防御力低下、③ノミ以下のミジンコパンチですよね？』

改めて見ても酷いルーティンだ。我ながら泣きたくなる程のクソ雑魚っぷりである。間違っても三人相手にやる事ではない。

『ええ、雑魚です。クソ雑魚です。良くぞ聖剣の担い手たちの前に立ちあがったと逆の意味で貶《けな》し

たくなるほどクソ雑魚です』

そう。凶一郎《きょういちろう》はクソ雑魚だ。精霊は下級《ロー》、術式の放出適性が致命的なまでにカス。精霊の等級アベレージが基本的に亜神級《デミス》以上なゲームの主要人物達に喧嘩を売っていい人材じゃない。つくづく哀れな男なのだ、彼《俺》は。

『であれば、何故』

だから気がつかなかったのだ。

『聖剣の担い手である主人公《アーサー》に睡眠と能力低下を百中できたのですか』

俺の、オレ達の、清水凶一郎《しみずきょういちろう》の隠された異常性《さいのう》に。

『聖剣の担い手は言うまでもなく優秀です。ゲームで例えるならば間違いなく勇者でしょう』

ダンマギの耐性は、属性と相関関係にある。

時間属性の頂点に立つ邪神に、時間攻撃は効かないし――それどころか没収される――火属性のドラゴンは、当たり前のように耐熱耐性を持っている。

――アーサーの契約精霊『エクスカリバー』の特性の内の一つは、圧倒的な出力強化だ。だから彼はその加護として、デバフ系の攻撃に滅法強く、その辺りも含めて無印の強キャラとして評価を受けている。

『術式が強かった？　それはあり得ません。精霊の等級は絶対です。下級《ロー》の攻撃が亜神級《デミス》――ましてや聖剣の加護を打ち破れるわけがない』

ゲームの仕様と言えばそれまでだが、設定に忠実な事で有名なダンマギ運営が凶一郎《きょういちろう》の時だけそこを雑にするとは思えない。

今のままで十分クソ雑魚なのだから、睡眠攻撃や能力低下《デバフ》を確定ミスにしたって状況は変わらないだろうし、寧ろその方が自然なはずだ。

『であれば、強力な加護を持つ主人公《アーサー》にこれらの攻撃を必中させる事のできた主因は凶一郎《マスター》の側にあると考えた方が自然的です』

精霊術《アストラルスキル》の発動において人間側のセンスに補正がかかる要素は大別すれば五つ。

『霊力貯蔵量《どれだけ持てるか》、霊力の最大拡張範囲《どこまで撃てるか》、霊的指向性《どれだけ自由に操れるか》、霊力集束性《どれだけ強くできるか》、そして術式変換速度《どれだけ速く撃てるか》』

かつて邪神に受けた評価は、拡張性と指向性が壊滅的、集束性と変換効率が優秀というものだった。

そう。俺は大昔に邪神の評価を受けている。そしておよそその通りの才能を発揮して、ここまで来たのだ。

『その点について、当時の私は一点だけあなたを見誤りました』

矛盾、とは言わないまでも不可解な関係性。凶一郎《きょういちろう》が完全なる無能であり、そして霊術の才能が五つの要素で決まるとするならば、

『我が秘奥、あらゆる加速の究極点である【始原の終末《エンドオブゼロ》】を不完全ながらも数カ月の内に成立させてみせた凶一郎《あなた》の術式変換速度が優秀止まりなはずがなかったのですよ』

加速の究極。スピードの最果て。ゲームのスキルボードシステムが選ぶ項目によって消費リソースが変わるように、術式の成熟にも才能という変数が関わってくる。

俺は術式の拡張範囲が壊滅的に低い。本来、時間停止として機能するはずの【四次元防御】が俺個人の停止に限定されてしまう程だ。

一方で、アルの二つ名である【始原の終末《エンドオブゼロ》】は、遠隔操作不能という縛りを負いながらも、秋から冬にかけての修行の間に習得する事ができた。

――――初期経験のままで、である。

『まぁ相変わらず術式を飛ばす才能がからっきしですので、シューター系統への転向はお勧めできませんが、この特性を最大限に活かす戦術があります』

術式変換速度の異常発達。それは、簡略的な言い方をすれば「構築した術式をどれだけ速く撃てるか」という事である。通常、この才能を活かせるのはシラードさんやユピテルと後衛系統の術師だ。

銃の早撃ちを想像して欲しい。速く撃てる事のメリットは、飛ばす力があってこそのものなのだから。

邪神が俺の才能を読み間違えたのも、この辺りに由来する。俺は術式を遠くに飛ばせない。自分と、自分の触れた物に効果を乗せるのが精々である。

そして時の女神の術式は、基本的に当たれば絶対に効果が乗る。つまり、原作の凶一郎《きょういちろう》のように相手方の精霊が「攻撃を受けたから加護で防ごう」と防衛機構を働かせるよりも早く術式を浸透させる等という手間をかけるまでもなく、全ての術式が百パーセントの効果を発揮するのだ。

ならば一体、どこでアルは己の間違いに気がついたのか。

『学校での一戦です。あなたが奇跡と形容した初期位置のバッティング、その際にマスターは天啓《レガリア》の展開と解除の多重発動を驚くべき速さでやってのけました』

天啓《レガリア》とは、「アイテム化した術式を操る権利」である。

『〈獄門縛鎖《デスモテリオン》〉はそのリングを通して術式の展開を行います。本来であればマスターの不得手とする射程につきましても、術者の命令に応じて独自に術式を展開する天啓《レガリア》であれば然程《さほど》問題ではありません』

寧ろこういう局面でこそ、俺の才能は輝くのだとアルは言った。

『磨きましょう。この地獄《ゲーム》の中で。ひたすらに磨きましょう。貴方《あなた》の輝きは鍛え上げれば、彼の騎士にさえ届くはずです』

俺は頷いた。何度も何度も頷いた。

やってやるよ、できるはずさ。

だって俺は、

〃ヒャッハー、オレ様の精霊術《アストラルスキル》にひれ伏しなぁっ！〃

下級精霊《ロー》の力だけを頼りに、死に物狂いで頑張って、ついには聖剣の勇者に百中の術式を飛ばすに至ったあの清水凶一郎《しみずきょういちろう》なのだから。

◆

「分かるか黒騎士、凶一郎《きょういちろう》はちゃんとすごかったんだよっ！」

ベクトル指定、特性付与、再展開、進撃、解除、ベクトル指定、特性付与、再展開、進撃、解除。イメージを抱いた次の瞬間には天啓《レガリア》の術式が機能し、世界の理を俺色に染め上げる。

十五メートル。〈獄門縛鎖《デスモテリオン》〉の有効射程班内において、俺の理想《イメージ》は現実と同化を遂げる。消しては現れ、消しては現れ。雲のように摑みどころのない四本の鎖の波状攻撃。

黒騎士は、異次元の経験値と鍛え上げた武練によってこれを避わすが、残念ながら俺達の脅威が跳ね上がるのはここからだった。

迫る。『蒼穹』を携え、蒼乃遥《あおのはるか》の剣術を模倣した清水凶一郎《アルビオン》が。

「俺が鎖を操って、アルが俺を操る」

動きの拘束、速度の低下、そしてロボットと化した己を用いた三連攻撃。

「ヒャッハー！　俺達《オレ》の精霊術《アストラルスキル》にひれ伏しなぁっ！」

清水凶一郎《しみずきょういちろう》の得意技は、今ここに新たな可能性をもって再誕する。

「(黒騎士は強い。初見で今の俺の鎖攻撃を捌ききるとは思わなかった)」

消失《キャンセル》という大幅なアドバンテージがある為、こちらの鎖が破壊される事こそないものの、ワンフレーム内に複数回発生する隠蔽《ステルス》性能ありの縛鎖嵐撃をこうも的確に切り抜けるとは。

「(心の底から恐れ入るぜ。やっぱ段違いだわアンタ。けど)」

それもここまでだ。黒騎士と俺の攻防がイーブンに成り立っていたのは、こちら側の攻め手が〈獄門縛鎖《デスモテリオン》〉に限定されていたからである。しかし、

「ここからは、俺の相手もしてくれよ」

彼我の距離約五メートル。鎖の誘導と合わせれば即座に攻撃が届く位置。つまり、

「(レーヴァテインが刺さるっ！)」

レーヴァテイン。因果切断の白刃。触れた知性体を両断するこの刃が蒼乃遥《あおのはるか》の剣術を模倣した清水凶一郎《アルビオン》で襲いかかる。

「(さぁ、どう来る)」

大火の機銃は損傷アリ、妖精帝国は完全崩壊、厄介な特性を持つ銀河剣は、しかしその真価を発揮できずにいる。

「(残る天啓《レガリア》は首なし馬車が確定枠だが、正直こいつは正直どうとでもなる。問題は……)」

問題は黒騎士の精霊がどこまで俺を認めるかにかかっている。

願わくば、このまま雑魚扱いしてくれると助かるのだけれど――――

「喜べ小僧」

全身が総毛立つ。何かが変わった。黒騎士という存在の根幹を為す決定的なルールが今
「お前の重ねた研鑽《けんさん》は今ここに我が神聖喜劇の一節へと刻まれた」

一・つ・上・の・次・元・へ・と・跳・ね・上・が・る。

四十万にも及ぶ地獄の中で磨き上げた光速の術式展開。奴の目を盗んでひたすら己のセンスを鍛え上げた。だが――

「精霊術始動《アストラルスキル》。第一歌顕現」

その成長が仇《あだ》となった。

黒騎士の精霊。三界の神聖喜劇。

「【地獄篇《Inferno》】、開門」

真神《ジン》級精霊『神曲《コメディア》』

その力の一端が解き放たれた次の瞬間、周囲の景色が黒一色に染まり――

「あ」

そして世界は、崩壊を迎えたのである。

■第十六話　神曲の黒騎士と六臂の阿修羅《あしゅら》

◆◆◆仮想空間・ステージ・決戦場：『七天』黒騎士

　黒騎士の契約精霊、『神曲《コメディア》』、その正体は精霊の成れの果て《ゼルプスト》、即ち世界そのものに他ならない。三層からなる一つの次元に備わりし法則、物質、事象、概念、その他世界を構成するあらゆる要素がドゥランテ・アリギエーリの能力であり、無制限状態の彼の力はおよそ任意発動型の全能者と称しても過言ではない。

　しかしこれ程の高位精霊——否、世界そのものが無償無際限に一個人を助ける事などまずあり得ない。

　神聖喜劇は、騎士に縛りをかけた。

　——彼はみだりにその力を振るう事が許されない。

　——大いなる敵、打ち倒すべき巨悪。果たすべき使命。

『神曲』の縛りは、黒騎士のあらゆる『力』に制限を加え、彼の生き方にまで干渉を及ぼす。

三獄印四《テルツァ・リーマ》。第零段階から第三段階までの計四階層に分類される黒騎士の戦力等級。

最高位の『天獄』段階へと至った暁には一時的に『神曲』という術式《せかい》の全てを統べるに至る一方

で、最下級の『辺獄』段階における彼は、『神曲』の術式を使う事が許されず、更に一部天啓《レガリア》の能力使用制限並びに高等級の天啓《レガリア》の使用を禁じられるという甚大な弱体化状態《ペナルティ》を負う。

これまで、少年が相対してきた黒騎士は『辺獄』だった。使用できる天啓《レガリア》は保有する七つの内四種。精霊術《アストラルスキル》は使用できず、銀河の剣はその真なる輝きを放つには至らなかった。

今は違う。使用できる天啓《レガリア》は六種。一部能力の使用に制限がかかるものの、ほぼ全ての天啓《レガリア》が解禁された。

そして精霊術《アストラルスキル》。『神曲』の第一段階にあたる【地獄篇《Inferno》】が封を解かれ、基礎術式を含めた精霊術《アストラルスキル》戦が行えるようになる。

文字通り、地獄の釜の蓋が開かれたのだ。


「【地獄篇《Inferno》】、開門」


戦闘等級の上昇を確認した次の瞬間、黒騎士は即座に【地獄篇《Inferno》】の使用を選択した。

【地獄篇《Inferno》】、それは質量を持った暗黒の爆発である。

『神曲』より供給された暗黒の霊子の集合体を、相反する性質を持つ霊子と混ぜ合わせてこれを暴走状態に陥れる。融合、圧縮、回転、拡散、破壊。

架空の質量、架空の熱量を持つ暗黒の天体球《スフィア》が黒騎士の胸部を中心に顕れ急速に膨張、周囲の霊子を貪欲に取り込みながらその容積を増大させていき、一軒家家屋を飲みこむ程の大きさに膨れ上がったソレは盛大に弾け飛び、中に詰め込まれた大量の破壊エネルギーが、戦場のありとあらゆる全てのものを巻き込みながら拡散した。

発動から爆発まで、これらの術式成立過程に黒騎士が有した時間はゼロコンマ二秒。瞬き程の時間の内に起こった【地獄篇《Inferno》】の降誕は、直径約三キロメートル以内に存在する有象無象を無差別に滅ぼし尽くし、白色に輝く地面に黒色の衝突クレーターが咲いた。

まさに一撃必殺。その無差別性と、この段階のみに課せられた「特別な縛り」の影響で実質的「黒騎士の孤軍奮闘時のみ使用可能」という条件こそあるものの、亜神級上位《このレベル》においてはあまりにも破格の威力を持つ大規模破壊術式。吹き荒れる風、舞い上がる塵芥《じんかい》。視界の景色を一変させる生者必滅の天変地異はしかし、

「第四天啓《レガリア》展開、〈歪み泣く、夜の教誨者《コシュタ・バワー》〉」

——その実、少年から距離を取る為の目眩《めくら》ましに過ぎなかったのである。

【地獄篇《Inferno》】による大破壊《オーバードライブ》。逃げる余地のないその破壊事象を前にして少年がとれる行動は一つ。即ち【四次元防御】による絶対防御を強いる事こそが黒騎士の狙いだった。

「(切らなければやられていたのはこちらだった)」

【四次元防御】は、その絶対性の反動として術者の動きが停止される。あの時点において、少年が敷いた「十五メートルの絶対領域」を停める方法は他になかった。

それ程までに彼の新たな戦型は洗練されていた。認めざるを得ない。彼は今や黒騎士の敵となったのだ。

「（よくぞここまで）」

心の内側で讃えながら、舞い降りた首無しの氷馬車に乗り込む。黒騎士の行動は素早かった。馬車の周囲に氷結の術式を撒《ま》き、壊れかけの〈大火ヲ焦ガセ、我ハ裁ク加害者也《ヴェスペル・ティリオ》〉を撃ち続ける、空を飛ぶ首無しの天馬達。その高度が百メートルに達した状況を確認した上でようやく――

「第六天啓展開《レガリア》」

――否、この程度で己の無事を確信できる程、今の少年は甘くはない。

今の彼は、羽化を遂げた清水凶一郎《しみずきょういちろう》は、未知数だ。制空権と射程圏を取ったからといってそれが真実正しい等と、どうして断言する事ができようか。

黒騎士は選択する。最悪の状況、清水凶一郎《しみずきょういちろう》が遠くに攻撃を撃つ手段を確立しているという前提の下で己の手札を切っていく。

「〈怪異性多次元伏魔迷宮《ダイダロス・ラビュリントス》〉」

発現したのは一辺五百メートルにも及ぶ巨大な立方体。暗い輝きを放つその黄金の立方体は、少年を迷宮の中へと閉じ込めた。

〈怪異性多次元伏魔迷宮《ダイダロス・ラビュリントス》〉、それは指定した対象を迷宮の中に閉じ込め攻略を強いる『迷宮』の具現化である。

此度《こたび》の出力で具現化された『迷宮』の中には、千を越える魔者達が待ち構えている。その等級平均は亜神級下位《デミス》。中には中位に位置する猛者達も控えている。かつての少年と同程度の力を持つ魔物の群れが千匹。そして「それら全てを倒し終えるまで外に出る事は叶わない」というルールの強制。

〈怪異性多次元伏魔迷宮《ダイダロス・ラビュリントス》〉、殲滅ではなく制圧に重きを置いた『伏魔迷宮』の本領は、リソースの疲弊にある。千を越える化け物達を前に、攻略者達は霊力の消費を余儀なくされて、その結果たとえ『伏魔迷宮』を踏破できる猛者であったとしても、脱出時には多くのリソースを失い疲弊。特に少年のような白兵戦闘に重きを置いた戦術構築型《ビルドタイプ》からしてみれば、この天啓《レガリア》の仕様は鬼門であるとさえ言えるだろう。加えて、

「(術式回復まで残り三分二十秒)」

黄金の立方体迷宮は、所有者に時間の恩恵をもたらす。先の攻防で使用した【地獄篇《Inferno》】の使用権回復時間《クールタイム》に課せられた十分という間隙《すき》。『伏魔迷宮』は、これを稼ぐのに大いに役立っていた。

「(【地獄篇《Inferno》】のクールタイムが済み次第、待ち伏せの構えに入る)」

内には千の魔物の強襲、外には直径三キロメートル内の物質を根絶やしにする暗黒天球の【地獄篇】。

黒騎士の包囲網はここに来てさらなる完成をみせた。持ち得る手札を出し惜しみなく使用した全力戦闘。『辺獄』段階の彼とは比べ物にならない程の規模と出力で押し潰す。

「(術式回復まで残り一分四十秒)」

だが、強いてその絢爛《けんらん》たる布陣にものを申すのであれば、

「ひゃっはぁああっ！」

今の清水凶一郎《しみずきょういちろう》は、それすらも超える男であるという事だ。

黄金の立方体の頂上が爆ぜる。吹き荒ぶ黒雷。爆ぜる雷鳴。五十メートルを越える大型の悪魔の残骸が、星空の下へと落ちていく。

「(この短期間で――――)」

黒騎士は即座に首無し馬車の上部へと上がり、およそ三百メートル先の彼へ向けて吹雪と熱機銃の波状攻撃を放つ。

嫌な予感があった。

〈怪異性多次元伏魔迷宮《ダイダロス・ラビュリントス》〉の早期攻略、迸る黒雷。恐らくだが彼は――――

「シラードさんからの伝言だ」

少年の両の手に握られた二丁の小型ライフル。黒騎士はそれを知っている。一度の射出につき約五百万相当の『術式形状記憶霊石合金《アストラル・クリスタル》』を消費する最悪の金食い虫《マネードランカー》。彼等はそれを先日の大会で手に入れていた。

「〝私は君達双方の友でありたい。故に君に与えた情報の分だけ、彼にも術式《ぶき》を渡そう。ハッハッ

ハッ、これで私達は三人仲良く平等だな〟」

アルカディアス。ライフル型の術式抽出機より放たれたその二筋の閃光は、見極めるべくもなくあの男のものだった。

星の大海を疾駆する熱光と氷嵐。図らずも同属性の激突となった天空の射撃戦は、しかし複合的な要因により後出し側の勝利となる。

――――〈大火ヲ焦ガセ、我ハ裁ク加害者也《ヴェスペル・ティリオ》〉は損壊を負っていた。氷の馬車に分子振動制御の超高音熱波は言うまでもなく不利である。そして何よりもこの術式の本来の持ち主はジェームズ・シラード。

「（タヌキめ）」

そんな性格だからお前はメイドを寝取られるのだと、心の中で毒づきながら黒騎士は下へ下へと落ちていく。

氷の馬車は融解し、大火の機銃も凍てついた。

「〈怪異性多次元伏魔迷宮《ダイダロス・ラビュリントス》〉、解除」

黄金の立体迷宮を取り除き、少年側にも天墜を強要する。

見上げれば星の大海、視線の下には黒色の奈落《クレーター》。少年との距離は約三百メートル。〈大火ヲ焦ガセ、我ハ裁ク加害者也《ヴェスペル・ティリオ》〉は破壊され、【地獄篇《Inferno》】のクールタイムは未だ明けず。今彼が持ち得る手持ちは、法則断ちの銀河剣と、怨敵であるあの魔王の残滓《ざんし》のみ。

「どうした、まだ残弾はあるのだろう」

黒騎士は問うた。落ちゆく青年に、その術式抽出機を使わないのかと問うた。

「お陰さまで大分使っちまってね」

少年は答えた。『伏魔迷宮』の早期攻略。それを為し得る為に貴重な弾の大半を使用したと。

「それにここで俺がみんなの術《ちから》を使ったところで、アンタの銀河剣に断たれて終わりだろう？」

騎士は笑った。彼は読んでいる。騎士の手札を。そしてこれからやって来る結末を。

「なぁ、黒騎士」

少年の声の調子が一段落下がる。

「多分、もうすぐ決着だ。俺とアンタ、どっちが勝つかはまだ分からないけど、いずれにしても立場が決まる」

勝者と敗者。四十万度にも及ぶ輪廻の先に迎えた最終決戦。その終幕は、二人の足が再び大地に根を降ろした矢先に始まるのだろう。

「だからその前にこれだけは伝えさせてくれ」

黒騎士は、

「あの時はごめん」

黒騎士は言葉を失った。

「断じて傷つけるつもりはなかった。みんなにとって最善な方法を考え抜いたつもりだった」

違う。

「でも俺はアンタの聖域に土足で踏み入った。傲慢だった。キレられても仕方のない事をした」

そうではない。そうではないのだ。

この戦いの真の発端は己の好奇に由来するものである。

忘れかけていた騎士としての野心を取り戻し、王の器を見定めたいと我欲《エゴ》が願った。

「だからごめん。そして大切な事を教えてくれてありがとう」

昔日の戦禍を思い出す。

燃え盛る王城。泣き叫ぶ民達。世界平和を謳《うた》いながら、その実自分達以外の種族《にんげん》を根絶やしにしようと目論《もくろ》んでいたかつての主。

彼女の手を取った事に一度として後悔はない。

しかし願わくば今一度、いや今度こそ――

「アンタのおかげで俺はここまで来れた」

騎士として正しき王に殉じたいと、そう思ったのだ。

◆

落ちる。落ちる。落ちていく。

着地の瞬間は静かに訪れた。少年は鎖に捕まり、騎士は銀河《ほし》の剣で物理法則を断つ事により落下ダメージを回避。

両者無傷のまま、奈落の底へと降り立った。

「…………」

「…………」

黒騎士は敵を見つめる。ゆっくりと奈落の底を歩み進める黒外套の少年。

地獄を巡り、尋常ならざる鍛錬の果てに羽化を遂げた無力だったもの。

左手には因果切断の白刃、右手には熱力学破断の蒼刀。尾のように常設展開された死神の赤鎖の先端には超重量の可変黒剣が握りしめられ、夜を覆うような黒外套の中には彼が紡ぎあげて来た仲間達の術式が控えている。

その姿は、まさに両面六臂の六道阿修羅。

この地獄を経なければ、決して芽吹く事の無かった遅咲きの超人。

その手数の多さは数知れず。十五メートルの絶対領域に踏み入れれば、今の己ですら赤子も同然。


「――――第一天啓《レガリア》展開」


出し惜しむ余裕は、既になかった。

虚飾の魔王。彼女を殺め、彼女の魂《死》をいずこかへと飛ばした張本人。

〝さぁ、騎士よ。探したまえ。永遠の淑女はお前を待っているぞ〟

その憎き怨敵の外殻《ガワ》を被る最悪の天啓《レガリア》がここに降誕する。

「第一天啓展開《レガリア》、〈虚飾之王《ベリアル》〉――炉心融合《フュージョン》」

それは彼が初めて獲得した天啓《レガリア》にして、切り札の一角。

魔王の称号を持つ精霊の魂を自身の身体と混じり合わせ、在りし日の姿を一時的に再現する禁断の召喚術が、今ここに解き放たれた。

闇の世界においてもなお昏《くら》く輝く漆黒のオーラが、黒騎士の身体を喰らう。

ギチギチと音を立てながら黒鋼の騎士の身体を咀嚼していく罪深きソレは、やがて明確な形を持ち始めた。

全ての光を呑みこむような濃厚な闇、美しくも鋭利な羽々によって形成された暗黒の翼、そして黒騎士のものよりも二回り程大きなオーラの腕《かいな》が二つ。

有翼、四ツ腕、闇纏いの異形が今ここに顕現を遂げた。

「堕落《ソドム》」

短い詠唱と共に悪魔の右腕から濃紺の重力波が放たれる。

「火刑《ゴモラ》」

立て続けに唱えられた現界詞《スペル》に呼応し、悪魔の左腕から灼熱の天使達が解き放たれた。

美しい呻《うめ》き声を上げながら、両面六臂の阿修羅王へと押し寄せる有翼の焔《ほのお》達。

少年の対応は、速かった。レーヴァテインを背後に展開した〈獄門縛鎖《デスモテリオン》〉に縛り付け、空いた左手にライフル型の術式抽出機《アルカディアス》を装着。

「行くぜ、遥《はるか》、おチビちゃん」

刹那、蒼き刃の断ち風と、瘴気の黒雷の一閃が、王の進撃を阻む不届き者達を一掃した。

対する黒騎士は堕天使の黒翼をはためかせながら、彼を目がけて前進する。

〈虚飾之王《ベリアル》〉は時間制限付きの天啓《レガリア》である。強力な重力波と焔の天使達、そして彼の魔王の代名詞とも言うべき限定的な事象改変能力を持ち合わせているものの、それらを『地獄《いま》』の黒騎士が十全に使う時間は五分以内に限られる。

故に騎士は、その五分を積極的《アグレッシブ》に使う。

強化された魔王の肉体から繰り出されるその飛翔は音を越え、瞬く間の内に「十五メートルの絶対領域」へと侵入。

「くそっ」

当然、王の領域に足を踏み入れれば神出鬼没の死神達がやって来る。異常な術式展開速度の上に成り立つ「展開」と「消去」の光速円環は、一フレーム間に十度という速さで繰り広げられその内の一つが〈虚飾之王《ベリアル》〉の黒翼に当たり、《遅延術式》の有毒を流し込む。だが、

「(必要経費だ)」

絶対領域への進行、彼のフィールドである近接戦。しかしそのリスクを負った上でなお、

「清水凶一郎《しみずきょういちろう》、お前は鎖を使えない」

懐に飛び込んだ意味はあった。

〈虚飾之王《ベリアル》〉の持つ最上位能力【故に私は神をも否定する《アンチクライスト》】。

悪魔随一とも呼ばれるその舌によって否定された現実は、言葉通りに価値を失い零落《れいらく》する。

唱えた言葉が現実となる力、即ち現実改変能力。

否定できる現実に縛りや制限こそあるものの、その効果は言うまでもなく強大で、まさに虚飾之王の奥義に相応しい異能といえるだろう。

その力が阿修羅の四つ鎖を奪った。

鎖の使用封印。清水凶一郎《しみずきょういちろう》の最たる脅威である〈獄門縛鎖《デスモテリオン》〉は星明りの下に消え、鎖に縛っていた因果切断の白刃が地に落ちる。

黒騎士の全神経が、レーヴァテインへと収束する。急ぎ駆けつける少年、彼の切り札である封鍵を拾うべく、その逞《たくま》しい腕《うで》が伸びて――――

「――――良くやった」

その左腕ごと『レーヴァテイン』を断ちきった。

鮮血が舞う。かくして六臂の阿修羅の腕が内、五本の腕が落とされた。

鎖は使えない。唯一己を打倒し得る『レーヴァテイン』も消し去った。

「だが、最後まで勝ち筋を白刃に依存していたこと、それがお前の敗因だ」

「あぁ」

少年の時が停まる。【四次元防御】、絶対の防御力と引き換えに主の動きを封じる時の門番。

今更防御を固めた所で全ては遅かった。

黒騎士は少年の傍を離れ、後は術式の切れた瞬間を狙えばそれでいい。

「――――その通りだよ、黒騎士」

◆◆◆冒険者・清水凶一郎《しみずきょういちろう》

――――そう。黒騎士は正しかった。正しく、そして強かった。

鎖の絶対領域、遥《はるか》の剣術、みんなの術式。色んな人の力を借りて、沢山の試練を乗り越えて、その果てに『レーヴァテイン』を当てる。

認めるよ。俺はそれを狙っていた。そのコンセプトを勝ち筋の一つとして描いていた。最も安定した勝ち方の一つだとも思っていた。

だが、

「(アンタは最後に一つだけ間違えた)」

仲間の力を披露し、十五分の絶対領域という努力の成果を見せつけた。黒騎士は考えたはずだ。これが俺の羽化した姿なのだと。そしてそれでも足りない部分をみんなの力で補っているのだと。

あぁ、間違っちゃいない。間違っちゃいないさ。俺はあの技術を磨く度に修行して、それでも足りない部分を『黒札』やシンクロモード、アルカディアスといった外付けの力で補填した。

それは事実、紛う事なき真実。

けど――――

「【始原の終末《エンドオブゼロ》】、術式部分起動」

時の止まった世界の中で白く輝く我が肉体。

俺はイメージする。目の前に立つ黒鋼の騎士。最強でカッコ良くて、最後の最後まで容赦がなかった。

【四次元防御】下で俺の動きは全て封じられる。

だが一つだけ例外があった。霊力だ。時の停まった世界の中でも霊力だけは減少し、その供給が完全にストップした瞬間に【四次元防御】は機能を停める。

そして【四次元防御】は、あくまで三次元上の干渉行動を封じるという事も忘れてはならなかった。

つまり、時の女神の術式は使えるんだよ。

俺は思考し、試算した。太源であるアルにも何度も教えを乞うた。

【四次元防御】の状態を維持したまま、身体を動かす方法を。それを必死になって探し、考えた。

《遅延術式》は意味がない。《時間加速》は等級《ランク》の関係で押し負ける。

となると、可能性は一つしかなかった。

【始原の終末《エンドオブゼロ》】、時の女神の二つ名であり、加速の究極域に立つ至高の奥義。これならば、自分の時を停めたまま、動ける可能性があるとアルは言った。

「対象指定、清水凶一郎《しみずきょういちろう》。加動現実範囲定義固定」

イメージを浮かべる。動く己の姿を。

この先の時間で何を為すのかを。

無敵状態を維持したまま、俺が俺の身体を動かせる時間はたったの一瞬だ。

部分再現した【始原の終末《エンドオブゼロ》】が全ての霊力を消費してから、供給源の断たれた【四次元防御】が術式を停止するまでの刹那にも満たない僅かな誤差。

その最中のみ、【四次元防御】と【始原の終末《エンドオブゼロ》】の併用は成立する。

必須能力は、術式変換速度。どれだけ術式を速く撃てるのか。理想《イメージ》の投影と術式の発動を寸分の狂いもなく同時に行わなければ、【四次元防御】が停まってしまう。

長い時間をかけた。凶一郎《きょういちろう》の持つ才能の輝きを四十万の死線の中で磨き続けた。

負けて、殺され、また負けて、殺されて。

惨めな思いをし続けた。

心が折れかけ諦めそうにもなった。

痛かった。辛かった。苦しかった。逃げたかった。

「十五メートルの絶対領域」の更に先、全ての加速の到達点の中に己の術式変換速度を叩き込む。

相手は黒騎士。唯《ただ》の一度《いちど》も破れる事の無かった黒鋼の騎士。痛かったぜ。何度もやり返そうと思った。

だから、

「加速理想投影開始」

このイメージだけは仕上がっていた。

駆動する。満天の星の下、時の停まった自分の身体が、動き出す。

黒騎士は動かない。否、認識する事すらできていない。これはそういう世界《はやさ》、そういう術式《はやさ》なのだから。

振り抜く拳は、これまで四十万回死んだ俺達が幾度となく思い描いた夢の理想《かたち》。

死んで、死んで、死んで、死んで、死んで、死んで、死んで、死んで、死んで、死んで、死んで、

「（ありがとう）」

死んで、

「（みんなのおかげで）」

死んで、

「（ここまで来れた）」

死んで、死んで、死んで、死んで、死んで、死んで、死んで、死んで、死んで、死んで、死んで、

死んで、死んで、

「(だからっ、絶対にっ！)」

死んで、死んで、死んで、死んで、死んで、死んで、死んで、死に続けた俺達の全てが今ここに
応報の拳となって黒鋼の騎士の軀体を貫いた。

「――――【末那識《まなしき》】っ！」


それこそが【四十万大葬・末那識】、【始原の終末《エンドオブゼロ》】と【四次元防御】と変則系術式混成接続。

【極限の加速】と【最硬の肉体】を掛け合わせた渾身の右ストレートは凄絶なる爆発と共に四つ腕の悪魔騎士の身体を消し飛ばし、そして――――

「俺達《オレ》の、勝ちだ」

そして後には満天の星々《ステラ》と俺達だけが残ったのである。

■エピローグ　そして彼は今再び騎士となる

◆

夢を見た、白い鎧を身に纏う己の姿を。
何もかもが輝いて見えて、全てが愛おしかったあの頃を。
故国を裏切り、彼女についた。
その彼女も失い、彷徨者となった。
旅をした。当てのない旅を。
旅先で多くの出会いを経験し、その数だけ多くのものを失った。
長く生き過ぎたのだ。
身体性を失い、自ら創り上げた黒鋼の軀体。
永遠の淑女と再び至高天で見えるまで、動く事を停める事ができない至上命題《プロトコル》。
愛は消えない。永遠の焰となって黒鋼の身体を燃やし続ける。
しかし俺には、他の物もあったはずなのだ。
正義を愛した過去。

「お人よし」と呼ばれていた若き日々。

仲間との語らい。

青臭い理想。

そして己が騎士であると言う誇り。

心捧げる王に仕え、その刃となる在り方が、彼は好きだった。

愛だけではなかった。決して、愛だけではなかったのだ。

けれど彼は、愛《それ》以外の全てを捨てた。

あの日以降、救った命も、助けた尊厳も少なからずあった。しかしそれらは全てついでに過ぎず、彼の中の優先順位《プライオリティ》の頂きは、常に彼女で占められている。

マーサ、ルドルフ、この星で知り合った数多の知人達。これら全ての命を「ベアトリーチェ」の為ならば迷いなく捨てられる——それが彼と言う男の業であり、決して拭う事の出来ない宿命なのだ。

黒く染まった彷徨える鎧にかつての面影はまるでない。

長い流浪の旅の末、後には愛と強さだけが残った。

けれど、それでも、叶わくば……

◆◆◆冒険者・清水凶一郎

結局のところ、俺は黒騎士の事を何にも分かっていなかったらしい。調子づいて地雷を踏んだと俺が思っていたあのシーンは、実は半分くらい演技で、根源的には「純粋に俺に興味があった」っていうのが理由なんだと。

全く、なにそれって話だぜ。

それであんな無理ゲーに付き合わせられたってんだから、こっちとしてはたまったもんじゃない。何かが違えば、俺のメンタルが取り返しのつかない事になってただろうし、何より死ぬのって文字通り「死ぬほど痛い」のよ。

それを累計四十万回超だぜ？　いやもう本当、こんな無理ゲー二度とやりたくないし、それを吹っかけてきた理由が黒騎士のエゴだったという事を俺は生涯忘れないだろう。

とはいえ、だから彼をどうこうしようというつもりは毛頭《サラサラ》ない。

割合の差はあれ俺があの場で彼の心を傷つけたのは間違いないのだろうし、それに今回の試練のお陰で強くなれたのだ。

だから喧嘩両成敗《ノーサイド》。終わりよければ全てよし。俺の身体は傷一つついてないし、キルシュブリューテのお金は結局全部黒騎士が払ってくれた。おまけに、

「おはよう、凶さん」

俺はネグリジェ姿のおっぱい……ではなく、遥さんに挨拶する。

あの俺史上一番長かった悪夢の一週間から三日後、今日は『常闇』の借り家で新メンバーの歓迎会をやる事になっていた。

前日に借り家に入り、俺とユピテルと遥の三人で飾り付けを行って疲れてお休みなさいと俺達は自室に籠り、そして
「爽やかな朝だねー。今日も何かいいことありそうだにゃー」

「あの、遥さん。あなたの部屋はここじゃなくて、ユピテルとの相部屋……」

「えー、だってユピちゃん夜中いっぱいまでゲームしたいだろうし、あたしと一緒じゃ色々と気ぃ遣わせちゃうよぉ」

それに、と目を光らせる恒星系。

「約束、なんでも聞いてくれるんでしょ」

「それは、そうですが」

約束。それは今回の戦いの真のMVPに俺が与えた一種の「何でもいう事を聞く券」だ。

戦い続きだった俺があれだけの装備とみんなの力をかき集められた理由、それは偏に裏で彼女が働きかけてくれていたからに他ならない。

ライフル型の術式抽出機《アルカディアス》に詰め込む術式譲渡の依頼、それを鍛冶屋に持っていき必要な設定条件《プログラム》をグレンさんに組みこんでもらう。そして夜になって帰って来た俺の相談に乗ってくれて、ご飯を食べさせてくれて、寂しくないようにと抱きしめてくれた。

……うん、もうね。ここまでしてくれた人には「何でもいう事を聞く券」の十枚や二十枚喜んで発行しますって話ですわ。

それで心の底から感謝しつつ、「俺は何をしたらいい？」って尋ねたら、

『んー、じゃあさじゃあさ、この夜を一緒に過ごす関係？　これをこれからもずっと継続して欲しいかなー、なんて』

――いや、流石に俺も分かってますよ。

仲間、相棒、友達とこいつとの関係性の間には色々と素敵な名前がついているがいい加減、腹を括らなければならないのかもしれない。

仲間は揃った、力も道具も整った。だから後は、

「ケリ、つけなきゃな」

八月、俺達は『常闇』のボスに挑む。

姉さんの呪いの事、俺達のパーティーがこれからどうなっていくのかという話、そして、

「よーし、凶さん。今日は黒騎士さんの歓迎会だー、はりきっていこー！」

「あいあい」

俺はある予感を覚えながら部屋を出る。

決着の時は、近かった。

◆◆◆『七天』黒騎士

あれだけの事があったにも関わらず、少年はあっさりと騎士の欲していた情報を彼に手渡した。

『やっぱり何だかんだ言って俺はアンタと仲良くなりたかったんだよ。てか、もうそんな距離の遠い間柄じゃないでしょ俺達』

それは、二人が殺し殺されの長い四十万戦《たたかい》を終えた翌日の事だった。

晴れ渡った青空、柔らかな旋律のバックミュージックが流れる朝のラウンジ。

少年は、まるで十年来の友と接するような気安さで騎士に「旦那」と話しかける。

『なんせ四十万回だぜ？　四十万回殺し合った仲が浅いなんて事ある筈ないでしょうよ』

不思議な男だ。星天の決戦場で鎬を削り合ったあの阿修羅が如き益荒男と同一人物だとは到底思えないほど、緩く、そして
『そうだ、今度みんなで旦那の歓迎会する事になったから、是非来てよ』

『……嫌じゃないのか？』

『えっ、全然』

――――叶わないな、と思った。彼は尽く黒騎士の想像の上をいく。

戦術、術式、そして人望。

短い間にその全てを上回れた。少年は「いや、旦那は後変身二回残してるし、何なら宇宙艦隊《きりふだ》

だって控えてるでしょうが」等と切りこんでいたが、そういう事ではない。『神曲』の段階解放、〝世界系〟に分類される黒騎士最大の天啓《レガリア》〈栄光の約櫃《アーク・オブ・ザ・ロー》〉。彼の言うように最後の戦いにおいて騎士が使用に至らなかった手札は確かにある。

しかしながら、それらは少年の起こした輝かしき勝利を汚す要因にはなり得ない。黒騎士の振るう力の多寡は『神曲』が定めた相手の力量に合わせて変動する。故にあの場における騎士の全霊は偽りなく限界以上のものであり、少年はそれを見事に踏破してみせた。そう、つまりは。

『私はいつだって全力だったよ。そして君は私を上回った。完敗だ。言い訳の余地のない程に完敗だった』

『へへっ、アンタにそう言われると悪い気がしねぇや』

少年は笑う。邪気のない年相応に砕けたそんな笑顔だ。

都合四十万度、騎士は少年を殺め、そして一度彼に殺された。

全て仮想世界の話ではあるが、当人達にとっては紛れもない現実である。

『すまなかった』

故にこそ騎士は確固たる意志をもって謝罪する。

『君を私の我執に付き合わせてしまった事を、今一度深く謝罪させてくれ』

『いや、だからもうそれは良いって』

困ったように頭を掻きながら少年は言った。

『寧ろ今回の事は俺的にもいい教訓になったというか、おかげで一皮むけたと言うか……』

『しかし』

『兎に角』

破岩一笑。歯を剥きだして笑うその稚気を含んだ少年の顔には
『兎に角色々あった俺達だけどこれからは同じパーティーとしてやってくわけだし、仲良くやっていこうや』

『…………』

旅を、していたのだと思う。

遠い旅路。終わる事のない戦い、殺め殺められを繰り返す殺し合いの螺旋。

その果てに騎士は、

「(……そうか。私は今ようやく、)」

王の器を見つけたのだ。

己の弱さを誰よりも知り、遍く悲劇を良しとせず、理不尽に抗い、目的の為の研鑽を怠らず、誰かを助け、その助けた者達に助けられ、いかなる困難も仲間と共に乗り越えていくそんな優しき王の器を持つ少年。

『これからよろしく頼むぜ、黒騎士《だんな》』

生を受けて三百五十年、それはドゥランテ・アリギエーリにとって二度目の、そして一度目を上回る程の高鳴りで、

『あぁ』

差し伸べられた手を力強く握り返し、固い握手を交わし合う。

『よろしく頼むよ先導者《リーダー》』

七月の終わり。小さなすれ違いに端を発する形で開かれた四十万の大戦。

その結末は、真夏の青天のように清々しく、晴れやかなものであった。

◆◆◆

光が見える。はしゃぐ声、騒ぐ音。楽しそうな音楽。

少年達の拠点に招かれた旅人は暗がりの廊下を真っすぐ進み、果ての扉のドアノブにゆっくりと手をかける。

その先には――

「「「ようこそ黒騎士さんっ！」」」

そこには忘れかけていた彼の心があった。

折り紙を巻いただけの飾り付け、季節外れのサンタクロースの帽子、出来あいの惣菜、安もののパーティーグッズ。

だが、

「――」

だが黒騎士は、そこに昔日の栄光の影をみた。

割れんばかりの大歓声に包まれながら、黄金色に輝く大勲章を授与されたあの輝かしき日々の面影が、

「歓迎するぜ、旦那」

「すっごく強いって聞いてますよー。もしよかったらこの後あたしとお手合わせ致しませんか？」

「よろしくー」

この小さな借り家のリビングには確かにあったのだ。

クラッカーの音が鳴り響く。十代の少年少女達が彼の為に整えた「歓迎会」の景色をじっくりとその機械の瞳に焼きつけて、

「ありがとう」

そして騎士はようやく己の刃を置くべき場所を見つけたのである。

第四巻　了
第五巻へ続く

あとがき

ウェブ版の黒騎士は、作者の都合に最も振り回されたキャラクターといっても過言ではありません。

というのも、カクヨム版の黒騎士は一回目の交渉の際にあっさりと凶一郎《きょういちろう》を受け入れて、そのまま彼のパーティーの加入しちゃうんですよ。

だから凶一郎と黒騎士があんな風にぶつかり合う事もなく、この後のストーリーに向けて良くも悪くもスムーズに進んでいき、その結果作中の夏の季節に水着イベントが起こることもなければ、黒騎士の過去が語られる事もなく、結果、ウェブ版の彼は今も「謎の黒騎士」のままでいるというわけなんです。

何故《なぜ》こんな違いが生まれたのかと言いますと、それは単純な書籍版を買って下さった読者様へのサービス……というのも勿論《もちろん》あるのですが、しかしそれ以上に当時の私にはこのエピソードを書く勇気がなかった。

主人公が負け続けるのってどうなの？　ウジウジ悩んでいるところを見せるのってウケが悪いっていうよね……。何よりも主人公を容赦なく倒し続ける黒騎士にヘイトが注がれたらどうしよう等々。

要するに私は怖かったから逃げたんです。そんな私を大人な彼は静かに許してくれて、今も謎の黒騎士としての役割を全うしてくれます。

しかし、これで良《い》いのかと。大人でプロな黒騎士に甘えるだけ甘えて、何が「ボスキャラ達を破滅させない為《ため》に俺ができる幾つかの事」なのかと。

そういう風にして制作の始まった第四巻こと「黒騎士編」でありましたが、まぁ大変でございました。だって彼、全然手を抜いてくれないし、中々本音を喋《しゃべ》ってくれないんですもの。作業開始前から何度も話し合って、作業中も話し合って、それでようやくエピローグを書き終えた時は二人で「頑張ったねー、私達」とお互いを讃《たた》えあいました。

本当に大変で、でもとても楽しくて、そして何よりもようやく彼の人間的などうしようもなさを書き切ることができた事を、今はただただ安堵《あんど》しております。

無論の事ながら、この楽しくも過酷な地獄《たびじ》を私一人で駆け抜けられた筈《はず》もなく、今回も沢山の人達に助けられてこの作品は完成へと至りました。素晴らしい絵を添えて下さったイラストレーターのカカオランタン先生を始め、校正担当者様に装丁デザイナー様、コミカライズを担当して下さっている電撃マオウ編集部様や作画担当の横山《よこやま》コウヂ先生にも大変お世話になりました。そして今巻、誰よりも頑張って下さった我が愛すべき担当編集者N様と読者様に最大限の感謝を送り、結びの言葉とさせて頂きます。

皆様、本当にありがとうございました。そして今後とも「チュートリアルが始まる前に」をよろしくお願い致します。

それでは次巻並びに五月二十七日より始まるピッコマでのコミカライズ版独占先行配信の方でまたお会い致しましょう（紙の方で読みたいよという方は電撃マオウ様の方で連載中ですのでそちらをお楽しみくださいませ）。ではではっ！

電撃の新文芸

チュートリアルが始《はじ》まる前《まえ》に4
ボスキャラ達《たち》を破滅《はめつ》させない為《ため》に俺《おれ》ができる幾《いく》つかの事《こと》

著者／髙橋炬燵《たかはしこたつ》

イラスト／カカオ・ランタン

2024年5月17日　初版発行

発行者／山下直久
発行／株式会社ＫＡＤＯＫＡＷＡ
〒102-8177　東京都千代田区富士見2-13-3
0570-002-301（ナビダイヤル）
印刷／図書印刷株式会社
製本／図書印刷株式会社

【初出】……………………………………………………………………………………
本書は、2021年から2022年にカクヨムで実施された「第7回カクヨムWeb小説コンテスト」異世界ファンタジー部門で《大賞》を受賞した『チュートリアルが始まる前に～ボスキャラ達を破滅させない為に俺ができる幾つかの事』を加筆・修正したものです。

©Kotatsu Takahashi 2024
ISBN978-4-04-915367-5　C0093　Printed in Japan

●お問い合わせ
https://www.kadokawa.co.jp/（「お問い合わせ」へお進みください）
※内容によっては、お答えできない場合があります。
※サポートは日本国内のみとさせていただきます。
※Japanese text only

※本書の無断複製（コピー、スキャン、デジタル化等）並びに無断複製物の譲渡及び配信は、著作権法上での例外を除き禁じられています。また、本書を代行業者等の第三者に依頼して複製する行為は、たとえ個人や家庭内での利用であっても一切認められておりません。

※定価はカバーに表示してあります。

読者アンケートにご協力ください!!

アンケートにご回答いただいた方の中から毎月抽選で10名様に「図書カードネットギフト1000円分」をプレゼント!!

■二次元コードまたはURLよりアクセスし、本書専用のパスワードを入力してご回答ください。

https://kdq.jp/dsb/

パスワード
ccc7x

●当選者の発表は賞品の発送をもって代えさせていただきます。●アンケートプレゼントにご応募いただける期間は、対象商品の初版発行日より12ヶ月間です。●アンケートプレゼントは、都合により予告なく中止または内容が変更されることがあります。●サイトにアクセスする際や、登録・メール送信時にかかる通信費はお客様のご負担になります。●一部対応していない機種があります。●中学生以下の方は、保護者の方の了承を得てから回答してください。

ファンレターあて先
〒102-8177
東京都千代田区富士見2-13-3
電撃の新文芸編集部

「髙橋炬燵先生」係
「カカオ・ランタン先生」係

この物語はフィクションです。実在の人物・団体等とは一切関係ありません。

煤まみれの騎士 I

どこかに届くまで、
この剣を振り続ける――。
魔力なき男が世界に抗う英雄譚！

　知勇ともに優れた神童・ロルフは、十五歳の時に誰もが神から授かるはずの魔力を授からなかった。彼の恵まれた人生は一転、男爵家を廃嫡、さらには幼馴染のエミリーとの婚約までも破棄され、騎士団では"煤まみれ"と罵られる地獄の日々が始まる。
　しかし、それでもロルフは悲観せず、ただひたすら剣を振り続けた。そうして磨き上げた剣技と膨大な知識、そして不屈の精神によって、彼は襲い掛かる様々な苦難を乗り越えていく――！
　騎士とは何か。正しさとは何か。守るべきものとは何か。そして彼がやがて行き着く未来とは――。神に棄てられた男の峻烈な生き様を描く、壮大な物語がいま始まる。

著／美浜ヨシヒコ
イラスト／fame

電撃の新文芸

ご近所ＪＫ伊勢崎さんは異世界帰りの大聖女

～そして俺は彼女専用の魔力供給おじさんとして、突如目覚めた時空魔法で地球と異世界を駆け巡る～

「さすがです、おじさま！」会社を辞めた社畜が、地球と異世界を飛び回る！

アラサーリーマン・松永はある日、近所に住む女子高生・伊勢崎聖奈をかばい、自分が暴漢に刺されてしまう。松永の生命が尽きようとしたその瞬間、なぜか聖奈の身体が輝き始め、彼女の謎の力で瀕死の重傷から蘇り――気づいたら二人で異世界に!?　そこは、かつて聖奈が大聖女として生きていた剣と魔法の世界。そこで時空魔法にまで目覚めた松永は、地球と異世界を自由自在に転移できるようになり……!?　アラサーリーマンとおじ専JKによる、地球と異世界を飛び回るゆかいな冒険活劇！

著／深見おしお
イラスト／えいひ

電撃の新文芸

勇者刑に処す

懲罰勇者9004隊刑務記録

世界は、最強の《極悪勇者》どもに託された。絶望を蹴散らす傑作アクションファンタジー！

勇者刑とは、もっとも重大な刑罰である。大罪を犯し勇者刑に処された者は、勇者としての罰を与えられる。罰とは、突如として魔王軍を発生させる魔王現象の最前線で、魔物に殺されようとも蘇生され戦い続けなければならないというもの。数百年戦いを止めぬ狂戦士、史上最悪のコソ泥、自称・国王のテロリスト、成功率ゼロの暗殺者など、全員が性格破綻者で構成される懲罰勇者部隊。彼らのリーダーであり、《女神殺し》の罪で自身も勇者刑に処された元聖騎士団長のザイロ・フォルバーツは、戦の最中に今まで存在を隠されていた《剣の女神》テオリッタと出会い——。二人が契約を交わすとき、絶望に覆われた世界を変える儚くも熾烈な英雄の物語が幕を開ける。

著／ロケット商会
イラスト／めふぃすと

電撃の新文芸

異世界のすみっこで快適ものづくり生活
～女神さまのくれた工房はちょっとやりすぎ性能だった～

著／長田信織
イラスト／東上文

転生ボーナスは趣味のモノづくりに大活躍——すぎる!?

　ブラック労働の末、異世界転生したソウジロウ。「味のしないメシはもう嫌だ。平穏な田舎暮らしがしたい」と願ったら、魔境とされる森に放り出された!?　しかもナイフ一本で。と思ったら、実はそれは神器〈クラフトギア〉。何でも手軽に加工できて、趣味のモノづくりに大活躍！　シェルターや井戸、果てはベッドまでも完備して、魔境で快適ライフがスタート！　神器で魔獣を瞬殺したり、エルフやモフモフなお隣さんができたり、たまにとんでもないチートなんじゃ、と思うけど……せっかく手に入れた二度目の人生を楽しもうか。

電撃の新文芸

ソードアート・オンライン オルタナティブ グルメ・シーカーズ

《SAO》世界でのまったり
グルメ探求ライフを描く、
スピンオフが始動！

「アインクラッド攻略には興味ありません！　食堂の開業を目指します！」
　運悪く《ソードアート・オンライン》に閉じ込められてしまったゲーム初心者の姉弟が選んだ選択は《料理》スキルを極めること！？
　レアな食材や調理器具を求めて、クエストや戦闘もこなしつつ、屋台をオープン。創意工夫を凝らしたメニューで、攻略プレイヤー達の胃袋もわし掴み！

著／Y・A
イラスト／長浜めぐみ
原案・監修／川原 礫

電撃の新文芸

かませ犬転生

～たとえば劇場版限定の悪役キャラに憧れた踏み台転生者が赤ちゃんの頃から過剰に努力して、原作一巻から主人公の前に絶望的な壁として立ちはだかるような～

著／一ノ瀬るちあ
イラスト／Garuku

もう【かませ犬】とは呼ばせない——俺の考える、最強の悪役を見せてやる。

　ルーン文字による魔法を駆使して広大な世界を冒険する異世界ファンタジーRPG【ルーンファンタジー】。その世界に、主人公キャラ・シロウと瓜二つの容姿と魔法を使う敵キャラ『クロウ』に転生してしまった俺。このクロウは恵まれたポジションのくせに、ストーリーの都合で主人公のかませ犬にしかならないなんとも残念な敵キャラとして有名だった。

　——なら、やることは一つ。理想のダークヒーロー像をこのクロウの身体で好き勝手に体現して、最強にカッコいい悪役になってやる！　【覇王の教義】をいまここに紡ぐ！

電撃の新文芸

物語を愛するすべての人たちへ

イラスト：Hiten

KADOKAWA運営のWeb小説サイト

「」カクヨム

01 - WRITING

作品を投稿する

誰でも思いのまま小説が書けます。

投稿フォームはシンプル。作者がストレスを感じることなく執筆・公開ができます。書籍化を目指すコンテストも多く開催されています。作家デビューへの近道はここ！

作品投稿で広告収入を得ることができます。

作品を投稿してプログラムに参加するだけで、広告で得た収益がユーザーに分配されます。貯まったリワードは現金振込で受け取れます。人気作品になれば高収入も実現可能！

02 - READING

おもしろい小説と出会う

アニメ化・ドラマ化された人気タイトルをはじめ、
あなたにピッタリの作品が見つかります！

様々なジャンルの投稿作品から、自分の好みにあった小説を探すことができます。スマホでもPCでも、いつでも好きな時間・場所で小説が読めます。

KADOKAWAの新作タイトル・人気作品も多数掲載！

有名作家の連載や新刊の試し読み、人気作品の期間限定無料公開などが盛りだくさん！角川文庫やライトノベルなど、KADOKAWAがおくる人気コンテンツを楽しめます。

最新情報は
𝕏 @kaku_yomu
をフォロー！

または「カクヨム」で検索

カクヨム